KB076340

샤론의 장미

샤론의 장미

초판 1쇄 인쇄 | 2024년 03월 10일
초판 1쇄 발행 | 2024년 03월 15일

지은이 | 윤정환
펴낸이 | 최화숙
편집인 | 유창언
펴낸곳 | 아마존북스

등록번호 | 제1994-000059호
출판등록 | 1994. 06. 09

주소 | 서울시 마포구 성미산로2길 33(서교동), 202호
전화 | 02)335-7353~4
팩스 | 02)325-4305
이메일 | pub95@hanmail.net/pub95@naver.com

ISBN 978-89-5775-322-4 03810

값 18,000원

사흘의 장미

윤정환 장편소설

아마존북스

"상인이 물건을 싣고 여행을 하는 중에 도적을 만나 그 물건들을 빼앗기면, 그 물건의 원주인에게 돌려줄 책임을 면한다."

-함무라비법전 103조

| 차례 |

연어의 꿈

해마다 가을이 되면, 로키산맥을 따라 흐르는 강에는 태평양에서 돌아오는 연어들로 붐비기 시작한다. 연어는 자신이 태어난 강에서 잠깐 머물다가, 바다로 떠난다. 생의 대부분을 바다에서 성장하면서 보내고 난 다음, 산란을 위해 자신이 태어난 곳으로 다시 돌아온다.

연어의 삶에는 사람이나 다른 동물의 인생과 다른 점이 있다. 많은 동물들이 특별한 경우를 제외하고는 태어나면서 부모와 함께 일정한 시간을 보낸다. 최소한의 시간 동안 부모의 사랑과 보살핌을 받을 수 있다. 하지만 연어는 태어날 때부터 부모가 없다. 같이 태어난 형제와 동료들 밖에 없는 세계에서 시작을 하는 것이다. 그리고 바다로 떠나 다시 돌아와 산란을 하면 조용히 죽음을 맞는다. 자식을 낳지만, 자식과 마주칠 일이 없다. 알이 부화하여 새끼 연어가 되기 전에 이미 생을 마감하기 때문이다. 연어를 반기는 것은 연어가 태어난 개울과 그 주변의 계곡, 숲이다. 그리고 연어로 생명을 유지해 나가는 동물들이 다른 의미에서 연어를 반기는 존재들일 수 있다. 연어를 즐겨 먹는 곰이 바로 그들이다.

본격적인 겨울이 오기 전, 겨울잠을 잘 때를 대비하여 곰들은 영양분을 몸속에 채워야 한다. 곰들에게 연어야말로 하늘에서 주는 선물이다. 연어가 올라올 이때 곰들은 최대한 영양을 섭취해야 한다. 여러 해 동안의 경험으로 곰들은 연어가 올라가는 좋은 길목을 찾아간다. 주변에 곰들이 늘어나기 전에 미리 좋은 자리를 차지해야 한다. 곰 한 마리가 이제 자리를 잡았다. 연어가 올 때만을 기다리면 된다. 연어를 잡는 방법은 간단하다. 연어가 보이면 앞발로 후려치면 된다. 연어는 충격으로 기절하고, 물에 떠오르면 이때 재빨리 입으로 물어야 한다. 어떤 경우는 가까이 왔던 연어가 물을 차고 튀어 오를 때 바로 입으로 물기도 한다. 주변에 경쟁자들이 없고 여유가 있을 때는 물가로 나와 맛있게 먹으면 된다. 경쟁자가 많을 때는 밖으로 나갈 틈도 없이 바로 그 자리에서 먹어야 한다.

강물을 쳐다보는 곰의 눈은 간절하다. 하루 종일 경쟁자에 치여 제대로 식사를 못했기 때문에 더욱 집중해야 한다. 주변에 흘러가는 물소리도 들리지 않는다. 얼마나 기다렸을까? 곰이 서 있는 쪽으로 물방울이 튀면서 뭔가 접근하고 있음을 느낀다.

연어의 경쟁자는 자신과 같은 연어이다. 가능한 빨리 고향으로 돌아가야, 산란하기 좋은 장소를 잡을 수 있다. 같이 나아가는 연어들의 부대낌과 밀어붙이는 힘이, 연어가 물살을 거꾸로 헤치고 나아가는 원동력일지도 모른다. 연어 한 마리가 자신의 경쟁자들과 부대끼며 더 좋은 자리로 나아가기 위해 어깨싸움하며 내려오는 물을 거슬러 올라가고 있다. 눈앞에 바위가 가로막는다. 오른쪽을 보니 더 강한 물결이 세차게 내려온다. 그중에서 치고 나아갈 길이 보인다. 연어는 온 힘을 다해 꼬리를 튕기면서 튀어 올랐다. 푸른 하늘이 보이는 듯하다가 갑자기 눈앞이 블랙아웃되었다.

곰은 튀어 오르는 연어를 잽싸게 물었다. 그리고 두 발로 연어가 요동치지 못하게 잡고 힘껏 깨물었다.

눈을 떴다. 꿈이었다. 잠시 멍한 느낌이 들었다. 눈가가 촉촉하다. 왜 그런 꿈을 꾸었을까? 꿈속에서 처음에는 곰이 되었다. 힘든 경쟁에서 부딪치며, 좋은 자리를 잡으려고 안간힘을 썼다. 양보하면 바로 굶는 것이기 때문에 어떻게든 한 자리를 잡아야 한다. 그러다가 갑자기 눈앞으로 물속이 보이고 다른 연어의 모습이 보였다. 어느새 자신은 또 연어가 되어 있었다. 연어의 눈으로 보이는 세상은 흘러가는 물결을 타고 가는 것이 아니다. 눈앞에 밀려드는 압력을 온몸의 근육과 살과 뼈의 힘으로 넘어가야 한다. 다른 것은 보이지 않는다. 오로지 자신의 뇌에 각인된 고향의 냄새를 따라 한 어깨라도 더 나아갈 뿐이다. 기회가 왔다고 생각하는 순간 뛰어올랐다. 그리고 마지막에는 곰과 연어가 하나가 되었다. 이게 무슨 뜻일까?

언젠가 보았던 캐나다 로키산맥의 생태계를 촬영한 다큐멘터리의 장면이라는 생각이 들었다. 그 장면이 한참이나 지난 오늘 꿈속에서 재현이 되었다. 왜 지금인가? 그리고 꿈속에서 자신은 연어였던가 아니면 곰이었던가?

몸을 일으켜 침대에서 나왔다. 거실로 나와 부엌 싱크대로 갔다. 식기 건조대에 걸려 있는 컵 하나를 들었다. 정수기 아래에 대고 버튼을 눌렀다. 물이 내려오는 소리가 꿈속에서 연어로서 헤엄치던 계곡물 소리 같았다. 컵이 넘칠 듯하고서야 물이 멈추었다. 물 한잔을 벌컥벌컥하면서 다 마셨다. 그나마 갈증이 가셨다.

거실 유리창으로 햇살이 꽤 들어오고 있었다. 탁자 위에 놓인 달력을 보았다. 오늘은 수요일. 주중에 가장 힘든 날이다. 시간은 7시를 향해 다가가고 있었다. 출근시간은 9시이지만, 보통 8시 반까지는 회사에 도착해서 일을 시작한다. 메일이나 처리해야 할 것은 일찍 처리하고 오후에는 고객을 만나는 것이 일상적인 패턴이다. 급하게 세면대로 갔다. 물을 틀고 비누를 묻혔다. 얼굴에 급하게 묻히고 씻었다. 서너 번 씻은 다음 물로 헹구었다. 수건을 꺼내들고 얼굴을 닦았다. 그제서야 잠깐 보이는 자신의 얼굴. 지운은 거울 속에 있는 것이 자신인 것이 바로 와 닿지 않았다. 시간이 가면 익숙해져야 하는데, 오히려 갈수록 낯설어지는 자신의 모습.

올리바눔

지운은 잠시 시간을 내어 사무실 근처의 서점을 찾았다. 얼마 전 회사에서 십여 명에 이르는 신입사원들을 선발했다. 인사팀에서 신입사원들에 대한 교육프로그램을 운영 중이었는데, 그들에게 보험에 대한 기초교육을 진행하고 있었다. 외부강사를 쓰지 않고, 사내에서 각 과목별로 전문가를 뽑아서 강의를 진행하고 있었다. 그중 지운에게는 리스크와 보험에 관한 강의를 해달라고 요청이 왔다.

지운이 근무하는 회사의 업종은 인슈어런스 브로커(insurance broker)이다. 우리말로는 보험중개사라고 한다. 중개사라고 하면 사람들은 아파트나 주택을 거래할 때 주로 이용하는 부동산공인중개사를 생각하기 쉽다. 사실 보험중개사도 일종의 공인된 중개사라고 할 수 있다. 보험중개사가 되려면 금감원에서 시행하는 보험중개사 자격증을 취득해야 하기 때문이다. 보험관련 업무를 하려면 중개사 자격은 아니더라도, 보험회사에서 오랫동안 근무를 하거나 보험 업무에 종사할 수 있는 자격시험을 치고 통과하여야 한다. 보험설계사나 보험대리점이 바로 그들이다. 그리고 보험중개사라는 것이 하나 더 있다. 다만 보험중개사는 일반 대중이나 개인들을 위한 보험상품은 취급하지 않고, 주로 기업의 위험과 관련된 보험상품이나 기업 이외의 법인이나 단체와 관련된 리스크를 대상으로 취급하고 있다. 그래서 일반 대중들은 보험중개사라는 명칭에 익숙하지 않은 것 같다. 보험중개사는 그 대상이 되는 고객이 기업을 중심으로 하다 보니 일반 대중에게는 잘 알려지지 않은 것이 사실이다. 앞으로도 보험중개사가 보험설계사처럼 명확하게 어떤 일을 하는지 알려질 것이라고는 생각하기 쉽지 않다.

인사팀에서 미리 강의록을 준비해서 보내달라고 하는데, 무엇부터 준비해야 할지 잘 모르겠다. 화재보험이나 적하보험 이런 것들은 각 과목별로 강사가 지정되어 있으니, 리스크와 보험 전반에 대해 좀 더 포괄적이고 이해하기 쉬운 내용으로 해달라는 주문을 덧붙였다. 가만히 생각해 보니, 억울한 느낌이 들었다. 리스크와 보험 전반에 대해 포괄적이면서도 이해하기 쉽게 설명해 달라니….

지운은 막상 하겠다고 답해 놓고 나서는 막막함을 느꼈다. 근무시간 마치고 짬짬이 쓰면 될 것 같았는데 갈수록 꼬인다. 화재보험(fire insurance), 적하보험(cargo insurance), 리스크(risk), 위험노출수준(risk exposure), 이런 단어를 쓰면서 강의 초안을 잡아 보았는데 자신이 읽어봐도 너무 재미가 없었다. 자신도 잘 흥미가 일어나지 않는데, 신입사원들이야 어떻겠는가? 보험에 대해 공부를 미리했거나 보험 회사 경험이 있는 사람이 아니라면, 재미있게 느끼기 힘들 것 같았다. 그래서 자료를 찾아볼 겸 해서 근처 빌딩 아케이드에 있는 서점에 들렀던 것이다.

보험에 관한 책은 그리 많지 않았다. 기껏해야 연금보험이나 퇴직 후의 재테크와 연관된 서적이 좀 보였을 뿐이다. 그가 종사하는 업종의 특성상 전문용어가 많아서 만나는 고객들에게 쉽게 설명하는 것이 제일 힘든 일 중의 하나였다. 그래서 보험도 이렇게 이해하기 쉽고 흥미로울 수 있구나 하는 해설서 같은 것을 써 보고 싶었다. 그런데 시간이 지날수록 그 작업이 얼마나 힘든 일인지를 깨닫게 되었다. 보험상품을 중심으로 써내려 가자니, 업계에 종사하는 사람들이 잠깐 참고할 정도 수준에 불과한 것 같았다. 리스크를 평가하고 인수를 결정하는 보험회사의 언더라이터(Underwriter)가 볼 때는 그렇게 가치가 없어 보였다. 하지만 일반인들이나 처음 보험을 접하는 이들이 선뜻 책을 집어들고 보기에는 너무 딱딱하고 건조한 내용이었다.

서점을 둘러봐도, 뭔가 영감을 줄 만한 책은 보이지 않았다. 이리저리 둘러보고 있었다. 책 하나가 눈에 띄었다. '리스크'라는 제목의 책이었다. 책을 집어 들고 책장을 넘겨보았다. 그 책에 나온 리스크는 주식시장의 위험을 표현하는 단어로서 리스크에 대한 이야기와 확률과 통계의 역사에 대한 내용이었다. 지운이 원하는 실제적인 리스크의 정의에 대한 것이 아니어서 실망스러웠지만, 서점에 온 김에 그냥 가기는 뭐해서 그 책을 집어 들었다. 카운터에서 계산을 마치고 나섰다.

출입문을 향해 지나는 통로 사이로 여러 가지 액세서리와 아이템을 파는 가판대가 몇 개 줄 서 있었다. 세일을 한다느니 하면서 여러 가지 품목들을 팔고 있었다. 그중 한 가판대를 지나치는데 좋은 향기가 났다. 향수를 팔고 있는 가판대였다. 판매를 하는 사람이 지나는 사람을 붙잡고 손등에 향수를 살짝 뿌리면서 테스트를 권유하고 있었다. 그걸 옆에서 물끄러미 보고 있다가 자신도 한 번 테스트를 해달라고 했다. 판매자는 손등을 내밀어 보라고 했고, 그 위에 살짝 향수를 뿌려주었다. 진하면서도 그렇게 거슬리지 않는 우아한 향기가 났다. 유명 브랜드에서 만든 향수는 아니었다. 무슨 향이냐고 물어보았다. 올리바눔 향이라고 한다. 향수를 개발하는 국내 회사였는데 브랜드를 없애는 대신, 질이 좋은 원료를 쓰고 한국 사람에게도 맞도록 개발한 것이라고 하였다. 향도 좋았고, 가격도 퀄리티에 비해서 적당해 보였다. 기분 전환 겸 해서 작은 크기의 병으로 하나 샀다.

올리바눔 향이라는데 이게 무슨 브랜드인가 하고 얼른 휴대폰을 꺼내서 검색을 해보았다. 떠오르는 단어는 '유향(乳香)'이라는 것이었다. 그 옆에 인센스(incense), 프랑크인센스(frankincense)라는 단어가 덧붙여져 있었다. 영어 사전을 검색해 보니, 다시 유향이라는 풀이가 나온다. 좀 더 깊이 검색해 보려고 위키피디아로 검색을 했다. 유향은 동방박사가 예수의 탄생을 경배하면서 바친 세 가지 선물 중의 하나이다. 동방박사가 바친 것은 황금, 유향, 몰약이라는 것이었다. 유향과 몰약은 유사한 향(香)의 종류라고 한다. 유향은 보스웰리아나무의 수액이고 몰약은 코미포라나무에서 나오는 수액이라고 한다. 시간이 지나면 유향은 굳으면서 황금색의 작은 덩어리로 변하고 몰약은 좀 더 크고 거친 덩어리로 변한다. 히브리어 성경에는 유향을 '레보나'라고 하고 몰약은 '모르'라고 부르고 있다. 그리고 신에게 번제를 올릴 때 유향이나 몰약을 가루로 빻아서 뿌리도록 요구하고 있다. 신에게 바치는 모든 제사에서 반드시 사용하도록 되어 있으니 그 수요가 컸다. 그리고 여성이나 남성을 위한 향수로 쓰이기도 하고 약품으로도 쓰였다. 유향이 인기를 끈 것은 기원전부터였다. 당시의 강대국이었던 남쪽의 이집트와 메소포타미아 지역의 바빌로니아, 앗시리아 지역에서 유향은 같은 무게의 금과 같은 가치를 가지고 있었다고 한다. 물론 지금은 아니지만. 유향은 아라비아 남부 지역에서만 나는데 그것을 2000마일 떨어진 페트라까지 운반하면 이집트나 바빌로니아의 상인들이 비싼 값에 사갔다고 한다. 유향과 몰약을 아라비아 남부에서부터 메카, 메디나를 거쳐 페트라까지 운반하던 이들을 카라반이라고 부른다. 사막의 모래바람과 도적을 물리치고 페트라에 도착하기만 하면 엄청난 부를 거머쥘 수 있었기 때문이다. 그 길을 인센스로

드(incense road)라고 하였다. 기원전 1800년대부터 시작된 길은 거의 2000년을 넘게 지속되었다. 지운이 알고 있던 비단길이 기원전 200년 전후로 시작되기 훨씬 이전의 일이다. 그런데 왜 올리바눔이라고 하는 걸까? 올리바눔은 라틴어이다. 로마 사람들이 사용하던 말인데 중세 유럽에서 십자군 전쟁을 통해 유향이 전해졌을 때 인센스라고 하였다. 프랑크인센스라고 하는 말은 프랑스 지역에서부터 사용되었다. 이때 프랑크(frank)는 프랑크 사람들이 아니라 '순수한, 고귀한'이라는 의미이다. 하지만 아라비아 사람들이 그런 말을 쓰지는 않았을 것이다. 한참 지나서 유향을 아랍어로 '알 리반(al liban)' 또는 '알 루반(al luban)'이라고 한다는 것을 알았다. luban이나 liban은 아랍어로 '하얀, 순수한'이라는 의미이다. 그리스 말로는 그것이 그리스에서는 리바노토스(libanotos), 로마로 전해지면서 '알 리반(al liban)'이라는 단어에 명사를 의미하는 접미사 '-um'을 붙여 '올리바눔(olibanum)'이 된 것이다.

장미의 계절

오늘은 제니와 같이 점심 먹기로 한 날이었다. 제니를 처음 만난 것은 3년 전이었다. 그때 지운은 제니와 함께 다른 보험중개사에서 근무하고 있었다. 지운과는 다른 팀에서 근무했는데, 여러 개의 프로젝트를 제니가 있는 팀과 같이 하게 되면서 서로 자주 만날 기회가 있어서 친하게 되었다. 본명은 장윤제였다. 전 회사에서는 서로를 영어 이름으로 부르고 있었다. 그녀의 이름이 '제'로 끝나는 것을 아이디어로 삼아, 영어 이름으로 '제니'를 쓰게 되었다.

1년 정도 후에 제니는 회사를 퇴사하고 지금의 회사로 옮겼고, 몇 개월 후 지운도 회사를 옮기게 되었다. 옮기면서 마침 같은 팀에 배속되어 근무할 수 있는 기회를 가졌다. 같이 근무하면서 친해진 덕분에 영문 애칭으로 계속 부르고 있었다. 1년 정도 후에, 제니는 조직 개편이 되면서 파이낸스리스크팀으로 옮겨가게 되었다. 파이낸스리스크팀은 트레이드크레딧리스크, 폴리

티컬리스크, 엠앤에이리스크 3개 팀으로 나누어져 있는데, 제니는 그중 엠앤에이팀으로 배치가 되었다. 엠앤에이리스크는 기업 간의 인수합병과 관련하여 발생하는 계약상의 리스크를 분석하고, 이에 대한 리스크 솔루션을 개발하고 고객에게 컨설팅을 제공하는 팀이었다.

지운은 미리 식당을 예약해 두고, 제니에게도 문자를 보냈었다. 예약해 둔 식당은 사무실에서 좀 걸어가야 했다. 그래서 점심시간이 되기 전 조금 일찍 사무실 빌딩 1층 로비에서 만나기로 했다. 11시 50분 정도에 엘리베이터를 타기 위해서 자리에서 일어났다. 회사 사무실이 있는 빌딩은 40층이 넘는 고층건물이라서 점심시간 때는 엘리베이터가 붐비기도 하고, 식당이 회사에서 5분 정도 걸어가야 하는 거리라서 좀 일찍 나섰다. 로비에는 제니가 먼저 나와서 기다리고 있었다. 반갑게 웃으면서 손을 흔들었다.

"오랜만이네. 잘 지냈지?"

"네, 잘 지내고 있습니다. 이사님도 잘 지내시죠?"

"나야 뭐 늘 그렇지. 참 이번에 차장으로 진급했다며? 축하해."

"헤헤, 감사드려요."

지난달에 승진 발표가 있었다. 제니는 과장에서 차장으로 승진이 되었다. 직장인은 승진하고 월급이 오르는 게 일차적인 목표이다. 평소에도 쾌활한 제니였지만, 그래서 그런지 얼굴이 더욱 밝아 보였다. 적어도 2~3개월은 이런 기분이 지속될 것이다.

"이사님, 근데 일 마죠 식당이 이탈리안 레스토랑인가요?"

지운은 제니의 질문에 잠깐 뜸을 들이다가 말했다.

"맞어."

제니는 가만히 있다가 헐 하며 웃었다.

"이사님, 뭐예요. 언제 적 아재개그를 하세요?"

"식당이름이 일 마죠가 맞다는 말인데…."

"아 그만하고 빨리 가요. 근데 일 마죠가 무슨 뜻이에요?"

"사전에 찾아보니깐, 마지오(maggio)라는 단어가 5월이라는 뜻이더라고, 일(il)은 이탈리아 말에서 정관사 역할을 하고. 그러니, 일마지오라고 하면 우리 말로는 '5월' 정도 되겠네."

"이름은 참 낭만적이네요. 5월이면 장미의 계절 아닌가요? 저희 아파트 근처에 호수공원이 있는데, 공원에 심어 둔 장미가 아직 5월이 안 되었는데, 활짝 폈더라구요."

"아마, 요즘 날씨가 일찍 따뜻해져서 그런가 봐."

"근데 이사님, 향수 뿌리셨어요?"

"응. 며칠 전에 서점에 갔다가 향수 가판대가 있더군. 할인행사한다고 해서 하나 사봤어."

"저는 이사님이 향수 뿌리는 줄을 몰랐어요."

"평소에 뿌리는 건 아니고 아침에 샤워하고 나올 때는 그냥 나오는데, 오늘은 늦게 일어나서 세수만 해서, 약간 뿌리고 나왔지. 냄새가 나쁜가?"

"그렇게 나쁘진 않아요. 머스크향 같기도 하고, 좀 특이한 것 같아요. 무슨 향이에요?"

"브랜드는 없고, 그냥 올리바눔이라고 써 있더라고."

"올리바눔이라면, 중동이나 유럽에서 많이 쓰는 향수 아닌가요?"

"잘 아네. 영어로는 프랭크인센스(frankincense)라고 한다더군."

이런저런 이야기를 하다 보니 어느새 식당에 도착했다. 예약한 자리에 앉았다. 메뉴판을 제니에게 보여 주니, 지운이 시키는 대로 먹겠단다. 그래서 버섯이 첨가된 파스타와 작은 피자, 샐러드 하나와 레모네이드 두 잔을 시켰다.

"요즘 프로젝트는 잘 되고 있나?"

"그저 그래요. 최근에 에프디아이(FDI) 건으로 협의를 하고 있는 게 있어요. 외국계 투자자가 한국에 투자를 하고 싶다고 해요."

"부동산인가?"

"그건 아니고 자세히 말씀드릴 순 없지만, 신재생에너지 쪽이에요. 지금 협의 중인데 보험실사와도 관련이 있는데, 보험실사 관련해서 이슈가 있으면 이사님께도 연락 드릴게요."

"잘 되었으면 좋겠네."

이야기하는 도중에 피자가 먼저 나왔다. 지운은 포크와 나이프를 들고 한 조각을 잘라서 제니 앞의 빈 접시에 올려주었다.

식사를 마치고 나왔다. 근처의 커피가게에 가서 테이크아웃으로 커피를 받았다. 사무실로 돌아가는 길에 공원이 있어서 소화도 시킬 겸 한 바퀴 돌면서 천천히 가기로 했다.

"이사님, 질문이 있는데요."

"무슨 질문?"

"제가 사귀는 남자친구가 있는데, 한 달 전쯤에 다투고 헤어졌어요. 제 말을 안 들어서 화를 좀 내었어요. 그리고 두 번 다시 보지 말자고 하고 헤어졌는데, 정말 지금까지 연락도 안 하는 거예요. 남자들은 왜 그렇죠?"

"화가 나서 다투었고 헤어졌는데, 연락을 안 한다고…."

남자친구와 다투고 헤어졌다. 그리고 연락이 오지 않는다. 자기도 자존심이 상해서 연락을 안 하고 있는데, 남자친구도 마찬가지란다.

"그 친구가 어떤 사람인지 잘 모르고, 만나 본 적도 없고… 어렵네."

"원래 그 친구는 재보험사에 근무했어요. 우리 회사에서 재보험 업무 관련 미팅을 할 때, 다른 언더라이터 몇 명하고 같이 왔었어요. 그때 처음 봤었어요. 처음에는 그 친구가 적극적으로 대시를 해서 만났는데, 그가 저보다 나이가 두 살 어리거든요. 그런데 통하는 게 많더라구요. 반려견을 키운다고 했는데, 저도 집에서 강아지 한 마리를 키우거든요. 그래서 강아지 이야기하다가 친해지기 시작했어요. 제가 그 친구보다 나이가 좀 더 많다

보니까 저는 좀 그렇더라구요. 그러다가 그 친구가 다니는 재보험사에서 주최하는 고객 초청 세미나에서 다시 만났어요. 제가 먼저 인사하고 아는 척했죠. 그때부터 진지하게 다시 만나기 시작했는데, 그 친구가 잘생겨서 그런지 주변에 따르는 여자가 생겼나 봐요. 그것 때문에 다투었어요. 제가 연락을 하지 말라고 했는데, 정말 연락을 안 하는 거예요."

제니는 커피 한 모금을 들이켰다. 지운도 따라서 자기가 들고 있던 에스프레소커피 한 모금을 마셨다.

"좀 더 기다려 볼 수도 있고 아니면 먼저 연락 한 번 해볼 수도 있고."

"아니, 그게 뭐예요."

"나도 나를 잘 모르는데, 어떻게 남을 알겠나? 남자와 여자를 떠나서 제니가 그 친구 생각이 계속 난다는 건 제니에게 뭔가 아쉬움이나 미련이 남아 있다는 거지. 아무 미련이 없다면, 생각도 안 나겠지. 생각이 자꾸 난다면, 되든 안 되든 확인은 해봐야 하지 않을까? 내가 제니라면 미친 척하고 먼저 연락해 보겠어."

"그 친구가 거절하면요."

"그럼 할 수 없는 거야. 깨끗하게 잊어버리면 되지. 먼저 전화해서 자존심 상할까 봐 연락을 안 하는 건 오히려 그 친구를 정말 좋아하는 게 아니라, 자신을 먼저 생각하는 것이 아닐까? 그러니 먼저 그 친구하고 풀어 보는 게 좋지 않냐는 거지. 내가 좋아하고 있다면, 먼저 좋아한다고 말하는 건 문제가 아닐 것 같

아. 자존심 상할까 봐 전화를 안 한다는 건, 그 친구를 진정으로 좋아하는 게 아니야. 좋아한다는 마음이 자존심 뒤에 온다면 그건 좋아하는 게 아니라는 거지. 그렇다면 그냥 잊어버리면 되는 거라고 생각해."

제니는 답변이 없었다. 어느새 회사사무실 빌딩이 가까워져 오고 있었다.

빌키스

기원전 10세기경 지금의 예멘, 오만과 같은 나라들이 있는 땅은, 아라비아반도의 남쪽 끝에 위치하고 있다. 아라비아 사막과 아라비아해 사이의 좁은 시역으로 거칠고 메마른 이리비아 사막이 끝나는 지역이면서, 바다의 습기를 머금은 바람이 불어오고 비도 간간히 내리는 지대였다. 오래전에는 푸른 목초가 자라는 지역이었다. 사막에 인접한 지역의 경우에도 꽤 넓은 오아시스가 있었다. 물길도 여러 곳으로 흘러 나와 북쪽의 황량한 땅에 비해서 훨씬 비옥하고, 농사도 지을 수 있었다. 그 덕분에 이곳으로 사람들이 몰려들었고, 점차 큰 도시의 규모로 성장하였다. 인근의 오아시스들에서도 사람들이 모여들면서 도시가 하나 둘씩 생겨나기 시작했지만, 그중에서도 마리브 지역이 가장 규모가 컸다. 사람들은 오아시스를 중심으로 성을 만들었고, 그들을 이끄는 부족의 장을 왕으로 섬기며, 하나의 왕국을 만들었다. 그 일대 지역을 예부터 세바, 사바 또는 시바라고 하였는데, 그런 연유로 마리브왕이 다스리고 있는 주위 일대를 세바왕국 혹은 시바왕국이라고 칭하게 되었다. 처음에는 마리브를 중심으로 하는 작은 도시국가에서 점차 규모를 갖춘 왕국으로 커져 가고 있었다. 시바왕국은 기원전 12세기에 생겨나 기원전 10세기에 더욱 그 성세가 커지게 되었다. 당대 시바왕국의 왕은 마리브 3세였는데 그에게는 아들이 없었고, 빌키스라는 딸이 하나 있었다. 다른 후실을 여럿 두고 있었으나 아들이 태어나지 않는다면, 빌키스가 왕위를 이을 수도 있었다.

그날은 빌키스가 15세가 되는 날이었다. 그녀의 아버지인 마리브3세는 대신들과 국정을 논하는 자리에 빌키스를 옆에다 두었다. 그날의 주제는 마리브성이 커지면서 기존의 마리브 인근에 살던 왕국의 백성들 외에, 다른 주변의 외지인들이 마리브성 주위로 몰려들고 있는 현상에 대한 대책을 논의하는 자리였다. 왕국의 규모가 커지는 것은 좋은 일이었지만, 마리브의 대지가 허용하는 생산성을 넘어서는 인구의 증가는 치안과 통치에 문제를 일으키고, 자칫 왕국의 안정을 해치는 문제로 번질 수가 있기 때문이었다. 대신들의 제안과 토론이 한참 이어졌으나, 뚜렷한 답안이 나오지 않았다. 마리브3세는 그녀를 돌아보았다.

"빌키스야, 너의 생각은 어떠냐?"

아버지의 질문에 그녀는 잠시 생각을 하는 듯, 시간을 두었다. 그녀의 눈빛이 반짝인다고 느낀 순간, 그녀는 자신의 생각을 말했다.

"사람들이 많아지면 먼저, 그 사람들이 의식주를 해결해야 합니다. 의식주가 해결이 되어야 그네들이 잘 정착할 수 있고, 그래야 왕국의 백성으로 충성을 다하게 될 것입니다. 백성들 대부분이 농사와 목축에 종사하고 있는 지금, 새로운 사람들이 농사를 지을 수 있도록 토지를 배분하는 것도 어렵고, 목축을 하도록 양들을 줄 수도 없는 노릇입니다."

빌키스는 잠시 호흡을 가다듬었다.

"그래서 저의 생각에는 마리브성 주변을 흐르는 물길이 3개 있는데, 이를 한 곳으로 유도하는 것입니다. 그리고 한 곳으로 모이게 한 다음, 댐을 만드는 것입니다. 그렇게 하면 세 가지의 이점이 있습니다. 먼지 왕국에 몰려드는 외지인의 인력을 토목 공사에 참여하도록 유도할 수 있습니다. 그리고 그들에게 곡식과 주거할 곳을 만들어 주면, 물길을 효과적으로 이용할 수 있고 백성들의 불안과 동요를 막는 동시에 외지인들을 빠른 시간 내에 왕국의 백성으로 정착시킬 수 있습니다. 그리고 물길을 가두기 위해 댐을 만들어서 주변의 농지에 물을 대도록 하면, 농산물의 생산이 더욱 증대할 것이므로 식량증산에도 큰 이득이 될 것입니다. 그와 동시에 공사를 제대로 수행하기 위한 기술도 더욱 가다듬어지고 발전할 것인데, 이를 활용하여 마리브성의 장기적인 도시계획에도 활용할 수 있을 것입니다."

"그러면 그런 대공사를 하는 데 드는 비용은 어떻게 마련할 것입니까?"

대신 중의 한 사람이 질문을 하였다.

"관개수로를 만들어 물이 풍부해지면, 자연히 주변의 유향무역을 하는 카라반 대상들이 저희를 찾아서 오게 될 것입니다. 그러면 저희들은 자연히 그 대상들로부터 일정 세금을 거두어들일 수 있고, 그 세금을 이용하여 공사에 참여하는 노동자들에 대한 임금을 지급하거나 기존의 농민들에게서 곡식을 사들여 직접 노동자들에게 주도록 하면 될 것입니다. 한 가지 더 추가할 것이 있습니다. 공사가 커지면 커질수록, 그리고 시간이 길어질수록 공사 중에 사고로 다치는 사람들이나 질병에 걸리는 사람들이 생길 것입니다. 이들을 그냥 내버려두면 전염병이 생길 수도 있고, 일하는 사람들이 오히려 불만을 가지는 씨앗이 될 터이니, 다치고 병든 사람들을 치료하고 보살필 수 있는 치료시설과 인력을 미리 준비해 두어야 할 것입니다. 여기에 투입되는 비용은, 노동자들에게 주는 곡식의 일부나 임금에서 십분의 일 정도 따로 떼어 함께 모아두어서 보험으로 활용하면, 왕국의 재정에도 도움이 되고 백성들의 복지에도 보탬이 될 것입니다."

빌키스의 또렷한 목소리와 논리적인 언변에 대신들은 감탄하였다. 그녀가 부친인 마리브3세가 입이 마르도록 칭찬하며, 후계자가 될 것임을 넌지시 시사해 왔는데, 오늘 신하들 앞에서 그 자격을 증명한 것이었다.

샤론의 장미 1

"이사님, 안녕하세요."

사무실로 올라가기 위해서 엘리베이터를 기다리는 옆에서 누가 인사를 했다. 이번에 새로 입사한 유건호라는 친구였다. 나중에 알고 보니 잘 아는 분의 아들이었다. 아버지가 건호에게 지원해 보라고 적극 추천을 해서 지원을 했는데, 면접을 잘 통과하고 합격해서 지금은 수습과정을 밟고 있다고 했다.

"건호 씨도 안녕, 주말 잘 보냈나?"

"네, 이사님도 잘 보내셨습니까?"

"잘 지내고 있지. 오늘 점심 약속 있어?"

"네? 아, 오늘은 동기들과 같이 하기로 했습니다. 내일은 괜찮습니다."

"그래, 그러면 내일 점심같이 하지."

"네, 알겠습니다."

얼굴을 본 김에 건호와 점심 약속을 했다. 건호가 최종합격하고 나서 얼마 후에 인사하러 왔는데, 그때 시간되면 같이 식사를 한번 하자고 했는데 벌써 시간이 흘렀다.

지운은 자신이 처음 회사에 입사하던 때가 생각났다. 슬그머니 혼자 웃음을 지으면서 자리에 앉았다. 노트북을 꺼내고 파워를 켰다. 윈도우 비밀번호를 입력하고, 회사 업무 화면에 들어왔다. 메일을 보기 위해 회사 내부 메일시스템 전용 아이콘을 클릭했다. 시계가 돌아간다. 노트북 컴퓨터를 회사로부터 받아서 쓰고 있는데, 3년 정도 되어서 그런지 부팅 속도가 느렸다. 휴대폰이 울렸다.

"이사님, 저 제니예요. 혹시 사무실에 계세요?"

"아, 제니, 지금 자리에 있어요. 왜?"

"상의드릴 건이 있어서, 잠시 찾아뵙고 말씀드릴 시간되세요?"

"지금 괜찮아."

"그럼 지금 바로 갈게요."

지운이 다니는 회사는 미국에 본사를 둔 다국적 기업이다. 한국 사무실에 있는 직원들은 대부분 한국 사람들이지만, 해외 직원들과의 의사소통은 모두 영어를 기준으로 이루어진다. 고객들도 순수 국내에 있는 업체들도 많지만 오늘처럼 외국계 투자자들도 상당히 많았다. 그러다 보니 작성되고 유통되는 문서나 이메일의 반 이상이 영어로 되어 있었다.

메일리스트를 가볍게 훑어보았다. 다른 사람에게 보내는 메일에 지운이 참조로 들어간 메일과 직접 지운에게 오는 메일이 반반이었다. 그중에는 바로 답변을 요구하는 메일이 있었다.

"이사님, 안녕하세요."

메일에 대한 답변을 쓰고 있는데, 옆에서 목소리가 들렸다. 제니였다.

"제니, 안녕."

"이사님, 잠시 시간되세요?"

"잠깐만, 메일 쓰는 게 있어서 마무리하면 10분 정도 걸릴 것 같네. 무슨 일?"

"다름이 아니라 저희 팀에서 인수합병 프로젝트 때문에 클라이언트하고 협의를 하고 있어요. 그런데 클라이언트 측에서 자기들이 인수하려는 실물 자산에 대해 보험이 제대로 되어 있는지에 대해서도 컨설팅 겸 자문보고서를 작성해 달라고 요청하고 있어요. 그래서 이사님께 상의를 드리려고요."

"알았어요. 어디서 볼까? 회의실 자리가 있을까?"

"네, 근처 빈 회의실 있는지 살펴봤는데, 마침 '로마'룸이 비어 있어요. 로마룸으로 예약해 두었어요."

"좋아요. 이따가 봐요."

제니가 현재 하고 있는 업무는 기업 간의 인수합병과 관련하여 발생하는 계약상의 리스크를 분석하고 이에 대한 리스크 솔루션을 개발하고 고객에게 컨설팅을 제공하는 일이었다.

인수합병은 머저앤액퀴지션(Merger & Acquisition)을 번역한 말인데, 줄여서 엠앤에이 또는 엠앤드에이(M&A)라고 통상 지칭하고 있다. 제니가 지운에게 상의를 하고 싶다는 프로젝트는 엠앤에이와 관련된 것인 듯했다. 하지만 엠앤에이보험은 자신의 팀에서 담당하고 있을 테니, 그 보험을 지운과 상의하자는 것은 아닐 수도 있었다. 인수하려는 회사가 자신이 인수하려는 업체가 보유하고 있는 여러 가지 자산들에 대한 보험을 미리 살펴보고 검토하는 것이다. 자세한 내용은 만나서 들어보면 알겠지. 쓰고 있던 메일을 마무리하고 전송 버튼을 눌렀다. 화면을 끄고 노트와 볼펜을 집어 들었다. '로마'룸으로 향했다.

회사에는 4~5명 정도가 들어가서 회의를 할 수 있는 소규모 회의실을 여러 개 마련해 두었는데, 세계 각국의 수도를 회의실 이름으로 삼고 있었다. '로마'는 그중의 하나였다.

"이사님, 들어오세요. 화면을 스크린에 미리 연결해 두었어요."

'로마' 회의실로 들어가니, 제니가 이미 노트북 컴퓨터와 스크린을 연결해 두고 있었다.

"잘했네. 큼직한 스크린으로 보니까 잘 보이네."

그녀는 파워포인트 파일에 마우스를 가져간 뒤 클릭을 했다. 회의실 중앙에 있는 대형 스크린에 새로운 화면이 나타났다.

"샤론의 장미라고 하는 프로젝트입니다. 태양광발전소를 인수하는 프로젝트인데요…."

제니가 다시 마우스를 클릭했다. 화면이 넘어갔다. 영어로 사업의 배경을 뜻하는 프로젝트백그라운드(Project Background)라는 제목이 크게 나오고 그 아래로 조금 작은 크기의 영어로 된 문장들이 줄을 이었다.

"도쿄지사에서 연결해 준 건입니다. 클라이언트 자체는 싱가포르에 기반을 둔 투자회사입니다. 태양광, 풍력 등 신재생에너지 투자를 전문으로 하는 펀드입니다. 몇 년 전 일본 태양광에 투자를 했는데 성과가 좋았다고 합니다. 일본에 SPC를 세웠고 일본 내에 태양광발전소를 여럿 인수해서 운영 중입니다. 그리고 한국 쪽에도 신재생에너지 관련 투자 기회를 모색하고 있던 중, 국내의 태양광발전소를 운영하고 있는 업체와 연결이 되었습니다. 그 회사가 운영하고 있는 태양광발전소가 20개 정도 되는데, 그중 8개를 먼저 인수하기로 하고 작업을 진행 중입니다."

다시 화면을 넘기면서 설명을 했다. 프로젝트 개요에 대한 프리젠테이션이 끝나고 제니가 말을 이어 갔다.

"일본 내 태양광발전소 건설과 운영에 관한 보험을 도쿄지사에서 진행해서 관계가 잘 설정되어 있었습니다. 그래서 한국 투자와 관련해서 보험관련 부분 업무를 도쿄지사와 상의했고, 도쿄지사에서는 한국비즈니스는 한국지사와 협의를 해야 하기 때문에 저희들을 연결해 주었습니다. 그게 저희 파이낸스리스크팀이었습니다. 아시다시피 파이낸스리스크팀은 디앤오보험과 엠앤에이 관련 리스크를 중점적으로 취급하고 있는데, 그에 대한 의뢰를 받아서 진행 중이었습니다. 그리고 인수자 측에서 인수 대상이 되는 태양광발전소들에 대한 리스크 수준과 보험을 통한 자산 프로텍션(Protection)이 어떻게 이루어지고 있는지 디디리포트(DD report)를 제공해 줄 수 있는지 요청했습니다. 저희 팀에서는 리스크듀딜리전스(Risk Due Diligence) 리포트를 작성해 본 경험이 없어서요. 그래서 이사님께 디디리포트 작성해 주실 수 있는지 부탁드리고자 합니다."

"당연히 해드려야지. 그런데 그냥 한글로 작성하면 되는지 아니면 영문리포트로 작성해야 하나?"

"영문으로 작성해 주셔야 합니다."

"흠…."

"비용은 얼마 정도로 하면 될까요?"

"프로젝트 규모나 작업량에 따라 다른데, 국문으로 하면 기본적으로 만에서 만 오천 달러, 영문으로 하면 이만에서 이만 오천 달러 정도 될 것 같네."

제니는 약간 놀라는 눈치였다.

"보험료 규모에 비해서는 꽤 큰 편이네요?"

"그래? 전체 보험료가 얼만데?"

"지금 클라이언트가 인수하려는 태양광발전소가 5개 정도 돼요. 그런데 개별 발전소의 규모가 크지 않아서 그런지 보험료도

5개 전체 다 합쳐서 2천만 원 정도 수준이 될 것 같아요."

"1개 발전소당 평균보험료가 400 내지 500만 원 정도면, 사이즈가 그렇게 큰 건들은 아니긴 하네. 그렇긴 하지만 작업하는 분량 자체는 만만치 않아 보이네. 사이트가 5곳인데, 보험도 각 사이트별로 따로 가입하고 있네. 개별 발전소의 위험노출요소도 봐야 되고, 보험증권도 각각이라면 증권 하나하나 일일이 검토하고 분석을 해야 되는 거잖아. 그렇다면 투입되는 시간이 적지 않을 것 같네."

"제가 클라이언트 측과 접촉해서 한 번 알아볼게요."

지운은 시계를 쳐다보았다. 10시가 넘어가고 있었다. 밀린 메일에 대한 답변도 작성해야 하고, 오후에는 신입사원을 대상으로 하는 강의가 잡혀 있었다. 그래서 자료를 미리 좀 봐야 했다.

"10시가 넘었네. 내가 작업하는 게 있어서 이제 마무리해도 될까?"

"시간이 벌써 이렇게 지났네요."

제니는 노트북 화면을 보더니, 시간이 한 시간 이상 흘렀다는 것을 알았다.

"너무 시간 많이 뺏은 거 아닌지 모르겠습니다."

"괜찮아. 딱 맞게 끝났네."

"네, 감사합니다. 그리고 자문비용 건은 제가 확인해 보고 연락드리겠습니다."

"그래요. 알아보시고 고객 쪽에서 그럼에도 불구하고 필요하다고 하면 진행해 봅시다."

제니와 헤어져 자리로 돌아왔다. '샤론의 장미'라는 프로젝트 이름이 계속 머리에 남았다. 프로젝트를 진행할 때 항상 프로젝트명을 짓는 것이 일반적이다. 여러 개의 프로젝트가 추진되는 경우가 많기 때문에 프로젝트를 서로 구분하기 위해서는 이름을 지어야 한다. 프로젝트 번호1처럼 숫자로 하게 되면 간단하기는 하지만 여러 개의 프로젝트가 있을 경우 구분하기가 쉽지 않다. 물론 내부적으로 관리만 하면 문서번호 형식으로 해도 괜찮을 것이다. 하지만 프로젝트라는 것은 이해관계 당사자가 여럿이 결부되어 있는 경우가 많고, 다른 부서뿐만 아니라 외부의 조직이나 기업들이 함께 엮어서 수행되는 경우가 많다. 이 경우는 그 프로젝트가 유일한 프로젝트이므로 번호로 매길 이유가 없다. 프로젝트의 성공을 기원하면서 그 프로젝트의 특성을 잘 나타내 줄 수 있는 이름을 지으려고 하게 된다.

이 프로젝트는 왜 샤론의 장미(Rose of Sharon)라는 이름을 붙였을까? 궁금한 마음이 들었다. 휴대폰의 영어사전 앱을 켜보았다. rose of sharon을 입력했다.

'어?'

샤론의 장미를 영어사전에서 찾아보니 '무궁화'라고 나온다. 샤론의 장미가 무궁화라니…

'야, 알고 보니, 한국에서 하는 프로젝트라는 의미로 샤론의 장미라고 쓴 거네. 이 사람들 공부 많이 했네.'

이 프로젝트의 이름을 샤론의 장미라고 한 것은 프로젝트 관계자들이 프로젝트의 대상이 되는 지역이 한국이라는 것을 생각하면서 지었다는 것을 알 수 있었다. 그리고 나름대로 프로젝트의 성공을 위해 심혈을 기울이고 있다는 것도 느낄 수 있었다. 누가 이름을 지었는지 궁금해졌다.

제니가 고객에게 받은 발전소별 보험증권과 관련 자료를 저장해 둔 폴더를 알려주었다. 윈도우 탐색기로 제니가 알려준 서버 내의 폴더에 들어가 보았다. '샤론의 장미'라는 폴더가 나왔다. 그 안에 다시 들어가 보니 5개의 폴더가 다시 들어 있었다. 솔라1, 솔라2 순서로 5개의 태양광 프로젝트 증권이 저장되어 있었다. 1번 프로젝트를 클릭해 보았다.

보험종목은 씨엠아이(CMI)로 되어 있다. 기업이나 사업을 대상으로 하는 보험은 그 종류가 너무나 많지만, 몇 가지 중요한 기준점을 토대로 나누어 보면 일목요연하게 이해할 수가 있다. 그중에 사업을 처음 시작하는 시점인가 아니면 한창 열심히 공장이나 사업장을 돌리고 있는 시점인가에 따라 나누는 방법이 있다. 사업장을 운영하는 동안에 가입하는 보험을 운영보험이라고 한다. 씨엠아이는 사업장을 운영하는 기간 중에 가입하는 보험에 해당된다. 영어로 컴프리헨시브머쉬너리인슈런스(Comprehensive Machinery Insurance)의 준말인데, 우리말로 번역된 보험의 이름은 '기관기계종합보험'이라고 한다. 기관기계종합보험이라고 전부 읽으면 너무 길어져서 기계보험이라고 도 하는데, 기계보험이라는 표현보다는 영어단어의 첫 글자를 따서 씨엠아이(CMI)로 말하는 것이 좀 더 익숙한 표현이다. 일반인들 중에서 태양광발전소에 대한 보험이 있는지 관심 있는 사람이 별로 없기 때문에 전문가들의 용어로 통용되고 있다. 마치 병원에서 의사들이 쓰는 병명이나 치료에 대한 전문용어처럼 말이다. 얼마 전까지는 태양광발전소를 운영할 때 필요한 보험은 패키지보험이라는 보험증권양식을 적용하는 곳이 대부분이었다 (패키지보험은 재산종합보험이라고도 한다).

패키지보험은 도시의 대형 건물이나 공장 시설을 위해 만들어진 보험인데 화재 위험, 기계적 위험, 시설운영 중단 위험, 타인에 대한 배상책임 위험을 한데 묶어서 꾸러미처럼 만든 보험이다. 그전에는 일반적인 발전소를 포함해서, 태양광발전소에 대해서도 적용되고 있었다. 그러다가 몇 년 전부터 발전소에 대해서 패키지보험 대신 씨엠아이보험을 적용하고 있는 사례가 점점 늘어나고 있다. 요즘 가입하는 태양광발전소 운영보험은 씨엠아이가 대세인 듯하다.

보험과 관련된 자문보고서를 쓸 때 보험종목을 먼저 보는 이유는 부동산 거래 계약에 자동차매매 계약서를 들이밀면 안 되는 것과 같은 것이다. 각각의 업무와 작업마다 그와 연관되어 나타나는 위험이 있고, 그 위험에 딱 맞추어 보험을 설계하고 보험증권의 내용, 조건, 그리고 계약 문장을 맞추어야 하기 때문이다. 보험에 대한 보고서를 쓸 때는 해당 사업의 특성에 적합한 보험을 적용하고 있는지, 위험에 대한 대응을 제대로 하고 있는지를 점검할 수 있는 가장 기본적인 것이라고 할 수 있다. 따라서 현재 가입한 보험의 종류가 무엇인지, 이 보험을 적용하는 것이 적절한 것인지를 콕 집어서 설명해 주어야 한다.

'보험기간이 어떻게 되어 있지? 2022년 3월 29일에서….'

'핑.'

화면에 작은 소리와 함께 컴퓨터 화면에 팝업 메세지가 떴다. 사내 커뮤니케이터 프로그램이 켜졌다. 제니였다. 클릭을 하고 내용을 보았다.

'이사님, 제가 오늘 이야기한 내용을 메일로 보냈는데, 아마 내일쯤 답변이 올 것 같아요.'

'그래요.'

'도쿄지사의 담당자가 클라이언트하고 협의를 해봐야 하는데, 클라이언트가 내부적으로 검토할 시간이 필요하다고 하네요. 빠르면 내일 오전, 아니면 오후에 연락이 올 것 같아요.'

'수고했어. 답변이 오면 연락 줘요~'

세상은 리스크라는 이름의 바다

유건호는 신입사원 교육과정을 밟고 있었다. 군대를 갔다 오고 졸업을 앞둔 즈음, 취직 준비에 여념이 없었다. 아버지가 어디로 지원할 건지 물었다. 몇 군데 대기업에 지원서를 제출했었다. 서류전형에서 합격하고 면접을 보았지만, 최종 합격한 곳은 없었다. 몇 군데 더 지원서를 내놓고 부지런히 면접을 다니고 있는 중이라고 하니, 아버지가 이 회사를 한 번 지원해 보면 어떠냐고 추천을 했다. 그 회사는 외국계 보험중개사였다. 외국계 회사니까 영어를 잘 하는 것이 기본인데, 건호가 뉴질랜드에서 어학연수를 2년 다닌 경험이 있고 영어에도 어느 정도 능통하니 해볼 만하지 않겠느냐는 것이었다. 아버지의 추천을 듣고 지원서를 제출해 보았다. 얼마 후에 면접을 보러 오라는 통보를 받았다. 면접은 3차례 진행되었다. 처음에는 부사장과 전무 등 4명의 중역이 면접을 했다. 그리고 며칠 후 상무나 이사 등 실무자급의 사람들과 다시 면접을 보았다. 마지막으로 사장님 앞에서 최종 면접을 했다. 그리고 최종합격 통보를 받았다.

얼마 후에 신입사원 자격으로 회사에 나왔고, 회사에서 진행되는 기초 교육을 받았다. 기초 교육은 보험에 대한 이론과 회사 내부 조직과 내부의 규칙에 관한 것이었다. 기초 교육을 마친 후 6개월 동안 각 실무부서에 배치되어 회사의 실질적인 업무를 배우게 되었다. 6개월간의 수습기간이 지나면 별 문제없을 경우, 정식으로 채용이 되도록 되어 있었다. 그리고 각 부서에 배치받은 후에도 중간 중간 교육이 진행되었다. 오늘의 강의는 리스크와 보험 전반에 대한 강의라고 한다. 오전에 부서의 업무를 마치고 오후에 두 시간 정도 배정되어 있었다. 강의 시간이 다 되어서 같이 합격한 동기들과 하나둘씩 강의장으로 이동했다. 강의실에 앉아서 기다리니, 교육담당 매니저가 한 사람과 같이 들어왔다. 오늘 강의를 맡은 강사라고 한다. 아는 얼굴이었다.

지운은 오후 2시부터 4시까지 신입사원을 위한 강의를 요청받았다. 리스크와 보험이라는 제목이 되어 있었다. 두 시간 정도 시간을 배정받았다. 아래층에 있는 강의실로 내려갔다. 원래 회사에는 따로 강의실이 없었다. 전체 회의나 세미나를 위한 대형 회의실이 있는데 이것을 강의실처럼 좌석을 배치해 두었다.

강의실에 들어가니 10명 정도의 신입사원이 앉아 있었다. 신입사원의 경우 수습과정을 거쳐야 하는데 보통 6개월이다. 6개월 동안 보험의 원리와 관련 이론과 여러 가지 보험상품에 대한 교육을 진행한다. 그리고 여러 부서에 일시적으로 배치되어 각 부서별 업무와 특성을 이해하고 실습하는 과정을 거친다. 그 과정이 끝나고 문제가 없으면 평가를 거쳐 정식직원으로 채용한다. 본인이 중간에 다른 직장으로 이직하거나 특별한 문제를 일으켜 회사에서 더 이상 일하기가 어려워지는 등의 사정이 없으면, 이들 대부분은 정식직원으로 채용이 될 사람들이다.

이제 이십대 후반, 삼십대 초반의 청년들이라 그런지 눈빛들이 초롱초롱하다. 컴퓨터와 연결된 중앙 스크린에 큼지막하게 '리스크와 보험'이라고 적혀 있다. 교육진행자가 강의 제목과 강사에 대해서 소개를 했다. 지운는 가볍게 인사를 했다.

"그럼 바로 시작하시면 돼요."

"알겠습니다."

진행자에게 바톤을 인계받은 지운은 앞으로 나가서 고개를 숙이며 인사를 했다.

"안녕하세요. 방금 소개를 받은 명지운입니다. 여러분을 뵙게 되어서 반갑습니다. 저는 '인프라 및 에너지'팀에서 근무를 하고 있습니다. 지금까지 받은 교육을 보니까 화재보험, 적하보험, 건설공사보험처럼 전문적인 보험상품과 보험의 원리, 재보험 실무에 대한 내용이 많은 것 같습니다. 지금부터 제가 하는 강의는 일반적인 보험이론이나 보험상품에 대한 강의라기보다 보험에 대한 전반적인 이야기와 리스크, 리스크관리란 무엇인가라는 부분에 대한 강의입니다. 그러다 보니 범위가 두루뭉술하고, 준비해야 하는 내용이 꽤 많았습니다. 그래도 제가 특정한 산업만이 아니라 여러 산업에 걸쳐 다양한 고객을 만나고 상담한 경험이 많기 때문에 이에 대한 내용을 신입직원 여러분들에게 전달할 수 있는 기회를 만들어 주자는 취지에서 주최 측에서 강의시간을 마련해 준 것 같습니다. 이제 본격적으로 진행해 보도록 하죠."

지운은 수업을 시작하기 위해 화면을 클릭했다. 화면이 넘어가면서 문장이 떴다.

"가장 안전한 배는 항구에 정박해 있는 배이다. 하지만 항구에만 있는 배는 그 배를 만든 진정한 목적이 아니다(Ships are most safe in harbor, but that's not what they are for)."

잠시 화면을 쳐다보더니, 지운은 교육생들을 향해 고개를 돌렸다.

"이 강의를 할 때면, 항상 먼저 보여 주고 시작하는 글입니다. 여러분 배가 제일 안전할 때는 언제일까요?"

앞을 보며 물었다. 그렇지만 꼭 대답을 원한 것은 아니었다. 강의를 듣는 사람들의 주의를 환기시키기 위한 목적일 뿐이다.

"배가 제일 안전할 때는 항구에 닻을 내리고 정박해 있을 때죠. 그때는 태풍이 불어도 문제가 없고, 사고가 일어날 일이 없지요. 하지만 배가 움직이지 않고 항구에만 있으면 어떻게 될까요?"

다시 한 번 질문을 던지고 바로 이어 나갔다.

"항구에만 있으면, 폐선되고 말죠. 그 배가 고기를 잡는 배면 고기를 잡으러 가야 되고, 화물을 실어 나르는 배면 화물을 실어야 되고, 승객을 태우는 여객선은 승객을 태우고, 어쨌든 바다로 나가야 됩니다. 바다로 나가지 않으면 배의 존재가치가 없죠. 인간이 만든 모든 인공물들은 그 목적이 있고, 그 목적은 인간이 마주치는 문제를 해결하기 위한 것입니다. 그리고 그 문제를 해결하는 것이 곧 비즈니스가 되고, 프로젝트가 되는 것입니다. 하지만 바다는 위험하죠. 그래서 배가 헤치고 나아가야 할 바다라는 리스크에 대해서 잘 알아야 하고, 통제할 수 있게끔 해야 합니다. 그것이 바로 리스크관리이고 보험이 필요한 이유입니다."

교육생들의 눈빛이 조금 살아나는 것 같았다. 점심시간 이후에 바로 이어서 하는 강의는 신체적인 생리상, 졸음이 많이 오도록 유도하는 수면제의 역할을 하는 경우가 많다. 강의를 하는 사람은 정말 열심히 뭔가를 말하고 있지만, 앉아 있는 사람의 눈과 귀를 통해서 두뇌에 전달되는 과정에서 끊어지게 된다. 이것을 방지하기 위해, 뭔가 재미있고 유머스런 이야기를 하거나 주의를 환기시키는 이야기를 하면서 시작하지 않으면, 잠시 후에 강의를 듣던 사람들이 책상 위로 쓰러지는 불상사를 여러 번 경험했기 때문이다.

"배가 바다를 향해 나아가는 건 곧 리스크를 향해 나아가는 것이죠. 이제부터 우리는 리스크라는 말에 익숙해져야 합니다. 그럼 리스크는 무슨 말일까요? 우리가 보통 리스크를 번역하면 '위험'이라는 말로 번역이 됩니다. 그런데 리스크는 단순히 위험이라는 말과는 다른 뉘앙스를 가지고 있습니다. 위험이라는 말은 뭔가 가까이 하면 큰일이 일어날 것 같고, 손실을 볼 것만 같은 상황을 연상시킵니다. 하지만 리스크는 단순히 손실만을 의미하는 것이 아닌 좀 더 깊은 의미를 가지고 있습니다. 그것은 불확실성이라는 개념에 더 가깝습니다.

리스크라는 단어는 라틴어 리시쿰(risicum)에서 파생되었습니다. 리시쿰(Risicum)이란 불확실한 무엇인가를 맞이하거나 그러한 상황에 처해지는 것을 의미합니다. 이는 다시 라틴어 동사인 '리시카레(risicare)', 즉 던지다 또는 던져지다라는 동사와 연관이 됩니다. 이 단어가 영어의 리스크가 되었습니다.

보험의 측면에서 좀 더 정밀하게 정의하면 리스크는 위험한 상황에서의 불확실성이나 잠재적인 손실에 대한 가능성을 나타냅니다. 일반적으로 리스크는 불확실한 결과가 발생할 수 있는 상황이나 행동에 대한 가능성을 가리키며, 이로 인해 원하지 않는 결과가 초래될 수 있습니다. 이러한 위험은 사회, 경제, 금융, 건강 등 다양한 분야에서 관련된 개념으로 사용됩니다.

리스크와 비슷한 단어로 데인저(danger)라는 말이 있습니다. 데인저도 위험을 뜻하는 말이죠. 둘 다 모두 어떤 일이나 상황에서 발생할 수 있는 부정적인 결과나 손해의 가능성을 의미하는 용어입니다. 하지만 두 용어는 약간의 차이점이 있습니다. 일반적으로 리스크는 불확실성과 관련이 있으며, 어떤 일이 발생할 확률과 그로 인해 어떤 영향을 받을지에 대한 평가를 포함합니다. 예를 들어 스포츠를 하거나 사업을 시작할 때 어떤 위험 요소가 존재하는지 고려하는 것은 리스크에 대한 평가입니다. 리스크는 관리될 수 있으며, 적절한 대비책과 전략을 통해 최소화하거나 제어할 수 있습니다. 반면에 데인저는 더 직접적이고 잠재적으로 위험한 상황을 가리킵니다. 데인저는 보다 직접적이고 즉각적인 위험 상황을 나타냅니다. 이것은 눈앞에 닥친 물리적 위협이나 긴박한 상황에 관련이 있습니다. 예를 들면 높은 고도에서 떨어질 위험이 있는 가파른 절벽이나 도로에서 오는 차량 등이 여기에 속합니다. 따라서 리스크는 불확실성과 관련이 있고 일반적으로 관리될 수 있는 가능성을 나타내는 반면, 데인저는 더 즉각적이고 구체적인 상황에서의 위험을 가리킵니다. 혹시 질문이 있나요?"

지운은 중간에 신입사원들에 대해 질문을 했다. 아무도 대답이 없었다. 강의를 듣는 이들의 눈들이 점점 무거워지는 모습이 보였다. 뭔가 좀 더 분위기를 환기시킬 수 있는 내용이 필요한 상황이다.

"좋습니다. 궁금한 사항이 있으면 언제든지 질문을 해주십시오. 다음으로 보험이라는 것이 어떻게 시작되었는지에 대해 알아볼까요?

일반적으로 보험의 시작은 고대 그리스시대로 거슬러 올라가는 것으로 보고 있습니다. 고대 그리스시대는 지중해를 사이에 두고 해상무역이 성행했습니다. 처음에는 가족이나 조그만 부족 수준에서 시작했지만 시간이 흐르면서 그 규모도 커지고 해상무역을 전담하는 상인조직이 생기고 이를 통해 부를 축적한 일종의 자본가 계급도 생기게 되었지요. 이 해상무역에서 가장 선두에 있는 사람들은 다름 아닌 배를 가지고 있는 선주들이었습니다. 선주들은 이곳저곳을 돌아다니며 여러 가지 물건을 팔고 사고하면서 돈을 벌었습니다. 그중에 금, 은, 귀금속과 장신구, 고급향료 같은 것부터 밀과 같은 곡물, 소금, 목재 등 지역별로 교환가치가 높은 물품들이 많았습니다.

하지만 배를 타고 바다로 가는 길은 돈이 많이 들지요. 선원들의 인건비, 무역을 위한 물건을 구매하는 비용, 항해기간 동안의 먹을 것 등 많은 비용이 들지요. 그리고 바다는 항상 안전한 것만이 아니었기에 풍랑을 맞거나 악천후로 좌초할 수도 있고 해적을 만나서 물건을 뺏길 수도 있었습니다. 그래서 선주들은 이런 비용을 조달하기 위해 귀족이나 이미 부를 축적한 자본가가 된 부유한 상인을 찾아서 돈을 빌려야 했죠. 그리고 자신의 배와 물품을 담보로 제공합니다. 무사히 항해를 마치고 돌아오면 원금과 이자를 모두 갚기로 하고 말이죠. 이자는 원금의 삼분지일, 즉 33% 정도 되는 수준이었다고 합니다. 당시에 통용되던 이자는 육분지일 정도, 즉 16 내지 17% 정도였으니, 그 두 배가 넘는 고금리였지요. 대신 악천후나 해적 등을 만나서 빈손으로 돌아오거나 원금보다 부족할 때는 그 책임을 면해 주는 것이었습니다. 이러한 제도는 그리스를 거쳐 로마시대와 중세까지 이어지게 되는데 이것을 모험대차(冒險貸借)라고 합니다. 대차는 돈을 빌려 주고 받는 것을 의미하는데, 자금을 융통하는 것을 무역항해를 통해 벌어들이는 원금과 이익을 근거로 한다는 의미에서 그렇게 쓴 것 같습니다. 영어로는 그로스어드벤츄어(Gross Adventure)라고 합니다. 말 그대로 바다를 항해하는 것은 당시로는 거대한 어드벤츄어, 곧 모험과 같은 행위였으니까요.

그런데 기록에는 나와 있지 않지만 이보다 더 오랜 모험대차의 방식이 이미 존재하고 있었습니다. 그것은 아라비아반도에서 생산되던 향료무역이었습니다. 향료를 인센스라고 번역할 수 있는데, 여기에는 몰약이라고 불리는 '미르'와 올리바눔 또는 프랑크인센스라고 하는 유향이 대표적입니다. 유향과 몰약은 이미 기원전 4천 년 때부터 사람들이 사용하기 시작했고 거래되고 있었습니다.

유향과 몰약 모두 감람나무에 속하는 나무로부터 채취한다고 해요. 그중에 유향은 보스웰리아(Boswellia)나무에서 나오는 고무 수지액이고 몰약은 코미포라(Comifora)나무로부터 뽑아낸다고 합니다. 어떻게 만드느냐 하면, 나무 몸통에 상처를 내면 나무에서 스스로 치유하기 위해서 우유빛깔의 액체를 만들어 냅니다. 이것이 일주일이나 열흘 정도 지나면 굳기 시작하면서 덩어리가 된다고 합니다. 이 중 유향은 굳으면서 황금빛에 가까운 색으로 변하는데, 몰약은 굳으면 색이 회색으로 변하고 큰 덩어리로 뭉친다고 해요. 둘 다 향기를 내는 용도로 쓰이지만 올리바눔은 주로 신전에서 신에게 제사를 하거나 종교의식에 반드시 필요한 것이었고, 몰약은 다른 원료와 섞어서 방부제나 의약품의 용도로 활용되었답니다.

몰약과 관련해서 특이한 부분이 있는데, 여러분 혹시 교회 다니는 분 계세요?"

앉아 있는 신입사원들 중에서 세 명이 손을 들었다.

"혹시, 예수님을 부를 때 예수 그리스도라고 하는데 왜 그런지 아세요?"

"그리스도는 영어로 크라이스트(Christ)라고 하는데, 원래 그리스 말로 기름부음을 받았다 또는 기름부음을 받은 사람이라는 뜻입니다. 이스라엘에서 왕이나 메시아가 될 이에게 선지자가 머리에 기름을 부어주었다고 합니다. 예수님이 세상의 구세주로서 기름부음을 받아 하나님이 보내신 메시아라는 것을 나타내는 표현이라고 알고 있습니다."

"네. 아주 잘 설명을 해주셨어요. 그런데 예수님께 붓는 그 기름이 뭘로 만들어지는지 생각해 보신 적 있나요? 예수님께 부어드린 그 기름은 올리브유로 만든다고 해요. 이런 기름은 메시아뿐만 아니라 왕이나 귀족들도 쓰고, 일반인들도 사용했다고 해요. 그런데 기름에도 급이 있었다고 합니다. 일반인이 사용하는 기름에는 저급한 올리브유를 사용하지만 왕이나 귀족, 예수님처럼 지위가 높고 고귀한 사람에게는 최상급의 기름을 만들어 드렸답니다. 최상급의 기름을 만들 때는 최고급의 올리브유에 더하여 반드시 들어가야 하는 게 있었답니다. 그게 바로 몰약이라고 하는 재료였답니다.

이들이 인기가 있었던 이유는 당시 신에게 지내는 모든 제사에 유향과 몰약이 사용되었기 때문이죠. 아시다시피 이집트와 중동 지역의 역사는 신을 빼 놓고는 이야기를 할 수 없습니다. 자신들이 세운 나라가 모두 신이 세우거나 신의 허락을 받아서 세운 것이라고 주장을 하고 있어요. 그렇기 때문에 신을 모시는 것이 가장 중요한 일이 되는 거죠. 신을 모실 때, 가장 중요한 것 중의 하나가 바로 성스러운 향을 피우는 것이죠. 향을 피우는 것은 신을 모시는 신전을 정화하는 역할을 할 뿐만 아니라, 신이 가장 기뻐하는 것이라고 생각했습니다. 그래서 향료에 대한 수요가 필수적이었고, 그 수요가 점점 커질 수밖에 없었죠. 이들을 가장 많이 소비하는 지역이 고대 이집트와 메소포타미아, 그리고 지중해 인근의 국가들이었습니다. 특히 이집트와 중동 지역에서는 번제라고 하여 신에게 양과 같은 가축을 불에 태워 바치는 제사를 많이 지냈습니다. 이런 제사에 뿌리는 신성한 재료로서 향료를 많이 사용하였습니다. 그리고 물이 부족한 지역의 특성상 몸에 뿌리거나 바르면 향기가 나고 피부를 보호하는 효과를 가지고 있었기 때문에 상류층의 필수 품목이었습니다. 그래서 일찌감치 향료무역이 발전하였고, 이를 유통시키는 상인들을 카라반, 즉 대상(隊商)이라고 하였습니다.

유향과 몰약은 아라비아반도 남부의 살랄라라고 하는 지역이 주된 산지라고 합니다. 이 지역은 지금은 예멘이라는 나라와 오만이라는 나라의 접경 지역이지요. 유향과 몰약을 캐는 사람은 그 지역 사람이지만, 그것을 아라비아반도의 북서쪽 끝, 그러니까 이집트와 맞닿아 있는 가자 지역에서 최종적인 거래가 이루어졌습니다. 유향과 몰약의 가장 큰 소비자는 이집트의 왕족과 귀족들이었습니다. 그리고 메소포타미아 지역의 바빌로니아와 앗시리아, 힛타이트, 멀리는 메디나와 엘람왕국과 아나톨리아 지역과 그리스 로마가 있는 지중해까지 전달되었습니다. 이들이 서로 만나는 포인트가 바로 가자지구였고 거기까지 운반하는 상인을 대상(隊商) 또는 카라반이라고 하였습니다.

대상의 대자는 크다고 할 때의 대(大)자가 아닙니다. 부대나 군대처럼 무리를 지어 이동하는 대열을 뜻하는 대(隊)자와 상인을 가리키는 상(商)이 합쳐진 글자입니다. 낙타 수십 마리가 열을 지어 등에 짐을 싣고 사막을 횡단하는 상인들을 생각하면 그 뜻이 잘 이해될 겁니다. 사막의 이동수단에서는 낙타가 가장 좋은 수단이었습니다. 아마도 초장기에는 처음부터 많은 사람들이 참여하는 것이 아니라, 가족단위로 사업을 시작했을 것입니다. 산지에 가서 향료를 사고 낙타도 준비하고 사막을 이동해서 먼 나라까지 가서 사고파는 일을 한다는 것은 사실 엄청난 프로젝트입니다. 낙타를 준비하는데도 돈이 많이 들지만, 사막을 횡단할 기간 동안의 음식과 물도 준비해야 하였죠. 마지막에 물도 떨어지고 음식도 떨어지면, 낙타 한 마리를 잡아서 고기를 해먹었다고 합니다.

향료의 수요가 늘어나면서 대상무역의 규모도 커지게 되었습니다. 낙타의 수도 많아지고 이에 따라 낙타를 끌고 갈 인력도 더 필요하게 되고 음식과 같은 준비물도 더 필요하게 되었습니다. 사막에는 폭풍우나 악천후는 드물지만 모래폭풍과 같은 위험도 있고 도적을 당하는 경우도 많았습니다. 이에 따라서 경호인력도 필요하고 수반되는 전문인력이 또 붙어야 했습니다. 그래서 상단을 꾸리기 위해서는 막대한 자금이 필요했습니다. 한 번 카라반을 끌고 왕복하는데 얼마나 돈이 들었을까요?

유향과 몰약이 지금의 오만 지역에 위치한 우바르와 하드라마우트 같은 도시를 거쳐 아라비아반도 남부와 홍해가 만나는 근처의 오아시스인 사브와 마리브를 거치게 됩니다. 그리고 홍해연안을 따라 메카, 메디나, 타북, 페트라까지 이어지는 인센스로드, 즉 향료의 길이 펼쳐집니다. 페트라 근처에 와디럼이라는 유명한 사망 지역이 나옵니다. 맷 데이먼이 주연한 2015년 영화 마션의 배경이 되는 사막이라고 합니다. 잠시 옆길로 샜는데, 아라비아 향료의 길의 최종 종착지는 가자 지역이었습니다."

지운은 잠시 시계를 들여다보았다. 어느새 1시간이 다 되어가고 있었다. 쉬었다가 하기로 하며, 마이크를 놓았다.

모험을 떠나는 사람들

십 분 정도 쉬고 나니 학생들의 눈빛이 좀 더 살아나는 것 같다. 지운은 강의를 재미있게 하려고 하는데 쉽지 않음을 느꼈다.

"가자 지역이 어니냐 하면, 이스라엘 남서부에서 지중해에 맞닿아 있는 지역입니다. 이스라엘과 팔레스타인 분쟁이 있는 바로 그곳입니다. 이스라엘이 위치한 지역을 고대에는 가나안이라고 했답니다. 가나안 지역을 크게 3분하면, 남쪽의 이스라엘과 그 위쪽의 레바논, 시리아 정도로 나눌 수 있습니다. 가나안 지역에는 대대로 팔레스타인과 히브리, 그리고 페니키아 사람들이 살았다고 합니다. 그리고 지금은 이스라엘에 속한 가자 지역은 남부의 이집트와 만나는 기점이 됩니다. 가나안 지역의 북쪽은 지금의 이라크와 연결되고, 더 넓은 메소포타미아 지역과도 연결이 됩니다. 고대에는 이집트가 매우 강력하고 부유한 국가였죠. 가자 지역은 이집트에서 생산되는 물품과 메소포타미아 지역과 아라비아반도에서 나는 물품들이 서로 만나게 되죠. 그때 이집트 상인들이 가져오는 것은 대개 소금과 금, 은 등 귀금속으로 만들어진 장신구였습니다. 당시에는 이집트에서 산출되는 소금이 가장 품질이 좋았다고 합니다. 그리고 금과 은으로 된 화려한 장신구는 두말할 필요가 없겠죠. 그럼 이집트의 상인들은 가자 지역에 와서 뭘 사갈까요? 올리바눔이라고 하는 유향과 몰약 같은 향료를 사갔다고 합니다. 그중에서 유향이 가장 인기가 있었다고 합니다. 유향을 사는 대가로 지불하는 것이 바로 금이나 은이었다고 합니다. 당시에는 유향의 무게와 금의 무게를 1대1 비율로 교환했다고 합니다. 그러니까 유향 1kg과 금 1kg이 같은 가치를 가지고 있었다는 것이죠. 몰약도 비싼 값에 팔리기는 했지만, 그보다는 가격이 좀 낮았다고 합니다. 한 번 계산해 보시죠. 요즘 시세로 금 1kg이 얼마 정도할까요?"

"요즘 시세로 금 1kg은 8천만 원 정도 되는 것 같습니다."

건호가 어느새 핸드폰을 꺼내들고 바로 검색을 하고 답했다.

"아, 그렇군요. 감사합니다. 카라반이 낙타에 짐을 실을 때, 낙타 한 마리당 대략 400~500kg의 짐을 실을 수 있다고 합니다. 그중에서 유향은 한 마리당 20kg 정도 되는 양을 싣고 간다고 합니다. 유향을 20kg을 실으면, 낙타 한 마리당 16억 원 정도 되는 비싼 제품을 싣고 다니는 거죠. 그걸 가자지구에서 팔면 금으로 바꾸는 겁니다. 그리고 그 금을 그대로 가지고 오거나 다시 돌아와서 팔려고 하는 필요한 물품을 사서 돌아오는 겁니다. 당시에 대상, 즉 카라반은 일반적으로 낙타 20마리 정도로 구성

된다고 합니다. 20마리로 카라반 한 팀을 구성하면 어떻게 될까요. 낙타 전부 다 유향을 싣고 가지는 않겠지만, 일단 간단히 하기 위해서 전부 유향으로 낙타 한 마리당 20kg씩 가져간다고 가정할 때, 카라반 1팀당 320억 원의 최종 수익이 떨어지는 겁니다. 어마어마한 것이죠. 유향을 반, 몰약을 반으로 가져가고, 몰약의 가격을 유향의 반 정도로 치면 240억 정도로 줄어듭니다. 그렇다고 해도 이건 정말 어마어마한 금액이죠. 그야말로 카라반 비즈니스는 당시 사람들에게는 엄청난 비즈니스라고 할 수 있습니다. 카라반은 카라반을 이끄는 대장과 낙타를 이끄는 마부로 기본적인 구성을 갖춘다고 합니다. 낙타 3마리당 1명 정도의 인력이 붙는다고 하니, 대략 7명 정도가 되겠죠. 그러면 7~8명 정도가 기본적인 인력이 되고, 거기에다가 도적을 막아서 싸울 수 있는 무사도 필요할 수 있습니다. 이런 인력을 3~4명 정도 배치한다고 하면, 카라반 1개의 조직당 10명에서 12명 정도의 사람으로 이루어진다고 볼 수 있죠.

그런데 아라비아 남부에서 가자지구까지 낙타를 끌고 횡단하는 여행에는 2,400km 정도의 거리라고 합니다. 낙타의 걷는 속도는 대략 5km/h에서 7km/h 정도 됩니다. 긴 거리를 이동할수록 이동 속도를 늦추지요. 사막에서 많은 짐을 실은 상태에서 움직여야 하므로 하루에 20km 내지 30km 정도로 이동속도를 볼 수 있죠. 그러면 80일에서 120일 정도 된다고 볼 수 있는데, 적어도 3개월 이상이 걸리게 됩니다. 무조건 매일 걷는 것이 아니라 중간 중간의 오아시스나 도시에서 쉬면서 음식과 물을 보충하기도 해야 합니다. 가자 지역에 도착해서는 한 달 정도 머물면서 유향과 몰약을 흥정하면서 팔아야 합니다. 그리고 돌아올 때도 음식과 물을 다시 갖추고 돌아와야 합니다. 돌아올 때는 아무래도 속도가 빠르겠죠. 그래서 카라반이 왕복으로 여행을 다녀오면 최소 6개월에서 8개월 정도 걸리는 대장정이 됩니다. 이동하면서 거치는 오아시스나 도시에서 통행세나 잠시 거주할 수 있도록 하면서 세금을 걷습니다.

정확하게 얼마나 드는지는 모르지만, 기원후 1세기경에 로마의 기록에 보면, 아라비아 남부에서 출발하여 가자 지역까지 도착하는데 낙타 한 마리당 688데나리우스 정도의 세금이 들어간다고 하였습니다. 1데나리우스는 로마군사의 하루 내지 3일치 봉급에 해당된다고 합니다. 구매력 기준이 달라서 단순히 비교하기는 어렵긴 하지만, 당시에는 하루 8시간 근무보다는 더 오래 근무했을 것이므로 일단 군인의 하루 일당을 10만 원 정도로 계산하면, 688데나리우스는 거의 7천만 원에 가까운 금액입니다. 낙타 한 마리당 총 들어가는 세금이 이 정도로 나간다는 거죠. 20마리면 얼마나 될까요? 무려 14억에 가까운 금액을 세금으로 바쳐야 한다는 결론입니다. 여기에 카라반 대장을 제외한 인력을 10명 정도라고 할 때, 이들에게도 뭔가 급여를 주어야 하지 않겠습니까? 6개월 치의 급여를 지불한다고 하면, 한 달 치 급여를 300만 원으로 잡을 때, 총 10명이면 한 달에 3000만 원 정도 나옵니다. 그러면 1억 8천만 원 정도 들 것입니다. 음식과 물도 가져가야 하고, 여행 중에 떨어지면 중간 중간 경유지에서 보충해 주어야 합니다. 식비도 1인당 만 원이라고 하면 10명이니까 하루 10만 원, 그러면 한 달에 3천만 원씩 6개월이면 1억 8천만 원이 듭니다.

그러면 이 금액을 합치면 총 17억 6천만 원이 들어갑니다. 그런데 여기에는 산지에서 유향과 몰약을 사들이는 금액은 빠져 있습니다. 유향은 오만과 예멘 국경의 '살랄라'라는 곳에서 나는데, 유향나무와 몰약나무에서 추출한다고 합니다. 유향을 채취하는 사람과 이걸 거두어서 도매로 파는 사람들로 나누어져 있습니다. 카라반들은 여기서 거의 원가로 유향과 몰약을 사게 됩니다. 원가는 어떻게 보면 사실 그렇게 비싸지 않습니다. 유향을 팔아서 얻는 이익이 원가의 100배에서 심지어는 1,000배에 이르는 수익을 얻었다고 합니다. 100배, 1,000배가 남은 장사는 너무 큰 것 같습니다. 그래서 원가를 판매가의 10분의 1 정도로 잡으면, 앞에서 20마리 낙타를 통하여 벌어들인 240억 원의 10분의 1이 되겠죠. 그러면 24억 원이 됩니다. 전체 비용을 합산하면, 약 42억 원이 됩니다. 그래도 모든 비용을 다 합산한다고 하여도 5배에서 6배 정도 되는 마진을 한 번에 얻는다는 것입니다. 하지만 이 정도 되는 금액을 처음부터 준비할 수 있는 사람들은 많지 않을 것입니다. 유향과 몰약의 무역이 기원전 3, 4천년 전부터 이루어졌다고 보면, 이를 통해 부를 축적한 상인들이 어느 정도 자본을 축적할 충분한 시간이 쌓였다고 할 수 있지요. 이런 거대 자본들은 자신들이 위험을 무릅쓰고 사막을 횡단하거나 바다를 항해하는 위험을 하지 않으려고 할 겁니다. 그래서 대상을 꾸리는 대장과 상단의 일꾼을 대상으로 자금을 대어 주고 무사히 돌아오면, 일정한 이자를 받는 대부업이 이미 이루어지고 있었다고 봐야죠.

대신 사막이나 바다를 항해하는 중에 마적이나 해적을 만날 수도 있고, 나쁜 날씨에 피해를 입을 수도 있을 텐데 그럴 경우에는 그 책임을 면제해 주는 조건을 겁니다. 왜 그렇게 할까요? 아마도 돈을 가진 사람이 카라반에 투자를 할 때는 좀 더 경험이 많고, 수완이 좋은 카라반 대장이나 상단을 이끄는 리더나 조직을 선호하지 않겠습니까? 그런데 뛰어난 카라반이라면, 후원해 주려는 자본가도 많겠죠. 카라반을 이끄는 대장은 이익을 많이 확보하는 것도 중요하지만, 한 번의 실패로 모든 것을 잃게 되는 일이 없도록 하는 게 중요하죠. 한 번 실패하더라도 그것이 끝이 아니라 다시 시작할 수 있는 토대까지는 잃지 않도록 하는 것이죠. 그러기 위해서는 최소한 자신의 잘못이 아닌 외부적인, 어쩔 수 없는 불가항력적인 사고에 대해서는 책임을 지지 않도록 해 주는 제도나 보장을 필요로 하게 되었을 겁니다. 그것이 이른바 모험대차(冒險貸借)라는 겁니다.

유향과 몰약과 같은 향료를 도매로 사서 낙타로 실어 나르던 카라반들의 여행이, 만약 실패를 하고 돌아오지 못했다면, 아마

향료의 길은 없었을 겁니다. 초기에는 드물게 이루어진 향료원정은 무사히 돌아왔을 때, 엄청난 부를 가지고 돌아왔을 것이고 그러한 성공들이 조금씩 누적되면서 향료의 길을 성공적으로 오갈 수 있는 경험과 노하우, 기술이 축적되었을 것입니다. 그리고 그렇게 성공을 이룬 이들이 마리브나 하드라마우트에 자리를 잡고, 향료무역의 규모를 점점 키우면서 일종의 거대한 산업생태계를 형성하게 되었을 것입니다. 카라반으로 성공하려는 사람들이 늘어나면서 왕족과 귀족, 부유층들이 자본을 대면서 향료무역의 실패에 대한 두려움은 줄어들고, 산업은 더욱 활성화되는 선순환 구조가 수천 년 동안 누적되었을 것입니다. 마리브나 하드라마우트같이 향료무역으로 대성공을 거두고 왕국까지 만들었다는 것은 그만큼 카라반의 원정길의 안정성이 높아졌다는 것을 의미합니다. 그래서 바빌로니아 함무라비왕의 법전에 나오는 것처럼, 상인의 고의가 아닌 사유로 실패한 것에 대한 책임을 묻지 않는 관습과 제도가 생겼을 것입니다.

향료무역은 가자지구에서 이집트와 메소포타미아 지역으로 갈라지게 됩니다. 가자 지역 북쪽으로는 가나안 지역인데 이스라엘이 있고, 다시 그 위로는 레반트라는 지역이 있습니다. 레반트 지역은 오늘날의 레바논과 시리아에 해당되는데, 고대에 페니키아라고 불리었습니다. 페니키아는 하나의 통일된 왕국이라기보다, 여러 독립된 도시 국가들의 연합체와 비슷한 상태였습니다. 대표적인 도시가 비블리스, 시돈, 티레라는 곳이었습니다.

특히 티레는 삼나무와 같은 좋은 목재가 많이 나서 건축용 목재 가구 제품이 많이 생산되었고, 염색업이 발달했습니다. 특히 티리안퍼플(Tyrian purple)이라고 하여 자줏빛을 내는 염료를 개발해서 대히트를 쳤다고 합니다. 티리안퍼플의 옷감은 그리스, 로마로 전파되어 왕족과 귀족, 부유층의 옷으로 많은 인기를 끌었고, 특히 최상급 제품은 왕만이 입을 수 있고 귀족들도 입을 수 없도록 금지할 정도였다고 합니다.

티레는 고대의 맨하탄이라고 불리울 정도로 번성했고, 기원전 332년에 마케도니아의 알렉산더대왕에 의해 멸망할 때까지 그 성세를 유지했다고 합니다. 페니키아의 상인들은 지중해 전역을 대상으로 해상무역을 하였고, 이를 통해서 막대한 부를 벌어들였습니다. 이들의 경우에도 해상무역을 하는 이들은 점점 전문화되고 선주와 선원, 화물주가 분리되고 이들에게 자금을 대는 금융업자도 생기게 되었습니다. 향료무역의 마리브나 하드라마우트와 같이 산업의 분류가 더욱 확실하게 이루어졌습니다. 이들의 전통을 이어받은 나라가 그리스였고, 그리스의 멸망 이후 로마가 지중해의 해상무역을 장악하게 됩니다. 그리고 로마의 해상무역은 인도, 인도네시아, 중국까지 이르게 되었습니다. 이때부터 모험대차라는 용어가 나타나게 되며, 광범하게 지중해 해상무역에 이용되게 되었습니다. 한때 이 제도는 로마의 그레고리우스 1세에 의해 금지되었다가 다른 방식으로 명맥을 계속 이어오게 되었는데, 14세기 이후 이탈리아에서부터 정식적인 보험계약의 형태로 나타나게 되었습니다. 즉, 진정한 형태의 보험은 14세기 이후 유럽의 금융업자들이 해상무역을 대상으로 하면서 완성되게 되었습니다."

"이탈리아에서요? 영국이 아니구요?"

"네, 해상보험은 영국의 로이드에서부터 시작된 걸로 아는데, 최초의 해상보험증권은 이탈리아 피사 지역에서 1383년에 발행된 증서입니다. 그 이름이 폴리짜(polizza)라고 되어 있었는데, 그건 지금 우리가 보험증권이라는 의미로 쓰는 영어단어 폴리시(Policy)와 같은 말이었습니다. 그 증권 안에 보험을 인수하는 보험자(insurer)를 의미하는 아시큐라토레(assicuratore), 피보험자(insured)를 뜻하는 아시큐라토(assicurato)라는 단어를 쓰고 있었지요. 그리고 피보험자에게 배가 바다를 항해하다가 사고를 당해 손해를 입게 되면 그 손해를 보상하는 댓가로 프리모(primo)를 받는다고 되어 있었습니다. 프리모는 바로 보험료를 의미하는 프레미엄(premium)의 이탈리아 말입니다.

1395년 베니스에서 체결된 보험증권도 있었는데, 이는 당시에 해상위험에 대한 보험이 자리를 잡아가고 있다는 것을 보여주고 있습니다. 이러한 형태의 보험증권들은 베니스, 제노바를 중심으로 확산되고 전문적으로 해상보험을 취급하는 사무소가 등장하기도 했다고 합니다. 하지만 해상보험을 취급하는 금융업자와 해상무역 상인들 사이에서 이루어지는 개별적인 계약이었고, 본격적인 조직이나 보험회사의 단계로까지 나아가지는 않았던 것 같습니다.

어쨌든 여기에는 정부나 외부기관의 강제적인 개입이 없이 순수하게 사적인 영역에서의 자율적인 계약에 의한 것이 핵심입니다. 그리고 동시에 사고가 나면, 보험에 가입한 금액을 보상해서 원상태로 회복할 수 있게 해준다는 것이지요. 그것은 향료무역에서부터 봐 온 모험대차의 정신을 그대로 계승한 것이죠. 모험대차에서 원금을 주고받는 역할을 빼고, 위험을 담보하는 데 따른 합당한 대가를 보험료로 제시하고 있는 것이죠. 여기에는 정부나 외부의 조직에서 시혜나 혜택을 주는 것이 아니고, 자신들의 비용으로 위험을 분석하고 평가한 결과를 가지고 자신들이 책임을 지는 개별적인 계약을 맺는 것으로 정착을 하였는데, 이것이 근대 자본주의의 핵심이라고 할 수 있습니다.

그렇게 본다면 은행은 금융을 제공하면서, 상업과 산업을 일으킨 자본주의의 꽃이라고 할 수 있습니다. 반면 보험은 그렇게 꽃 피운 상업과 산업이 쓰러지지 않도록 지탱해 주는 자본주의의 백본(backbone), 즉 척추라고 할 수 있습니다."

그렇게 시작한 강의는 어느새 50분 가까이 흘렀다. 좀 일찍 마쳐서 교육진행자가 정리를 하고 신입사원들에게 설문조사를 할 수 있도록 시간을 확보해 달라는 요청을 받은 것도 있어서 지운은 여기서 중단하기로 했다.

"시간이 다 되었군요. 긴 시간 동안 경청하여 주셔서 감사합니다. 지금까지 한 내용에 대해서 궁금하신 부분이 있으면 마치고 따로 질문해 주시면, 설명해 드리겠습니다. 수고하셨습니다.”

다윗과 솔로몬

다윗은 밧세바와 함께 있었다. 그녀의 얼굴은 여전히 아름다웠고, 가까이 있으면 좋은 향기가 느껴졌다. 수많은 전투와 전쟁으로 점철된 그의 삶에 밧세바는 벼락과 같은 축복이었다. 밧세바를 처음 본 날이 생각났다. 이른 아침부터 신하들의 보고를 받았다. 먼저 국경의 전투 상황과 외국의 동태에 대한 것이 첫 번째 주요의제로 오른다. 과거에는 자신이 항상 먼저 군사를 이끌고 전투에 나아갔다. 그리고 항상 승리하였다. 하지만 왕위에 오른 지 이십여 년이 넘은 때부터는, 더 이상 전장에 나가지 않았다. 국경이 넓어져 남쪽의 팔레스타인 부족과의 전투만이 아니라, 북쪽에서 점점 세력을 키워 가는 페니키아, 그 배후의 앗시리아와 바빌로니아의 군사들이 호시탐탐 기회를 엿보고 있었다. 그뿐만 아니라 동쪽의 요단강 너머의 암몬과 모압, 에돔 지역의 분쟁과 반란 등, 여러 가지 사태가 한꺼번에 일어나곤 했다. 그래서 다윗은 휘하의 장수들을 각각의 분쟁 지역에 보내서 반란을 진압하거나 적국과의 전투를 치르게 했다. 그의 역할은 더 이상 전장에서 적의 심장을 찌르는 장수가 아니라 장수를 적재적소에 배치시키고, 군대를 키우는 리더가 되어야 했다. 그리고 12지파와 군부 간의 갈등을 다스리고, 백성들의 삶도 살펴야 했다. 예루살렘에서 일어나는 크고 작은 사고, 여러 가지 청원과 문제들을 보고받고 결정을 내리고, 신하들과 의논을 하다 보니 어느덧 늦은 오후가 되었다. 업무를 파하고, 홀로 자신의 침실에 들어가 휴식을 취했다.

눈을 뜨고 나니, 창밖에서 햇빛이 길게 스며 들어오고 있었다. 다윗은 자리에서 일어나 왕궁의 옥상으로 올라갔다. 바람이 서늘하게 불고, 예루살렘의 전경이 보였다. 다윗의 궁전은 예루살렘 전체가 잘 보이는 북쪽 언덕 높은 곳, 계단식 축대 위에 세워졌다. 기드론 골짜기와 중앙 골짜기, 성의 동쪽과 서쪽 전체가 눈앞에 다 들어왔다. 다윗의 궁전은 북쪽에서 공격하는 적을 염두에 두고, 남쪽에서 적들이 쳐들어 올 때, 신속히 파악하고 대응할 수 있도록 하기 위함이었다. 다른 귀족이나 대신들의 집에 비해서는 훨씬 규모가 컸으나 예루살렘의 땅을 전체적으로 조망할 수 있는 지금의 장소는, 지대도 높은 곳이었으므로 무작정 왕궁을 크게 지을 수도 없었다. 왕비와 후궁이 거처하는 내실 외에 신하들과 정사를 논하는 회의실을 크게 하고 나머지는 다 간소하게 하였다. 군사들이 주위를 항상 경계하고 있다는 점이 다를 뿐이었다. 왕궁으로부터 나선형으로 뻗어 나가는 대로에는 많은 백성들이 오가고 있었고, 주변으로는 수많은 집들이 줄지어 있었다. 헤브론을 떠나 처음 예루살렘에 입성할 때만 해도 황무지 같고 집도 몇 채 없는 한적한 시골마을 같았으나, 그의 치세 동안 괄목할 만한 성장을 이루었다. 다윗은 흐뭇한 마음이 들었다. 이 모든 것이 지난 세월의 무수한 난관을 거치면서 이루어 낸 것이다.

주위의 평화로운 정경을 둘러보던 어느 한순간, 다윗의 눈에 무엇인가가 들어왔다. 어느 한 집의 옥상에서 한 여인의 나체가 보였다. 그녀는 혼자서 물을 끼얹으며, 목욕을 하고 있었다. 그녀가 바로 밧세바였다. 다윗은 군사를 보내 그녀를 데려왔고, 같이 동침을 하였다. 그 이후의 일들은 자신의 욕망이었는지 시대의 흐름이었는지, 또 다른 파도를 타고 흘러갔다.

지금 눈앞에는 어느새 장성한, 다윗과 밧세바 사이에 태어난 아들 솔로몬이 서 있었다. 밧세바를 통해서 낳은 첫째 아들은 일찍 죽었고, 그 둘째가 솔로몬이었다. 솔로몬의 전체적인 외형은 자신을 닮았으나, 얼굴은 엄마인 밧세바를 닮아 뭇 여자를 홀릴 만큼 아름다웠다. 솔로몬은 먼저 태어난 이복형제들보다 영특했다. 그러면서도 성격이 따뜻해서 다른 형제들과 다투지 않고 받드는 모습을 보였다. 명망 있는 귀족 대신뿐만 아니라 왕궁에서 일하는 집사와 시중, 시녀를 비롯한 낮은 계급의 일꾼들에게도 함부로 하지 않았다. 그리고 유대의 역사와 경전뿐만 아니라 문학에도 뛰어났다. 신과 조상에게 제사를 지낼 때 기념하는 제문을 지어 바칠 때는 신께서도 감동하는 것 같았다. 그래서 다른 누구보다 특히 더 귀엽고 기특한 마음이 들었다.

"솔로몬아, 내 너에게 한 가지 질문이 있다."

"말씀하십시오. 아바마마."

"아비의 늘그막 꿈이 뭔지 아느냐?"

"감히 아바마마의 꿈을 헤아리기는 어렵사오나, 저의 어린 생각에는 주님을 모시는 커다란 성전을 짓는 것이옵니다."

"그렇다. 내 오늘에 이르기까지 이스라엘 백성을 지키고, 나라를 굳건히 하는 데는 어느 정도 성공한 것 같다만, 주를 곁에 모실 수 있도록 예루살렘 가장 높은 곳에 성전을 짓겠다는 약속만은 아직 이루지 못하고 지지부진하구나. 어떻게 하면 좋겠느냐?"

"군사를 모으고 군대를 키우는 만큼 큰 비용이 들어가는 일이옵니다. 그 비용은 지금껏 백성들이 내는 세금으로 충당하여 왔습니다. 그리고 주변의 작은 부족들을 병합하면서 그들의 재산을 몰수하거나 조공을 받으면서 부족분을 메꾸었습니다. 그러나 이스라엘의 땅은 요단강과 갈릴리 호수를 제외하고는 척박하기가 그지없어 농작물의 생산에 한계가 있습니다. 양을 치면서 생계를 꾸리기에도 급급한 백성들에게 세금을 정확하게 거두려고 한다면 오히려 원성을 받게 될 것입니다."

그랬다. 다윗왕은 후기에 들어 성전을 짓기 위해 많은 백성들을 동원하기도 하고, 그 비용을 구하기 위해 백성들에게 더 많은 세금을 거두어들이면서 백성들의 불만이 쌓여 가고 있었다. 그렇다고 군비를 축소할 수도 없었다. 군사력이 약화되면 아래는 이집트와 북으로는 페니키아, 그리고 메소포타미아 지역의 바빌로니아와 더 북쪽의 앗시리아 세력에 나라가 갈기갈기 찢어져 옛날처럼 뿔뿔이 세상을 떠도는 신세가 될지도 몰랐다. 그런 사정에 후계자 선정문제도 겹쳐 다윗의 말년은 여전히 힘들기 그지없었다. 큰아들 압살롬이 없는 지금 아도니아와 솔로몬이 가장 강력한 왕위계승 후보로 떠오르고 있었다. 아도니아는 용맹하면서 젊은 날의 자신을 닮았다. 군부의 지원과 헤브론 시대의 제사장 세력들이 지지를 하고 있었다. 솔로몬은 어렸지만, 현명한 처신과 언행을 통해서 예루살렘에 천도한 이후의 신흥세력들로부터 암묵적인 지지를 받고 있었다. 물론 그 지지의 강력한 뒷받침은 그의 어머니인 밧세바였음은 두말할 필요가 없을 것이다. 이런 사정을 아는지 모르는지 솔로몬은 아버지의 질문에 답을 더하기 시작했다.

"군사력을 유지하면서도, 성전과 같은 대규모 건축공사를 완수하기 위해서는 추가적인 세원을 확보해야 합니다."

"그렇지. 그게 어떤 게 있겠느냐?"

"저의 생각은 지금 이스라엘 북쪽에서 치르는 전투는 휴전을 하도록 하고, 남쪽에 인접한 가자지구를 취하는 것입니다."

다윗왕은 눈을 반짝였다.

“가자 지역은 이미 우리의 영향력 아래 있지 않느냐?”

“이스라엘의 영향력 아래 있는 부분은 가자 지역의 북쪽에 국한되어 있고, 남쪽 지역까지도 확보하여야 합니다.”

“왜 그래야 하느냐?”

“레보나(유향)와 모르(몰약) 때문이옵니다.”

“레보나와 모르 때문이라고?”

“가자 지역의 남쪽은 예로부터 여러 나라에서 올라온 값지고 귀한 제품들이 교류되는 것입니다. 이집트의 소금, 황금으로 된 장신구, 페니키아의 티론에서 온 상아와 은, 유리공예품과 섬유제품, 아라비아 남부에서 온 레보나와 모르, 기타 다양한 상품의 교역이 이루어지는 중심지이옵니다. 아라비아 남쪽에서 올라온 레보나와 모르는 성스러운 향기로 신전의 제사에도 쓰이지만, 남쪽 이집트와 북쪽의 여러 나라들의 왕족과 귀족의 화장품과 향수로써 엄청난 가격으로 거래되고 있습니다. 특히 레보나는 그 값어치가 높아 같은 무게의 금값과 같이 친다고 하옵니다. 그래서 가자 지역의 레보나와 모르를 거래하는 상인들이 막대한 부를 거머쥐고 사치스러운 삶을 살 뿐만 아니라 그 지역의 주민들 전체가 이로 인하여 부가 넘쳐 난다고 하옵니다. 우리가 확보한 가자 지역의 북쪽은 주로 올리브 생산과 농사를 중심으로 하는 지역이어서, 상업적인 이익이 적은 곳입니다. 그래서 저희가 가자 지역 전체를 이스라엘의 영향력 아래 두게 된다면, 가자 남부지역에서 이루어지는 무역활동을 대상으로 막대한 세금을 거둘 수 있으며, 이것을 통하여 성전을 짓는 비용을 충당하고도 남음이 있을 것이옵니다."

"그렇구나. 하지만 우리가 가자 지역을 치게 되면 다른 나라들이 반발하고 우리가 군대를 보낸 다음 그들이 우리가 자리를 비운 틈을 타 군대를 보내 침략하려 하지 않겠느냐?"

"두 가지 전략이 있사옵니다. 하나는 천천히 가자 남부 주변으로 군대를 조금씩 보내면서 포위를 하게 하는 것입니다. 그렇게 우리의 영향력을 강화시키면서 가자 지역에서 이스라엘에게 조공을 많이 바치도록 유도하는 것입니다. 이 전략의 장점은 주변의 나라들이 급격하게 반응을 하지는 않겠지만, 장기적으로는 주변국들도 자신의 군대를 지속적으로 가자 지역에 집결시키는 역효과가 있을 수 있습니다. 두 번째는 가자 지역 내부에서 그 지역의 지도자들이 이스라엘에게 문제를 일으켜, 저희가 그를 징벌한다는 명목으로 기습을 하는 것입니다. 이것은 다른 국가에서도 참전할 명분을 줄 수도 있습니다. 그러나 다른 나라들이 손을 쓸 수 없도록 기습적으로 처리하여 그 지도자만 없앤 다음, 가자 지역 전체는 아무런 변화 없이 그대로 놓아두도록 하겠다고 발표하면서, 이전 지도자가 거두는 세금보다 반을 낮게 책정해서 시행하겠다고 하면 될 것입니다. 지역이 안정되면 차츰 세율을 이전처럼 올려서 원상회복시키면 될 것입니다."

"그래, 그러면 어떤 장수가 나서면 좋겠느냐?"

"제 생각에 이 일을 처리할 수 있는 이는 요압장군이 적격이라고 생각하옵니다."

다윗왕은 잠시 멈칫했다. 왜냐하면 요압은 솔로몬과 왕위를 다툴지도 모르는 아도니아와 가까운 것으로 알려져 있기 때문이었다.

"너는 그것이 어떤 의미인 줄 아느냐?"

"이스라엘 백성과 아바마마를 위하는 일에는 딴생각이 있을 수 없사옵니다. 일을 반드시 이루어야 한다면, 그 일을 가장 잘 할 수 있는 사람을 써야 한다고 생각하옵니다."

"과연, 그렇구나…."

아비삭

아비삭은 그날도 삼촌과 함께 올리브 따는 일을 하고 있었다. 아비삭의 아버지는 먼 곳에서 무역을 하는 상인이었는데, 이곳 저곳을 돌아다니다가 도적들에게 해를 당했는지, 소식이 끊겼다. 그래서 그녀는 삼촌과 함께 살고 있었다. 삼촌을 따라 마을의 커다란 올리브농장에 일자리를 구해 함께 일을 하고 있었다. 그날도 열심히 올리브 따는 일에 몰두하고 있는데, 누군가 삼촌을 부르는 소리를 들었다. 아비삭은 고개를 돌리고 소리가 난 쪽을 돌아다보았다. 옆집에서 살고 있는 아저씨였다. 그는 이 지역의 행정관리의 한 사람으로, 치안을 담당하는 업무를 맡고 있었다. 그 옆에는 군인으로 보이는 장정 2명이 동행하고 있었다. 뒤이어서 화려한 복장의 중년인이 말을 타고 나타났다. 아비삭과 삼촌의 옆에 멈추었다. 아비삭과 삼촌은 고개를 숙여 인사를 했다. 옆집 아저씨는 말을 타고 있는 중년인에게 둘을 소개하고, 우리 고을에서 가장 예쁜 처녀라고 아비삭을 특히 칭찬했다. 중년인은 말에서 내려 아비삭 앞으로 다가왔다. 아비삭을 이리저리 살펴보았다. 아비삭은 두려운 마음에 뒷걸음치며 삼촌 뒤로 숨었다. 중년인은 껄껄 웃으면서, 옆집 아저씨를 보고 아주 좋다고 하였다. 그리고 내일 아침 고을의 관청에 오라고 하고, 예루살렘으로 떠날 채비를 하라고 하였다. 삼촌과 아비삭은 어리둥절하였지만, 그 결정을 따를 수밖에 없었다. 옆집 아저씨는 다윗왕께서 새로운 후궁을 찾으시는데, 이스라엘에서 가장 예쁜 처녀를 구하신다는 거였다. 그런 처녀를 찾아서 이스라엘 전역으로 관리가 파견되었고, 마침 그 관리가 이 고을을 방문하였다. 옆집 아저씨는 아비삭이 이 고을에서 가장 아름다운 여인이라고 추천을 했고, 만일 아비삭이 예루살렘 궁전에 가서 후궁으로 간택된다면, 아비삭은 물론 아비삭의 가족들에게도 큰 상금이 내릴 것이니 이 얼마나 행운이겠냐고 하였다. 그런 것은 무엇이든, 가족과 동네 친구들과 헤어져야 한다는 사실에 그녀는 두렵기 그지없었다. 그날 저녁 가족과 마지막 밤을 보내면서 밤새도록 눈물을 흘렸다.

다윗왕은 노년에 이르러 몸에 한기가 돌기 시작했다. 아무리 뜨거운 여름 한낮에도 두꺼운 옷을 걸치고 이불을 몸에 둘러도 추운 느낌을 떨칠 수 없었고 그 증상은 더욱 심해져 갔다. 충성스러운 신하들은 어떻게 하면 다윗왕의 증세를 호전시키고 기력을 되살릴까 고민을 하고 의견을 나누었다. 그러던 중에 한 신하가, 나이 어린 동정의 처녀를 다윗왕에게 바치자는 제안을 했다. 당시에는 나이가 들어 기력이 쇠한 노인에게 젊은 여인과 동침하도록 하여, 기력을 되찾게 하는 풍습이 있었다. 그것은 나쁜 관습이 아니라 중동 지역에서 통용되는 의술의 하나였다. 그리고 다름 아닌 민족의 위대한 왕 다윗이 아닌가? 신하들은 사람들을 풀어 이스라엘 전국 각지에서 나이 어린 처녀를 찾도록 하였다. 그렇게 찾은 처녀들 중 가장 아름답고 몸매가 좋은 처녀를 간택하였다. 그녀의 이름은 아비삭이었다. 그녀는 예루살렘에서 북쪽으로 100킬로미터 정도 떨어진 슈넴이라는 곳에 살았다. 삼촌과 함께 과일을 따러 나가던 그녀는 아름다운 처녀를 찾아 헤매던 지방의 관리에게 발견되었다. 다윗왕에 대한 충성인지 절대적인 권력에 대한 복종인지 알 수는 없지만, 삼촌은 순순히 아비삭을 관리에게 내어주었다. 아비삭은 아직 어린 나이였지만 커다란 눈과 깨끗한 피부, 이제 막 피어오르는 몸매의 소유자였다. 누구나 봐도 한눈에 띄일 만큼 아름다웠다.

예루살렘의 해가 머리를 넘어서 서쪽으로 기울어 가기 시작할 즈음, 아도니아는 왕궁으로 몇몇 군사와 궁중의 집사들이 한 사람을 데리고 들어오는 것을 보았다. 머리에 하얀 베일을 쓰고 어려 보이는 여인이었다. 거리가 가까워 오면서 걸어들어 오는 모습이 겁에 질린 듯하기도 하고, 호기심에 가득 차 있는 듯한 모습을 보이기도 하는 소녀의 싱그러움이 자신의 기분을 즐겁게 하는 걸 느꼈다. 옆에 있던 요압장군에게 물었다.

"저 어린 여인이 누굽니까?"

"이번에 다윗왕을 모시려고 전국에 방을 내려 동정의 어린 여인을 찾고 있었는데, 그중 가장 아름다운 여인을 선발하였다고 합니다. 아마 그 여인이 아닌가 싶습니다."

"몇 살이나 된답니까?"

"아마 16살 정도라도 알고 있습니다."

아도니아는 자신을 지나쳐 가는 일행을 물끄러미 쳐다보았다. 이 아쉬움은 무엇일까?

예루살렘에 도착한 아비삭은 궁정의 여시중들에게 둘러싸여 깨끗하게 씻기었다. 유향으로 만든 오일로 온몸을 바르고 화장을 하였다. 왕비나 후궁들이 입는 화려한 옷은 아니었지만, 정갈하고 깔끔한 옷으로 갈아입었다. 다윗왕은 자신이 이미 늙어 새로운 왕비나 후궁을 들이는 것을 원치 않았다. 새 왕비나 후궁을 들이려면 혼례식을 치러야 했는데, 그렇게 되면 많은 비용이 들뿐더러, 다윗왕이 혼례식 행사를 견뎌 낼 만큼의 체력도 없었기 때문이다. 그래서 아비삭은 후궁이나 첩도 아니고, 아무런 행사도 없이 그저 시종으로서 다윗왕의 침실로 보내지게 되었다. 같이 따라간 시녀들에 의해 겉옷과 속옷이 벗겨지고, 발가벗은 몸으로 다윗왕의 품속으로 밀려들어갔다. 촛불은 꺼지고, 주변은 고요해졌다. 처음으로 남자를 맞이하게 되는 어린 처녀의 떨리는 숨소리와 쿵쾅거리는 심장의 고동만이 밤의 파동을 헤집고 갈 뿐이었다. 아비삭의 긴장한 가슴에 차갑게 식어가는 노인의 살갗이 느껴졌다. 다윗왕은 아비삭을 품에 앉고 측은한 눈길로 바라보았다.

다음 날 아침 솔로몬은 여느 때와 같이 아버지 다윗왕에게 아침마다 안부인사를 물으러 가는 길이었다. 다윗왕에게 가는 길은 언제나 어렵다는 느낌이다. 하지만 어머니인 밧세바는 솔로몬이 다윗왕과 항상 가까이 지내도록 하고, 다윗왕의 귀여움과 신임을 받기를 원했다.

다윗왕이 어머니인 밧세바를 아끼고 총애하는 것은 맞지만, 부단하게 다윗왕의 마음을 놓치지 않기 위해 애를 쓰고, 다윗왕 측근들에게 살갑게 대하면서 세력을 키워오지 않았다면, 궁정의 수많은 여인들 중에서 지금처럼 정실 왕비에 해당하는 지위를 확보하기가 어려웠을 것이다. 그것을 알기에 솔로몬은 항상 다윗왕을 공경하면서도 꾸준하게 얼굴을 비치는 일을 멈출 수 없었다. 다윗왕의 침실 앞에 도착해서 시녀에게 자신이 왔음을 알렸다.

“폐하, 솔로몬 왕자님께서 납시셨습니다.”

“어서 들러 하라.”

솔로몬은 안으로 들어가서 정중하게 한쪽 무릎을 꿇으면서 인사를 했다. 인사를 하는 순간 눈에 들어온 것은 다윗왕 옆에 앉아 있는 한 소녀의 모습이었다. 피부는 약간 검었으나 이목구비가 뚜렷하고 눈빛은 맑게 빛나고 있었다. 아직 완성이 되지 않은 가슴은 그녀의 청순함을 더욱 부각시켰다. 아마도 그녀가 어제 들어왔다는 새로운 시녀였던 것 같았다.

어머니 밧세바처럼 성숙된 아름다움은 아니었지만, 솔로몬의 눈에는 다른 어떤 여인보다 빛났다. 그녀의 순수한 에너지 덕분이었을까? 아버지의 낯빛도 한결 따뜻해 보이고 정기가 돌아온 듯해 보였다. 오랜만에 아버지의 웃는 모습을 보니 솔로몬의 마음도 즐거워졌다. 그때가 솔로몬의 나이 19세가 되는 즈음이었다.

어느 날, 솔로몬은 여느 때와 같이 다윗왕에게 인사를 하고 나왔다. 특별한 일이 없는 한 매일 아침 솔로몬은 아버지 다윗왕을 찾아뵙고 인사를 드렸다. 다윗왕은 먼저 일어나 있을 때도 있었고, 여전히 침소에서 잠을 자고 있을 때도 있었다. 다윗왕이 일어나 있을 때는 아침 안부를 물으며, 차 한잔을 마실 정도의 시간까지 이야기를 나누었다. 아버지가 잠이 깨지 않을 때는 마찬가지로 다윗왕의 옆에서 앉아 기다리곤 했다.

언제나 그 옆에는 아비삭도 함께 하고 있었다. 처음 아비삭을 만날 때는 매우 어색했다. 눈에 확 띄는 아비삭의 미모를 보고 솔로몬도 잠시 흠칫했지만, 아버지의 여인이었으므로 감히 눈길을 오래 머물 수 없었다. 그래도 솔로몬 역시 열아홉의 청년인지라 아름다운 아비삭에게 자꾸 신경이 가는 것은 어찌할 수는 없었다. 처음 며칠간은 다윗왕에게 문안을 드릴 때 아버지 옆에 아버지의 팔을 부축하고 앉아 있는 그녀에게 눈길조차 주지 않으려고 했다. 나이가 자기보다 몇 살 어린 소녀에 불과했지만, 엄연히 아버지의 침수를 드는 사람이었기 때문이다. 다윗왕이 연로하여, 그녀와 별도의 예식도 거치지 않아서 아비삭의 위치는 애매했다. 단순히 시녀도 아니지만, 그렇다고 후궁의 자리에 오르는 절차를 거치지 않았기 때문에 정식 후궁이라고 하기에도 어려움이 있었다.

아비삭 역시 어린 나이에 자세한 영문도 모르고 사람들에게 이끌려 왕궁에 들어왔고, 그리고 할아버지 같은 다윗왕의 곁에서 잠들게 되었다. 다윗왕이 아비삭을 좋게 봤는지, 자신을 보고 기분이 좋아졌다고 하며 잘 대해 주는지라 마음의 불안은 점차 사라지기는 했지만, 어느 누구와도 친하게 지내기 어려웠다. 기껏해야 가장 다윗왕의 신임을 얻는 왕비인 밧세바와 이전부터 다윗왕을 모시던 몇 명의 후궁들과 이런저런 이야기를 나누는 정도였다. 사람과의 대화를 두려워하지 않고 친화력이 높았던 솔로몬은 먼저 아비삭에게 인사를 했고, 아비삭은 수줍게 고개를 숙였다. 처음부터 대화를 많이 하지는 않았지만, 한 달 정도 지나면서 아비삭의 긴장된 얼굴도 솔로몬을 볼 때면 편안하게 풀어지게 되었다.

오늘도 다윗왕에게 인사를 드리러 갔다. 다윗왕은 피곤하다면서 다시 잠을 청했다. 솔로몬은 아버지가 잠들 때까지 다시 옆에서 기다렸다. 아버지가 잠든 모습을 보고 나오려는데, 아비삭이 솔로몬의 옷깃을 잡았다. 왜 그러시나 하는 눈빛을 보내니, 솔로몬의 귓가에 입술을 대고 작은 목소리로 말을 꺼냈다.

"왕자님, 잠시 드릴 말씀이 있사옵니다."

솔로몬은 고개를 끄덕이며, 침실 밖으로 나왔다. 그리고 아비삭이 일러준, 사람들의 눈에 잘 보이지 않는 구석진 기둥의 그늘에서 기다렸다. 잠시 후 아비삭이 조용히 나와 그의 앞에 섰다. 솔로몬은 무슨 일인지 물었다.

"며칠 전에, 아도니아 왕자님이 방문한 적이 있었습니다. 그때는 대왕폐하께서 아직 잠에서 깨지 않으셨습니다. 아도니아 왕자님은 나가시려다가 저를 보면서, '기다려라. 아버님이 돌아가시면, 내가 너를 안아 주마'라고 하셨습니다."

"감히 그런 말을 했다는 말입니까?"

솔로몬은 놀랐다. 이스라엘의 풍습상 부족의 족장이나 선왕이 죽으면, 후임으로 왕이 되는 이가 선왕의 여인들을 거두는 것이 관례였고, 권리였다. 따라서 아도니아가 그런 말을 했다는 것은 자신이 왕이 되겠다는 말인 것이다. 하지만 다윗왕은 자신에게 왕위를 물려주겠다고 어머니인 밧세바와 선지자 나단 앞에서 약속하지 않았는가? 솔로몬은 스스로 자제하면서 더욱 몸조심을 하고 있는 터였다. 하지만 그 말을 듣고 보니 은근히 부아가 치밀었다. 더군다나 아도니아가 욕심을 부리는 대상이 아비삭이라니….

"알겠다. 내 그렇게 되도록 하지는 않을 터이니 걱정하지 말거라."

아비삭의 눈을 쳐다보며, 솔로몬은 자신도 모르게 그녀의 손을 잡았다.

솔로몬은 근위대장인 브나야를 불렀다. 그리고 아도니아 왕자의 행태가 수상한 것 같으니 지금 무엇을 하고 있는지, 누구를 만나고 있는지 살펴보라고 하였다. 브나야는 솔로몬의 말대로 은밀하게 아도니아 왕자의 행동과 주변의 동태를 살폈다. 그리고 매일 아도니아에 대한 것을 보고하였다. 몇 주일 흘렀을까? 아도니아가 요압장군을 통해서 군부의 실세들을 불러 모으고 있다는 정보가 들어왔다. 그뿐만 아니라 12지파의 부족장들과 예루살렘에 거주하는 유력가문의 인사들과 교류를 강화하면서 사람들을 불러 모아 파티를 한다는 것이 자주 목격이 되었다. 솔로몬은 브나야와 함께, 어머니 밧세바를 찾아 이 일을 고했다. 그들은 자신들의 편인 제사장 사독과 선지자 나단을 불러서, 다시 상의를 했다. 그중 나단은 분노하며, 주 하느님의 언약을 무시하는 자는 반드시 멸망할 것이라고 저주를 퍼부었다. 그들은 솔로몬의 왕위 계승을 확고하게 하기 위해, 다윗왕이 모든 신하를 불러 솔로몬을 후계자로 하겠다는 것을 공식적으로 공표하도록 하여야 한다는 결론을 내렸다. 그리하여 솔로몬과 밧세바는 근위대장인 브나야, 제사장 사독과 선지자 나단과 함께 급히 다윗왕을 찾았다. 다윗왕의 곁에는 여전히 아비삭이 함께 자리를 지키고 있었다. 그 자리에서 밧세바는 근위대장 브나야에게 눈길을 보냈다. 브나야는 다윗왕 앞으로 나아가 무릎을 꿇고 고했다.

"폐하! 지금 아도니아가 폐하께서 나이가 들어 얼마 못 사실 것이므로 장자인 자신이 왕이 될 것이라며, 군부의 요압장군과 아비아달 제사장을 끌어들이고, 무리를 모으고 있다고 합니다. 근위대장으로서 이들의 움직임을 계속 주시하고 있었는 바, 최근 며칠 사이에 병거를 끌어모으므로, 사람들을 모아서 에느로겔 근방 소헬렛 바위 옆에서 양과 소와 그리고 살찐 송아지를 잡아서 잔치를 벌였다고 하옵니다. 지금 신속히 조치를 취하지 않으신다면, 과거 압살롬 왕자의 난과 같은 일이 다시 벌어질까 두렵습니다."

브나야의 말이 끝나자, 선지자 나단이 앞으로 나섰다.

"폐하, 주께서 언약하셨던 바, 폐하와 이스라엘 백성의 안전과 번영을 위해 솔로몬왕자를 왕으로 축복하셨습니다. 이전에 약속하신 대로 주께서 축복하신 솔로몬을 후계자로 공식적으로 선포하시어 궁정 내의 신하와 만백성들의 마음을 안정시켜야 하는 것이 마땅할 것으로 사료되옵니다."

다윗왕은 아도니아가 자신만의 세력을 모으고, 지난번 압살롬 왕자와 같이 자신의 왕위를 찬탈하기 위해 모의를 하고 있다는 말에 충격을 받았다. 그는 자신도 모르게 깊은 한숨을 쉬었다.

"알겠소. 지금 모든 신하들을 모으시오. 내 나아가 모든 신하와 백성들에게 솔로몬이 왕임을 선포하고, 아도니아가 다시는 딴생각을 못하게 하고 그를 따르는 무리들이 흩어지도록 하겠소."

그 이후로는 밧세바가 의도한 대로 일사천리로 진행이 되었다. 다윗왕이 솔로몬을 왕으로 선포하는 그 자리에서 아도니아는 모든 것이 무너져 내리는 절망감을 맛보았다. 다윗왕의 선포가 끝난 뒤, 아도니아는 자신의 침실로 돌아왔다. 탁자를 내리치며 소리쳤다.

"압살롬이 죽은 지금, 아들 중의 가장 장자인 나에게 왕위가 돌아와야 마땅하거늘 어찌 저런 마녀 같은 여인과 교활한 어린 놈에게 왕좌가 돌아가게 한단 말인가? 나는 한 번도 들어보지 못한 주의 언약을 늘어놓으며, 나를 나락으로 몰아가는 저 나단이라는 놈은 도대체 어디서 나타난 여우 같은 자식인가? 바른 눈이 있다면, 저들이야말로 사악한 자들이 아닌가?"

통탄스럽고, 억울하고 분했다. 천근의 신뢰로 믿고 있는 요압장군이 자신의 팔을 붙잡으며 잠시 참으라 다독거리지 않았다면, 그 자리에서 미쳐 날뛰었을지도 모른다.

돌아서 나오는 그 와중에도 다윗왕의 옆에 있는 아비삭이라는 어린 여인이 자꾸 눈에 띄었다. 아도니아는 그녀를 떠올리는 순간, 자신의 욕망을 합리적으로 채워 줄 수 있는 대상이라는 생각이 퍼뜩 들었다. 중동 지역과 마찬가지로 이스라엘의 관습으로, 부족의 장이나 왕이 죽으면 그가 가지고 있던 재산뿐만이 아니라 그 우두머리가 거느리고 있던 여러 여인들도 후임자가 승계하게끔 되어 있었다. 재산보다 선임자가 아끼던 여인들을 가지고 가는 것이 그 정통성을 이어받는 중요한 항목으로 평가를 받고 있었고, 그것은 이스라엘이 왕국으로 탄생하던 사울왕 때에도 유지가 되는 전통이었다. 그렇다. 다른 모든 여인들은 다 쓰레기일 뿐, 아비삭을 차지할 수 있으면 아버지의 말년에 가장 아끼던 여인을 물려받는 것이 된다. 그러면 돌아서서 자신이 다윗왕의 정식 후계자라고 백성과 자신을 따르는 군부의 인사들을 설득하고 선동할 수 있을 것이다. 그리고 솔로몬과 밧세바에게는 그저 평소에 사모하고 있던 여인이고, 수많은 후궁과 시녀들 중에 하나 정도를 갖고 싶다는데, 아무것도 아니라고 변명해 대면 될 것이다. 아도니아는 자신의 생각대로 밧세바와 솔로몬이 넘어올 것이라는 생각에 갑자기 희망이 부풀어 올랐다.

얼마 후 다윗왕은 기력이 급격하게 쇠락했다. 아비삭이 옆에서 감싸주어도 이제는 더 이상 효력이 없었다. 아마도 이 일련의 사태로 인하여, 조금이나마 기력을 찾아가던 다윗왕의 몸과 마음에 큰 타격이 갔을 것이다. 노년을 귀여운 어린 후궁과 화목하게 커가는 자식들, 그리고 점점 커져 가는 이스라엘을 보면서 행복한 시간을 꿈꾸었지만, 세상의 인연은 그를 편하게 내버려두지 않았다. 다윗왕은 솔로몬에게 두 가지 부탁을 남겼다. 하나는 자신이 지으려다가 지지부진한 성전(聖殿)을 반드시 완성하라는 것과 아도니아와 다른 형제들을 해치지 말고 사이좋게 지내라는 것이었다. 솔로몬은 아버지의 손을 잡고서 그렇게 하겠다고 약속했다. 그제서야 다윗왕은 스스로 눈을 감았다. 마침내 이스라엘을 세우고 지키는 큰 짐을 벗고 쉴 수 있게 되었다. 그는 조용히 숨을 거두고 하느님과 열조의 품으로 돌아갔다. 솔로몬은 눈을 감았다. 아버지를 위해 눈물을 흘려야 할 테지만, 자신의 앞날에 대한 생각이 먼저 떠오르는 것은 어쩔 수 없었다. 그는 머지않아 대관식을 할 것이고 기름부음을 받고서 왕이 될 것이었다.

샤론의 장미 2

지운은 사무실에서 늦게 집에 돌아왔다. 다른 업무를 마무리 하느라 퇴근이 늦어졌다. 집에 들어와서 샤워를 하고 나니 문득, 아침에 들은 '샤론의 장미'가 궁금해졌다. 샤론의 장미는 '무궁화'를 일컫는 사실을 사전을 찾아보고 이미 알고 있었다. 좀 더 깊이 알고 싶어졌다.

샤론이라는 단어를 찾아보았다. 샤론이란 말은 히브리어로 넓은 벌판, 평야라는 뜻이다. 이스라엘 지중해 연안 서쪽에 길이 약 48㎞에 이르는 평야가 있는데, 그곳을 샤론평야라고 한다. 이곳의 흙은 붉은색 모래로 이루어져 배수가 여의치 않았고, 이로 인해 그 지역은 거대한 습지대를 형성하게 되었다고 한다. 자연스럽게 습지에서 야생화와 잡목이 우거지게 되었다. 지금의 샤론지방은 이스라엘 인구의 반 이상이 살고 있으며 농업과 관광의 중심지로 각광을 받고 있지만 구약시대의 샤론 땅은 지금과는 다르게 척박하고 쓸모없는 땅이었다.

샤론의 장미라는 말은 구약성경의 아가서(雅歌書, Song of Solomon)에서 술람미 여인이라고 불리는 여주인공이 '나는 샤론의 장미(한글 번역 성경에는 수선화로 되어 있는 것도 있다)'라고 하는 문구에서 나왔다. 한글 성경에서는 '샤론의 꽃'으로 되어 있는데, 영어로는 샤론의 장미(Rose of Sharon)가 맞다. 이 문장은 아가서의 2장 첫 구절에 나오는데, 영어성경에 보면 I am the rose of sharon, the lily of the valley라고 시작된다. 한글 성경에는 rose of sharon을 그저 샤론의 꽃으로 번역하고 있다. 왜냐하면 실제 우리가 알고 있는 붉은 장미는 중동지방에서 피는 꽃이 아니기 때문이다. 좀 더 쉽게 표현하자면, '나는 야 들판에 핀 한 송이 들꽃'이라는 의미에 가깝다. 하지만 다른 한글 성경에서는 rose of sharon을 '수선화'로 번역하는 것도 있다. 히브리어로 된 성경을 보면 '하바셀렛 하샤론(Havasselet HaSharon)'이라고 되어 있다. '하샤론'이라는 말은 '하'와 '샤론'으로 나누어지는데, '샤론'은 말 그대로 평야, 또는 샤론평야라고 보면 된다. 그러면 '하'라는 말은 '~의(of)'나 '~으로부터(from)' 정도의 의미를 가지는 말로 볼 수 있다. 따라서 샤론의 '하바셀렛'이 원래 꽃이름이 아닐까? 하바셀렛에 대해서는 백합(lily)를 뜻한다고 하는 이도 있고, 수선화(daffodil)라고 하는 이도 있다. 그 당시의 시대적 배경이나 환경을 보면 그런 정도의 꽃들이 적합할 것이라는 이유에서이다.

찬송가 중에도 '샤론의 꽃'이라는 제목의 찬송가가 있는데, 그

영어 제목도 원래는 '샤론의 장미(Rose of Sharon)'이다.

무궁화의 학명은 히비스쿠스 시리아쿠스(Hibiscus Syriacus)라고 되어 있다. 시리아 지역에서 발견된 히비스쿠스 꽃이라는 뜻이다. 그 이름은 18세기 독일 식물학자인 린네가 붙였다. 히비스(Hibis)라는 이름은 이집트의 아름다운 여신을 가리키는데, 그를 따라서 히비스쿠스라는 이름을 붙였다는 말도 있는데, 확실하지는 않다. 원래는 1세기경 그리스의 페다니우스 디오스코리데스(Pedanius Dioscorides)라는 학자가 서양 아욱 꽃에 붙인 이름이라고 한다. 서양 아욱은 멜로우(mallow)라고도 한다. 어떤 아이돌 가수가 부르는 노래 중에 마쉬멜로우(marshmallow)라는 곡이 있는데, 그건 꽃이 아니라 먹는 과자를 말한다.

무궁화는 그리스어로는 알데아(Althaea) 또는 알데아 로사(Althaea Rosa)라고 한다. 접시꽃에 속하는 식물을 알테아라고 하는데, 이 단어는 치료 혹은 치유(healing)의 의미가 담겨 있다. 장미(rose)는 그리스어로 로사(rosa)이다. '알데아 로사(Althaea Rosa)'라고 하면, 이는 '상처를 치유해 주는 장미꽃'이라는 뜻이 된다. 실제로 무궁화는 약효가 있는 식물이다. 꽃과 잎, 뿌리에서는 진정효과를 주는 성분들이 포함되어 있다고 한다. 그리고 아욱과에 속하는 꽃들은 고대 중동과 이집트에서도 약용으로 사용되었다고 한다. 린네는 자신이 시리아 지역에서 발견한 아름다운 무궁화를 보고 히비스쿠스라는 이름을 붙였다. 시리아에서 발견되었기는 하지만 무궁화의 원산지는 중국과 인도로 알려져 있다.

그것이 15세기경에 영국과 유럽과 북미 지역으로 전파되었다. 영국에서는 이 꽃을 처음에는 홀리혹(hollyhock)이라고 불렀다. 이 꽃은 우리나라에서는 접시꽃이라고 불리는 바로 그 꽃이다. 그리고 미국에서 이 꽃들을 샤론의 장미(rose of sharon)로 지칭하기 시작했다. 미국의 경우, 개신교도들이 정착하면서 성경 속에 있는 샤론의 장미라는 이미지와 가장 부합하는 형상을 가진 무궁화를 샤론의 장미라고 부르기 시작했다. 우리나라의 국화인 무궁화가 한국의 국화인 것을 알고 샤론의 장미라고 따로 번역을 한 것이 아니다. 원래 있던 샤론의 장미를 각자 자기 주변에 가장 아름답거나 의미를 부여할 수 있는 꽃에 연결시킨 것이 샤론의 장미이다. 샤론의 장미는 우리에게 낯설지만, 무궁화는 그렇지 않다. 자신들의 프로젝트에 '샤론의 장미'라는 이름을 붙인 투자자는 무슨 뜻인지 정확하게 알고 쓴 것일까? 아니면 '무궁화'가 한국의 국화라는 것을 알고 제목을 부여한 것일까?

둘 다 아닐 수도 있다. 아무도 '샤론의 장미'를 보고 무슨 의미를 가지고 있는지 신경 쓰지 않을 것이다. 그런 이들에게는 '샤론의 장미'는 그저 '프로젝트 가나다', '프로젝트 ABC'와 다를 바 없는 부호에 불과할 뿐이다.

과도하게 예민한 자의 호들갑일지도 모른다. 시간은 어느새 새벽 1시를 향해 가고 있었다. 내일 출근시간을 맞추려면 빨리 잠을 청해야 한다는 생각에 컴퓨터를 끄고 책상을 정리하는 둥 마는 둥 대충 내버려두고 불을 껐다.

시바의 여왕 1

빌키스의 나이 열일곱이 되던 날, 부왕이 돌아가셨다. 마리브 왕국에서는 왕이 죽을 경우, 왕의 몸을 깨끗이 씻은 다음 올리브유와 몰약을 섞어서 만든 기름을 온몸에 바른다. 그리고 하얀 세마포로 몸을 감싸고 유향으로 가득 채운 관에 넣는다. 몰약은 올리브유와 잘 섞여 왕과 귀족, 그리고 상류층의 몸에 바르는 오일로 활용을 할 수 있었다. 그리고 달의 여신을 기리는 신전 아래에 묻는다. 그런 절차를 거친 다음 태양의 신을 기리는 신전에 있던 왕의 옥좌를 밖으로 가지고 나와 불에 태운다. 이전 왕의 옥좌가 불에 타서 재가 되고 나면, 그 이후 미리 준비해 둔 새로운 옥좌를 태양의 신전에 있는 왕의 자리에 다시 올린다. 그 이후 제사장과 대신들, 왕국의 귀족들이 모두 참석하여 왕좌에 오르게 된다. 그녀는 어린 나이에 왕좌에 올랐지만, 지난 3년간 부왕의 곁에서 정사를 같이 참여했다. 그녀의 총명함으로 인하여, 왕국의 많은 문제들을 헤쳐나간 경험을 함께한 대신들은 빌키스에게 많은 신뢰를 보내고 있었다. 빌키스는 왕위에 오르면서, 가장 먼저 살펴본 것은 유향무역에 대한 것이었다. 유향의 인기가 치솟으면서, 마리브의 영향력을 벗어나 독자적으로 세력을 키우려는 도시들이 꿈틀거리기 시작했고, 유향무역의 이익을 좀 더 많이 차지하기 위해 도시들끼리 경쟁을 하였다. 심지어는 전쟁을 벌이는 일까지 생기게 되었다.

빌키스는 부왕 때부터, 치수사업을 하면서 참여한 인력들을 어떻게 활용할까 고민을 했다. 치수사업이 규모가 크긴 했지만, 관개수로 정비는 어느 정도 끝났고, 그다음은 댐을 만드는 일이었다. 대규모의 댐을 만드는 것은 막대한 비용이 들어가기 때문에, 한꺼번에 시행하지 않고 점진적으로 시행하기로 하였다. 그러자 남은 인력을 어떻게 활용할 것인가가 이슈로 대두되었다.

빌키스는 남은 인력의 일부는 군대로 편입을 시켰다. 그리고 카라반 상단의 주요한 이동 수단인 낙타를 키우고 관리하는 일과 왕실 전용 토지에 농사를 짓는 인력으로 배치를 하였다. 주변의 대상들이 마리브를 주요 거점으로 삼고 활동할 수 있도록 유향에 대한 세금을 6분의 1에서 8분의 1로 낮추었다. 그것뿐만이 아니라 능력있고 신뢰할 만한 이들은 마리브에 거처를 마련하고, 대규모의 상업집단으로 성장할 수 있도록 도왔다. 시바왕국의 지원을 통해서 상단 낙타를 수백 마리 동원하여 대규모의 물량을 가지고 무역을 할 수 있는 대형 카라반이 탄생하기도 하였다. 수백 년 전의 함무라비왕의 법전에 나온 것처럼 카라반에 대해서, 도적을 만나거나 사막에서의 재난으로 피해를 입은 경우에는 카라반을 이끄는 상단에게 책임을 묻지 않았다. 이 경우 카라반에 돈을 댄 마리브의 귀족과 부유층들이 그 피해를 같이 부담해야 했다. 그러나 이러한 정책은 장기적으로는 귀족과 부유층의 불만을 일으키는 요인이 될 수 있었으므로, 유향으로 거두어들인 세금의 일부를 국고에 따로 보유하고 있다가 그들에게 일정 부분 보상을 해주도록 하였다. 일종의 보험과 같은 제도로, 마리브의 상인들이 보다 적극적으로 대상무역에 진출할 수 있도록 도전하는 계기가 되었다. 이로 인하여 카라반의 행렬은 더 많아지고, 더 길어질 수 있었다. 동시에 마리브의 부는 축적되고, 시바왕국의 명성은 더욱 높아졌다. 경제력에 걸맞게 늘어난 군사력은 주변의 도시국가에 대한 암묵적인 영향력을 행사할 수 있는 좋은 수단이 되었다. 특히 유향의 산지인 살랄라의 우바르가 하드라마우트 왕국에 좀 더 기우는 모습을 보이자, 빌키스는 살랄라에 다녀가는 마리브의 상단을 보호한다는 명목으로 군사를 직접 파병하여 무력시위를 보이기도 했다. 한편 유향이 생산되는 지역이 궁극적으로 살랄라 주변에 국한되어 있었기 때문에, 유향의 원천이 되는 보스웰리아나무와 몰약을 만들어 내는 코미포라나무를 시바왕국의 영역 안에서 키울 수 있는지를 계속 모색했다. 하지만 시바왕국의 영내에서는 오히려 그런 노력이 실패했다. 홍해를 건너 악숨 지역이 살랄라 지역의 기후와 비슷한 점이 있어 악숨 지역에도 시바왕국의 사람들이 이동하여 그 지역의 원주민들을 통치하면서, 유향과 몰약을 생산할 수 있도록 하였다. 살랄라 지역의 예기치 못한 사태나 재난으로 유향과 몰약의 작황이 나빠지거나 생산이 되지 않는 경우를 대비하기 위함이었다. 물론 바로 그 효과를 기대하는 것이 아니라 중장기적인 대비를 하기 위함이었다.

에스프레소

점심식사를 하기로 한 건호에게는 미리 문자를 해서 약간 늦겠다고 식당에서 바로 만나기로 했다. 약속된 식당 앞에서 12시 약간 넘어 만날 수 있었다. 12시가 넘어서 오니, 일부 일찍 와서 식사를 하고 빠지는 사람들이 있어서 그리 오래 기다리지 않고 바로 식사를 할 수 있었다. 식사를 마치고 사무실로 바로 들어가는 것보다 걸으면서 소화도 시킬 겸, 회사 근처에 있는 공원을 걸었다. 푸른 초록의 나무들 사이로 비치는 햇살을 맞으면서 공원길을 걷다 보니, 편의점을 겸하고 있는 카페가 나왔다.

"저기가 점심식사 후에 가는 나의 단골 카페인데, 커피 한잔하고 가지."

"네, 좋은데요."

카페는 커피를 팔면서 바로 옆에는 편의점으로 되어 있었다. 바깥에는 파라솔을 여러 개 비치해 두어서 날 좋은 날에는 밖에서 커피를 마실 수 있었다. 대부분의 파라솔에는 이미 사람들이 차 있었는데, 마침 한 자리에서 사람들이 일어서고 있었다.

"저기 자리가 났네. 건호 씨가 자리를 잡게. 내가 커피 주문하고 올게."

"아, 아닙니다. 이사님이 점심 사셨는데, 커피는 제가 살게요."

"괜찮네. 신입사원한테 그럴 수야 없지. 여기 카드를 줄 테니까 같이 계산하고 오게."

"알겠습니다. 이사님은 뭘로 드실까요?"

"난 에스프레소."

"네. 알겠습니다."

건호는 카페 안으로 들어가고, 지운은 자리에 앉았다. 자켓을 벗어 옆자리에 걸쳐 놓았다. 덕분에 바람이 시원했다.

"이사님."

건호가 카페 문을 열고 지운을 불렀다.

"왜?"

"원샷으로 할까요. 투샷으로 할까요?"

"투샷."

"네, 알겠습니다~."

잠시 후에 건호가 플레이트에 커피를 담아서 나왔다. 지운은 문을 열어 주면서 플레이트를 받아들고 자리로 갔다.

건호는 아이스아메리카노를 주문해서 가지고 왔다.

"이사님, 어제 강의하신 '리스크와 보험'이야기는 아주 재미있었습니다."

"재미있었다니 다행이네. 원래는 재미없는 주제인데 말이야."

"그냥 보험이론에 대한 것보다는 훨씬 재미 있었습니다. 사례도 들어 주셔서 이해를 하기가 쉬웠습니다. 그런데 강의에서 말씀하신 것 중에 인프라시설과 관련된 프로젝트가 나오던데, 옛날에도 그런 게 있었나요?"

"대규모의 사회기반시설을 짓는 프로젝트는 고대로부터도 있었지. 따지고 보면 중국 고대의 하나라 때, 우왕이 치수사업을 했다는 것도 하나의 인프라프로젝트이라고 할 수 있고, 진시황 때 황하강과 양자강을 연결하는 운하를 짓는 것도 대규모 프로젝트라고 할 수 있지. 그리고 아라비아반도 남쪽에 기원전 10세기경에 시바왕국이라고 하는 큰 왕국이 있었네. 이 왕국은 작은 오아시스를 중심으로 중동의 인센스로드를 시작하는 지점에 있었지. 9세기경부터 8세기에 마리브댐이라는 거대한 댐을 짓기 시작했네. 이것도 국가 차원의 대규모 프로젝트라고 할 수 있었지. 그 덕분에 사막 지역의 자그만 오아시스를 대규모 도시로 키울 수 있었고, 그것이 마리브라는 도시국가를 아라비아반도 남쪽 지역에서 가장 영향력 있는 왕국으로 키울 수 있는 기틀을 만들었다네. 혹시 시바왕국에 대해서 들어 본 적이 있나?"

"시바왕국은 들어 본 적이 없는 것 같습니다."

"아마 '시바의 여왕'이라는 말은 들어봤을 거야."

"들어본 적이 있습니다. 교회 다닐 때, 솔로몬과 시바의 여왕이라는 내용에 대해서 목사님이 설명해 주신 적이 있습니다. 시바의 여왕이 솔로몬이 현명하고 지혜롭다는 명성을 듣고 직접 테스트해 보기 위해 만나러 왔다고 하더군요. 솔로몬왕이 모든 질문에 대해 척척 답변을 잘해서 감명을 받고, 기독교로 개종을 했다고 들었습니다."

"당시에는 기독교가 없었으니까 기독교로 개종한 것은 아니고, 이스라엘 하나님을 믿기로 했다고 봐야겠지."

"그렇군요."

지운은 씩 웃으며 에스프레소를 마시기 위해 잔을 들었다. 에스프레소는 잔이 작아서 양도 작았다. 커피 상태를 보았다. 잔에 든 커피가 진한 브라운 색을 띄고 있다. 색이 풍부하고 진할수록 로스팅을 한 지 오래되지 않았다는 뜻이다. 로스팅을 하고 10일 이상이 지나면 원두 속의 수분이 날아가고, 그렇게 되면 커피색이 검은색에 가까운 진한 색이 된다. 브라운색이라는 것은 내부적으로 이산화탄소를 많이 머금고 있어서 맛도 훨씬 풍부할 것이라는 느낌을 주게 한다.

한 모금 마셨다. 에스프레소를 마실 때, 원샷 같은 경우에는 양이 적기 때문에 한숨에 들이키면 된다. 그러나 투샷일 경우에는 한 번에 들이키기에는 양이 많다. 그래서 두 번 내지 세 번에 나누어서 마신다. 그래야 커피의 제대로 된 풍미를 느낄 수 있다. 적절한 수준의 쓴맛 후에 약간의 고소한 맛이 올라온다. 제대로 된 에스프레소다. 이 모습을 본 건호는 신기한 듯이 지운을 쳐다보았다.

“이사님, 에스프레소는 너무 쓰지 않나요?”

“쓰긴 쓰지.”

“혹시 에스프레소를 마시는 이유가 있으세요? 제 주변에서 에스프레소 마시는 분은 처음이라서….”

지운은 미소를 지어 보였다.

“내가 에스프레소를 마시는 이유가 세 가지 있어.”

“세 가지 이유요?”

“첫 번째는 가격이 싸다는 것이네.”

“에스프레소가 다른 커피보다 싼가요?”

“그렇지. 메뉴판에 잘 보면, 에스프레소가 아메리카노보다 500원 정도 싼걸 알 수 있을 거야.”

“정말 그렇네요. 에스프레소 4,500원, 아메리카노 5,000원으로 적혀 있었어요.”

“이유가 뭘 것 같애?”

“글쎄요. 잘 모르겠어요.”

“아메리카노는 에스프레소에 물을 추가한 거지.”

“그러니까 물값이 더 들어가는 거군요.”

“그렇지. 대부분의 커피하우스에 가면, 에스프레소가 500원 정도 싸다네.”

“네….”

건호는 자기도 모르게 고개를 끄덕였다.

“두 번째 이유는 양이 적어서지.”

"네?"

"우리가 대부분 커피를 마시는 경우는 점심식사 이후에 마시지 않나?"

"네, 그렇죠."

"점심을 배불리 먹은 다음, 아메리카노를 한잔 받으면 양이 무척 많네. 대부분 그걸 다 마시지 못하고 남기든가, 아니면 플라스틱이나 종이컵으로 받아서 사무실로 들고 가지. 나 같은 경우에는 아메리카노를 시키면 다 마시는 경우가 거의 없어. 물론 아주 더울 때는 아이스아메리카노 한잔 시켜서 다 마시고 가기는 하지만, 다른 때는 반 이상을 남기게 되더군. 위장에 부담도 줄일 겸, 다이어트 겸해서 계속 마시게 되었지."

"그렇군요. 세 번째 이유는요?"

건호가 물었다. 진짜로 궁금한 건지, 아니면 상사의 분위기를 맞추어주는 건지는 알 수 없었지만, 지운은 기다렸다는 듯이 대답을 했다.

"세 번째 이유는 커피 고유의 맛을 느낄 수 있다는 거지. 다른 아무것도 섞지 않고 순수한 원액 자체가 에스프레소이네. 유럽이나 중동에서는 커피는 다름 아닌 에스프레소를 뜻하지."

스타벅스나 커피빈과 같은 대형 브랜드가 아닌 중소 브랜드의 커피 체인점이나, 개인이 커피를 배워서 가게를 여는 개인 브랜드 커피점의 수준을 평가하려면 에스프레소를 시켜 보면 알 수 있다. 지운은 커피에 물을 섞는 아메리카노를 마시면서 커피맛이 좋다 나쁘다 부드럽다 진하다를 품평하는 것 자체가 어폐가 있다고 생각했다. 아무것도 섞지 않은 에스프레소만이 진정한 커피의 맛을 평가할 수 있는 잣대이다.

"에스프레소를 마셔야 커피맛이 고소하다느니, 신맛이 난다느니 하는 평가를 할 수 있네. 물에 섞어서 마시면 진정한 커피의 맛을 느끼기가 힘들다는 게 내 생각이네."

"알겠습니다."

"그래도 아이스아메리카노는 시원한 맛이 있지."

"전 에스프레소보다는 아아가 맞는 것 같아요."

건호는 웃으면서, 빨대로 아이스아메리카노를 마셨다. 보는 것만으로도 시원한 느낌이 들었다.

아도니아의 모험

아도니아는 이전에 마음먹었던 대로 태후마마격인 밧세바에게로 향했다. 아버지인 다윗왕이 이복동생인 솔로몬에게 왕위를 물려주기로 확정한 지금, 애써 태연한 척했지만, 그의 마음은 억울함과 분함이 가득했다. 자신이 물려받았어야 할 자리는 어느새 남의 것이 될 것이었고, 자신은 새로운 왕의 자비를 구해야 하는 처지가 된 것이 너무 서글펐다. 자신을 지원하는 요압장군을 비롯한 군부의 장수들도 다윗왕의 권위에 무릎을 꿇고 고개를 조아릴 뿐 감히 반항할 생각을 하지 못했다. 비겁한 놈들이라고 아도니아는 속으로 중얼거렸다. 그는 도저히 그런 굴욕을 참을 수 없었다. 뭔가를 해야겠다고 마음먹었다. 지금은 이렇게 비참하게 있을지라도, 내일을 위한 준비를 해두어야겠다고 생각했다. 그리고 그렇게 할 수 있는 아이디어가 떠올랐다. 그 아이디어가 가진 위험에 대해서도 생각해 보았지만, 그것으로 인한 유혹이 더 컸다. 그리고 스스로 그 유혹에 빠져들어 가야만이 조금이나마 마음의 만족을 얻을 수가 있었다.

그늘이 진 회랑을 따라 걸어가는 길, 반대편에서 걸어오는 여인 둘이 보였다. 그녀들은 하얀색 겉옷을 걸쳤고, 베일로 가리고 있었다. 하지만 한 여인은 아도니아의 눈에 바로 들어왔다. 둘은 천천히 걸어오고 있다가 아도니아를 발견하고 멈추었다. 아도니아도 그랬지만, 그녀의 눈빛도 잠깐 흔들렸다. 그녀들은 서둘러 머리를 숙이며 예를 표했다. 그리고 다시 그를 지나쳐 갔다. 그녀와 눈이 마주치는 순간부터 그녀가 지나쳐서 멀어져 가는 순간까지, 슬로우비디오같이 시간이 느리게 간다고 느꼈다.

아도니아가 지금 이 순간 꼭 갖고 싶은 것이 바로 그녀였다. 그녀는 아버지 다윗왕의 몸종인 아비삭이었다. 아비삭은 다윗왕이 칠십 세가 넘어 받아들인 여인이었다. 아도니아는 그녀가 궁정으로 들어오는 순간 그녀와 마주칠 기회가 있었다. 그 첫 모습이 얼마나 그의 가슴을 들끓게 했는지 모른다. 그리고 한탄하기도 했다. 어찌 저리 아름다운 처녀를 노인네에게 빼앗기게 되었는지. 아도니아는 한눈에 반한 그녀가 자신의 아버지와 몸을 섞는 상상에 그날 밤 한숨도 눈을 붙이지 못했다.

다음 날 아침 다른 시녀들을 통해 들은 이야기로는 다윗왕이 아비삭과 성적인 교접을 하지는 않았다고 한다. 이미 지친 노인의 몸으로 젊은 처녀를 감당할 수 없었는지는 알 수 없지만, 다윗왕은 그저 손녀를 대하듯이 품에 안고 잠들었다고 했다. 그 말을 들으면서 아도니아는 왜 그리 안심이 되었는지, 그리고 기분이 좋아졌는지 모른다. 이스라엘과 주변 지역의 관습상 왕이 죽으면, 후임이 되는 왕은 전왕의 모든 재산과 권한을 상속받는다. 그리고 상속받는 것들 중에는 전왕이 거느리던 후궁과 시종들도 포함되어 있었다. 아도니아가 왕이 되면, 아비삭은 자연히 그의 품으로 들어올 수 있었다. 그 희망은 아도니아가 반드시 왕이 되고 싶었던 욕망 중의 하나였다. 하지만 운명인지 다윗왕은 자신이 가장 아꼈던 밧세바가 낳은 아들, 특히 솔로몬을 총애했다. 아도니아가 보기에 솔로몬은 왕위계승권에는 거리가 먼 밧세바라는 아버지의 첩이 낳은 아들에 불과했다. 그런데 어릴 때부터 영악하고 잔꾀가 많아 아버지 앞에서 그렇게 잘 보이려고 애를 쓰는 모습이 눈꼴사나웠다. 하지만 어느새인가 대제사장 사독과 근위대장 브나야를 자기 편으로 만들고, 선지자 나단의 예언을 들먹이며 자신이 손 쓸 틈도 없이 아버지인 다윗왕으로부터 후계자로 선정을 받아 버렸다. 황당하지만 아버지는 자신이 내린 결정을 뒤집지 않고 돌아가셨다. 아버지가 솔로몬에게 아도니아를 비롯한 형제들에게 잘해주라고 부탁을 했지만, 권력이라는 것이 어떤 것인가? 아도니아는 다시 한번 자신의 처지를 생각하며 한숨을 쉬었다. 그러자 더더욱 아비삭을 갖고 싶어졌다. 그는 발걸음을 서둘러 밧세바에게 향했다.

"태후마마, 그간 안녕하셨는지요?"

"어서 오세요. 덕분에 잘 지냈어요. 왕자도 잘 지냈나요?"

밧세바 앞에 나선 아도니아는 잠시 긴장을 했다. 자신의 어머니인 왕비 학깃이 죽은 이후, 밧세바가 다윗왕의 정실역할을 했다. 밧세바는 우리야 장군의 아내였다. 그녀는 당시 이스라엘에서 가장 아름다운 여인으로 소문이 나 있었다. 어느 날 다윗왕이 그녀를 한 번 본 후, 모든 일이 헝클어지기 시작했다. 침착하고 엄정하던 다윗왕이었다. 그리고 아도니아의 어머니인 학깃과 자신 모두에게 다정한 사람이었다. 그러던 그가 어찌된 일인지 밧세바에 눈이 멀어 그녀를 왕비로 맞이하고, 솔로몬이라는 아들을 낳은 후, 그 사랑이 자신들에게서 떠나 버렸다. 밧세바와 솔로몬은 그에게 있어서는 그야말로 굴러온 돌이었다. 그리고 수많은 우여곡절 끝에 솔로몬이 왕으로 내정된 지금 그녀가 왕실에서 가장 큰 영향력을 행사할 수 있는 사람이었다. 그는 마음을 다잡고, 밧세바에게 나아가 무릎을 꿇었다. 그리고 품 안에서 작은 병을 하나 꺼내었다.

"이것이 무엇이오?"

"제가 얼마 전에 시중에서 구한 최고급 레보나입니다. 시바왕국에서 온 카라반들에게 찾아가 많은 돈을 주고 어렵게 구하였습니다. 태후마마의 아름다움에 레보나의 향기로 더해진다면 얼마나 좋겠습니까?"

아도니아의 목소리는 평소와 다르게 최대한 부드럽고 간절한 목소리로 변해 있었다. 당시의 상류층에게 유향은 최고의 사치품이었다. 밧세바도 다윗왕과 몸을 섞을 적에 항상 아라비아반도 남쪽에서 올라오는 유향을 뿌렸다. 그 향기에 다윗도 취하고 자신도 취했다. 하지만 다윗왕이 나이 들어가며, 잠자리도 거의 하지 않게 되었다. 그러면서 자연히 자신에게 올라오는 유향과 몰약과 같은 향수가 줄어들고 좀 더 젊은 후궁들에게 돌아가기 시작했다. 그리고 지금은 고급스런 유향은 자신에게 돌아오지 않고 가끔씩 시녀들이 구해 올 뿐이었다. 향수병의 뚜껑을 열고 향을 맡아보니 마음이 상쾌해지고 기분이 좋아졌다. 밧세바는 경계하는 마음이 풀어지고 좀 더 따뜻한 눈빛으로 아도니아를 바라보았다. 아도니아는 이때를 놓치지 않고 말을 꺼냈다. 다윗왕이 돌아가시고 솔로몬이 왕위에 오르게 된 지금, 자기 자신은 그저 평범한 이스라엘 백성에 불과하다고 말했다. 그저 평범한 백성으로 왕궁을 떠나기 전에 평소에 눈여겨보던 여인이 있었다고 고백했다. 밧세바가 누구냐고 묻자, 아비삭이라고 대답을 했다. 어차피 다윗왕이 돌아가셔서 그녀의 효용은 없어지고, 선왕의 몸종에 불과한 여인이니 왕이 될 솔로몬에게도 별로 소용이 없지 않겠느냐고 했다. 자신은 아버지 다윗왕이 돌아가신 후 아비삭을 계속 마음에 두고 이제는 평생을 과부로 살아야 될 그녀가 측은하게 느껴지며, 남은 생을 그녀와 함께 하고 싶다고 밧세바에게 말했다. 밧세바는 아도니아의 간절한 부탁에 마음이 흔들렸다. 그녀 자신도 어떤 의미에서는 한 남자의 아내로서 평범하게 살고 싶었으나, 다윗왕의 눈에 띄어 삶 자체가 바뀌게 되었다. 아비삭이 다윗왕의 품에 안기기로 한 때부터 은근히 걱정되기도 했으나 둘이 성관계를 갖지 않았다는 말을 듣고 오히려 안심했다. 그리고 평범한 백성 출신이었으므로 솔로몬의 후궁이나 배필로도 부족할 것이었다. 그리고 어쨌든 자신의 남편과 잠자리를 같이 한 여자가 자신의 배를 통해 낳은 솔로몬과 같이 잠자리에 든다는 것이 그리 탐탁치는 않았다.

"알겠소. 마음 같아서는 이 자리에서 바로 아비삭을 왕자에게 내어주고 싶지만, 이 일은 먼저 왕의 허락을 받아야 하는 일이오. 내 솔로몬왕에게 잘 말씀드려 보리다."

밧세바는 하마터면 아도니아의 요청에 바로 허락을 내리고 아비삭을 데리고 가라고 말을 할 뻔했다. 그러나 그녀의 총명함이 자신의 성급한 결정에 제동을 걸었다. 아도니아의 뜻은 충분히 알겠지만, 그것은 자신이 결정할 수 있는 일이 아니라 솔로몬에게 물어보고 허락을 받아야 할 일이라고 대답을 했다. 아도니아는 잠시 당황했다. 솔로몬에게 결정권이 넘어가면 어떤 결정이 내려질지 잘 모르기 때문이다. 하지만 밧세바의 말이 틀린 말이 아니기 때문에 수긍할 수밖에 없었다.

"감사합니다. 꼭 부탁드립니다. 태후마마."

아도니아는 솔로몬이 자신을 그저 아름답고 풍만한 여성에 대한 욕정에 눈이 멀어 헐떡거리는 필부로 생각하여 허락을 해주기를 바랬다. 자신이 몰래 생각한 다른 의도를 눈치 채고 허락을 해주지 않을 것이라는 가능성도 있었다. 그런 생각이 들자 아도니아는 다시 한 번 밧세바에게 고개를 조아리며, 솔로몬에게 잘 말씀을 드려 달라고 부탁을 했다. 그녀는 알았고 솔로몬에게 잘 말해 주겠다고 다시 약속을 해주었다. 아도니아는 다시 한 번 감사의 인사를 올리며 물러나왔다.

돌아서 나오는 길에 다윗왕이 머물던 처소 문밖의 기둥 옆에 서 있는 여인을 보았다. 아비삭이었다. 그녀는 자신이 쳐다보고 있는 것을 모르는 듯, 그저 푸른 하늘을 계속 쳐다보고 있었다. 아도니아는 가슴이 뛰며 다시금 욕망이 피어올랐다. 기다려라. 너는 곧 나의 것이 될지니. 그리고 이스라엘의 왕좌도 다시 내 품에 돌아오게 되리라.

경성의 백화점

건호는 교육담당자가 내준 과제에 대한 리포트를 작성하고 있었다. 그동안 받았던 보험교육 중에서 화재보험의 유래와 근대 한국의 화재에 대한 보험사례를 연구해서 리포트를 내라는 것이었다. 다른 것보다 근대 한국의 화재보험 사례라고 하면 구한말과 일제강점기 대형화재와 관련된 보험사례는 찾을 수가 없었다. 그러다가 명지운 이사가 생각이 났다. 명지운 이사는 가끔씩 식사도 같이해서 친밀감도 있었고, 지난번 프로젝트에 대한 강의가 매우 인상적이었다. 명지운 이사도 건호가 있는 자리에서 가까운 위치에 책상이 있었다. 고개를 돌려보니 명이사는 자기 자리에서 작업을 하는 중이었다. 건호는 즉시 가까이 다가갔다.

"이사님, 안녕하십니까? 유건호입니다."

"아, 건호. 안녕. 그래 무슨 일?"

"다름이 아니라 제가 화재보험 관련 리포트를 작성하고 있는데, 근대 한국의 화재보험 사례에 대한 것이었습니다."

"음, 그리고."

"일제강점기의 화재보험 사례는 도저히 찾기가 힘들었습니다."

"그럴 수 있지. 잠깐 있어 봐."

지운은 잠시 일어나 뒤편에 있던 책장으로 갔다. 그 책장은 직원들을 위해 각 층마다 마련한 일종의 자료실이었다. 그중에서 책 한 권을 가져와 건호에게 주었다. 책의 제목은 '경성의 백화점이야기'이라고 되어 있었다.

"여기를 한 번 찾아 봐. 일제시대 경성에서 그렇게 큰 화재는 많이 없었는데, 당시에 한 백화점에서 큰 화재사고가 있었지. 따로 그 부분만을 정리해 둔 자료는 없는 것 같네. 잘 한 번 읽어보면 재미도 있고, 필요로 하는 내용도 찾을 수 있을 거야."

"네. 감사합니다."

지운에게 책을 받아 든 건호는 자리로 돌아갔다. 그리고 책장을 넘기면서 화재관련 내용이 나오는지 찾기 시작했다.

그 책은 일제시대의 서울, 즉 경성에 세워진 백화점과 그 백화점에서 팔던 상품들에 대한 이야기를 하나하나 풀어 쓴 내용이었다. 책 안에는 다양한 사진과 당시의 신문 자료, 당시에 유행하던 상품과 이와 관련된 이야기들이 있었다. 그중 건호의 눈길을 끌었던 것은 한 백화점의 화재사고였다. 그 화재사고로 백화점은 전소되었지만, 1년이 지나서 건물을 새로 세웠다는 것이었다. 그 백화점 이름은 화신백화점이었다. 그리고 그 주인은 근대사를 통틀어 뛰어난 경영자 중의 한 사람인 박흥식이라는 인물이었다.

건호는 그 부분을 읽다가 이런 생각이 들었다.

'가만있자. 불이 나서 완전히 타 버렸는데, 1년 만에 다시 지었다? 무슨 돈으로 다시 지었을까? 자신의 전 재산을 털어서 지은 건물이 화재로 다 탔는데, 완전히 망해야 하는 것 아닌가? 그런데 멀쩡하게 새로운 건물을 짓고, 새로운 상품을 들여서 더욱 삐까번쩍한 백화점을 지었다는 점이다. 그것은 보험 이외에는 생각할 수 없다. 즉, 화신백화점의 사주인 박흥식은 자신의 최초 백화점 또는 건물에 대한 화재보험을 들었던 것이고, 그 화재보험에 대한 보험금으로 건물을 완전히 새로 지을 수 있었다. 일제시대에도 화재보험이 있었던 것이란 말이잖아.'

건호는 교육시간에 들었던 보험에 대한 이론과 역사를 되새겨 보았다. 보험이란 의도하거나 예측하지 못한 뜻밖의 사태(event)로 인해서 재산상이나 인명의 피해가 발생할 경우를 대비해서 다수의 경제주체가 미리 자신의 재산의 일부를 갹출하여 기금을 조성하고, 실제 재난 발생 시 이에 대해 보상금액을 지급하여 피해자의 경제적 부담을 경감시키는 제도라고 할 수 있다. 이는 재난 시에 서로 돕는 상호부조의 성격을 지니고 있는데, 우리나라에도 전통적으로 계(契), 보(寶), 향약(鄕約)과 같은 보험과 유사한 관습이나 제도가 있었다. 하지만 실질적 의미에서의 보험은 서유럽을 중심으로 한 서구에서 발생하고 발전해 왔다고 보는 것이 타당하다.

우리나라에 근대적 의미에서 보험이 등장하는 시기는 1876년 일본과의 강화도 조약을 계기로 외국에 문호를 개방하면서부터라고 할 수 있다.

이때부터 서구의 열강들과 통상조약이 속속 체결되면서 외국의 금융기관 및 상사들이 대거 진출하게 되었다. 그리고 이들을 통해서 서구의 보험제도가 국내에도 소개되기 시작했다. 특히 영국계 보험사들과 일본계 보험사들이 부산, 인천 등지에 대리점의 형식으로 진출했다.

한편 개항 초기에 영국을 비롯한 서구 보험회사들은 다수 있었으나, 1910년 한일병합 이후에는 일본계 보험사들의 활동이 강화되었고, 점차 그 세력이 약화되었다.

일제치하에서 보험시장은 생명보험시장과 손해보험시장으로 나누어졌고, 순수 한국계 보험사로 1921년 한상룡 등의 기업가 중심으로 '조선생명보험주식회사'가 설립되었고, 1922년에는 '조선화재해상보험주식회사'(현재는 메리츠화재로 사명이 바뀌었다)가 설립되었다. 일제치하에서 손해보험시장은 화재보험이 주종을 이루었고, 소액의 적하보험을 중심으로 한 해상보험도 손해보험시장의 15% 정도를 차지하였다고 한다.

화재보험의 경우, 일제시대에 무슨 화재보험을 들었겠는가?

그리고 과연 제대로 시행되었을까 하는 의구심이 생길 수 있다. 그러나 1930년대 들면, 경성 시내의 큰 건물들은 거의 다 보험에 가입하고 있고, 보험사고가 생기면 보상도 제대로 이루어진 것으로 볼 수 있는 사례가 있다. 그것이 1935년에 일어난 화신백화점 화재사고이다.

일제시대 경성, 즉 지금의 서울에는 5개의 백화점이 있었다. 미츠코시(三越), 조지아, 히라다, 미나까이(三中井), 그리고 화신(和信)백화점이었다. 미츠코시, 조지아, 히라다, 미나까이는 일본인에 의해 설립된 백화점이었고, 조선사람이 만든 백화점은 화신백화점이 유일한 것이었다.

미츠코시백화점은 1904년에 일본 최초로 설립된 백화점이다. 1906년에 서울에 임시출장소를 마련해서 영업하다가 1916년 충무로에 3층짜리 건물을 세워 영업을 확장했다. 1925년 건물을 증축하였다가, 아예 새로운 건물을 세워 1930년 10월 24일 지금의 신세계백화점 본점 자리에 경성 미츠코시백화점으로 준공을 하였다. 체계화된 영업 및 관리조직을 도입한 점에 있어서 미츠코시백화점이 우리 역사에 있어서 최초의 근대적 백화점으로 간주되고 있다.

히라다(平田)백화점은 1904년경에 히라다상점으로 서울에 진출했고, 1926년에 주식회사로 변경하였다. 조지야(丁字屋)백화점도 1904년에 서울에 진출해서 1921년 주식회사로 전환하였다. 그리고 1929년 9월 남대문로(현재 롯데백화점 영플라자)에

본점을 증축하고 백화점으로 개업하였다. 미나까이는 대구에 1905년 상점을 열었다. 1911년 충무로에 입성하여 1922년 주식회사로 변경하면서 1929년 백화점을 열었다.

조선인이 지은 백화점은 최남이라는 사업가가 종로에 1932년 1월 4일 지하 1층, 지상 4층의 건물을 세우고 문을 연 동아백화점이었다. 그러나 동아백화점이라는 이름보다 일제시대를 거쳐 해방 이후까지 한국을 대표하는 백화점은 화신백화점이었다. 화신백화점을 세운 이는 박흥식이라는 인물이다.

박흥식은 1903년 평안남도 용강군에서 부농 집안의 둘째 아들로 태어났다. 그러나 1910년에는 형이, 1916년에는 부친이 사망하였다. 가세가 급격하게 기울면서 박흥식은 가장 역할을 떠맡았다. 그는 16세에 미곡상, 즉 쌀가게를 차려 사업에 뛰어들었다. 당시에는 제1차 세계 대전과 같은 대규모 전쟁의 영향으로 전 세계적인 식량난을 겪게 되었고, 이에 따라 농업과 그와 관련된 산업이 호황기를 맞이하게 되었다. 그 덕분에 박흥식의 미곡상도 세운 지 1년 만에 크게 성장할 수 있었다. 미곡상을 운영한 지 2년 만인 1920년에 선광인쇄소를 차렸다. 인쇄와 종이 판매를 동시에 하면서 인쇄업에 진출한 셈이다. 시운을 잘 탔는지, 당시에는 특별한 경쟁업체가 없었고, 거의 시장을 독점하다시피 하면서 그의 사업은 크게 번창했다.

박흥식은 20세가 되면서 경성으로 올라와 을지로에 '선일지물'이라는 주식회사를 세웠다. 그리고 이를 통해 해외에서 신문

용지를 수입해서 국내에 공급했다. 1924년에는 선광인쇄소를 주식회사로 전환해서 선광인쇄주식회사로 사명을 변경했다.

박흥식이 당시의 조선을 대표하는 사업가로 성장하게 된 계기는 종로에 있던 화신상회라는 귀금속 점포를 인수하면서부터였다. 화신상회는 1920년에 경성에서 가장 큰 귀금속 판매업체로 당시에 세워지기 시작하던 백화점과 비슷하다고 할 수 있었다. 1931년 화신상회를 인수하여 귀금속 판매업에 뛰어든 것이다. 그런데 박흥식의 화신상회 근처에 동아백화점이라는 백화점이 들어섰다. 이를 눈여겨보던 박흥식은 또 한 번 결단을 내리고 도전을 하기로 마음먹었다. 즉, 자신이 인수하고 운영하던 화신상회 3층 건물을 재건축해 1932년 5월 10일 화신백화점으로 개장한 것이었다.

바로 옆에 붙어 있었던 동아백화점과 경쟁 구도가 형성되었다. 그런데 이 팽팽한 대결은 6개월 만에 싱겁게 끝나 버렸다. 박흥식은 백화점을 오픈하면서 오픈 기념으로 집 한 채를 경품으로 거는 대담한 마케팅을 벌였다. 그리고 신문지상에 과감하게 이를 홍보하였다. 그 덕분인지 손님들은 화신백화점으로 몰려들었고, 경영난을 견디지 못한 최남은 동아백화점을 박흥식에게 넘겼다. 어쩌면 조선 최초의 적대적 인수합병 사례라고 할 만하다.

화신상회 건물은 화신백화점의 서관이 되었고, 동아백화점 건물은 화신백화점의 동관이 되었다. 드디어 종로상권의 패자가 된 셈이다. 조선민족을 대표하는 백화점 사업가로 승승장구하던

1939년의 1월 27일, 화신백화점에 화재가 났다.

당시 화신백화점은 동관과 서관으로 이루어져 있었는데, 주로 서관의 피해가 컸다. 서관 1층에는 포목(布木), 금은(金銀), 약품(藥品), 화장품을 2층에는 문방구, 수예품이 있었고, 3층에는 전기제품, 여행용품을 진열해 두었다. 동관의 3층에도 피해가 있었는데 유기제품과 서적, 잡화가 피해를 입었고, 4층에 있던 식당은 전소하였고, 그 옆의 사무실도 반소하였다고 한다. 피해금액은 상품이 약 35만 원 집기비품 약 10만 원으로, 총 45만 원 가량의 손해를 입었다고 한다.

1935년도 45만 원은 2023년 현재 환율로 따지면 얼마나 될까? 옛날이라 가늠이 어렵다. 1910년에 쌀 한 가마(80킬로 기준)에 7원, 1944년에 26원 정도 된다고 한다. 한국은행(bok.or.kr)과 통계청 소비자 물가지수 시스템(kostat.go.kr)에 따르면 2020년의 소비자 물가지수를 100으로 두고 계산하고 있다. 한국은행의 화폐가치 계산 사이트에 따라 계산해 보면 1935년의 1만 원은 2023년 현재 약 2억 6천만 원에 이른다고 한다. 그러면 당시의 45만 원은 현재 금액으로 약 117억 원에 이른다. 현재 가치로도 어마어마한 금액이라고 할 수 있다.

그런데 다음 해인 1936년 화신백화점은 피해를 복구하고 건물을 새로 단장하여 멀쩡하게 재개장을 하였다. 어떻게 그럴 수 있었을까?

하지만 아무리 찾아보아도 건호는 더 이상의 내용을 찾아 볼 수 없었다. 화신백화점의 화재사고는 그것으로 끝이었다.

다음 날 건호는 출근하자마자 지운을 찾아갔다. 그라면 뭔가 좀 더 알 수 있을 것 같았다. 명지운 이사는 여느 때처럼 컴퓨터 앞에서 열심히 타이핑을 하고 있었다.

"이사님, 안녕하십니까?"

"건호 씨, 안녕?"

"이사님, 어제 주신 책을 잘 읽어보았습니다. 덕분에 경성의 백화점과 화신백화점 사고에 대해서 많이 알게 되었습니다."

"재미는 있던가?"

"무척 재미있었고, 유익했습니다. 고객과 이야기할 때도 대화의 주제가 될 것 같습니다."

"훌륭하군."

"그런데 이사님께 물어볼 것이 있는데요."

"그래, 말해 봐."

"화신백화점 화재사고에 대한 내용은 있는데, 아무리 찾아봐도 보험에 대해서는 이야기가 없더라구요. 그래서 그 부분에 대해 혹시 자료가 더 있으신가 해서요. 귀찮게 해드려 죄송합니다."

"뭘, 그럴 수 있지. 안 그래도 어제 책 주고 난 다음에, 보험에 대한 사례는 없을 것 같아서 나도 한참 뒤져 봤어. 집에 가서도 봤는데, 마침 자료가 하나 나오더라구."

"정말요?"

"내가 메일로 보내 줄 테니까 한번 잘 살펴봐. 분명히 도움이 될 거야."

지운은 어제 건호와 헤어진 후, 실질적인 정보를 못 준 것 같아서 미안했다. 그래서 화신백화점에 대해서 좀 더 살펴보기로 했다. 이 정도 사고라면 당시의 신문에 분명히 나왔을 것으로 생각되었다.

'인터넷을 뒤져 보면 나오겠지.'

검색창에 '화신백화점 화재'라고 타이핑을 했다. 잠시 후에 위키백과사전의 '화신백화점' 항목부터 나오기 시작했다. 많은 기사와 정보가 올라왔다. 하나씩 클릭하며 읽어 나갔다.

하지만 화재가 났다는 기록만 나올 뿐, 그 상세한 피해금액이나 피해를 어떻게 복구해서 다시 백화점을 재개장할 수 있었는지에 대한 자료들은 나오지 않았다. '화신백화점 화재', '일제시대 백화점 화재', '1930년대 경성 화재사고' 등 검색어를 바꾸어 가며 두드려 보았지만, 원하는 내용은 나오지 않았다. 그래서 포기하고 있던 중 마침내 딱 맞는 자료를 하나 찾아냈다. 뭔가 아이디어가 떠올랐다. 혹시 당시의 신문기사에는 나지 않았을까 하는 생각이 들었다. 당시의 신문사명 그리고 'OO 일보', '화신백화점', '화재'라는 단어를 입력해서 찾아보았다. 여러 개의 리스트가 나왔다. 원하는 내용이 없어서 검색 화면 하단에서 다음 기사 리스트들을 클릭해 나갔다. 몇 번을 갔을까? 사고 이틀 후에 나온 동아일보 기사가 눈에 띄었다. 화신백화점 화재사고에 대한 가장 상세한 기록이었다. 다른 자료들은 화신백화점 화재 사고와 총 피해 예상액 정도에 그쳤다. 그가 찾는 것은 보험사, 보험금 지급금액 등 보험과 관련된 것이었다. 그 정보가 정말 들어 있었다.

피해 예상액 외에, 보험에 가입한 금액(總保險額) 31만 8천 원이라고 적힌 소제목까지 나와 있었다. 그리고 '상품보험(商品保險)은 조선화재, 요코하마(橫濱)화재, 일본화재, 조일(朝日)화재 31만 8천 원, 동관 6만 원, 서관 3만 원의 보험금이 들어' 있다라는 표현이 기사에 나왔다.

'야, 이거 대박인데….'

이는 동관과 서관의 화재보험 가입금액이 각각 6만 원, 3만 원이며, 백화점 내에 비치되고 보관된 상품에 대한 보험가입금액이 31만 8천 원이라는 의미로 볼 수 있다.

만일 보험금이 제대로 지급되지 않았다면, 화신백화점은 그날 이후 영원히 사라졌을 가능성이 많았다. 그러나 화신백화점은 1937년 11월에 지하 1층, 지상 6층의 현대식 백화점 건물로 재건되었다. 그것도 당시 경성에서 가장 높은 건물이었고, 내부에 엘리베이터 4대와 에스컬레이터 2대가 설치되고 옥상에 일루미네이션이 설치되었다. 쇼핑이 아니더라도 엘리베이터와 에스컬레이터를 이용하기 위해 사람들이 방문했다고 한다.

일제치하에서도 최소한 보험은 제대로 가입하였고, 보험시스템이 작동하고 있었던 것으로 보인다. 이 정도 자료면 건호에게 충분한 도움이 될 것 같았다. 마침 아침에 사무실에 와서 자료를 메일로 건호에게 보내 주려고 하던 차에 건호가 찾아왔던 것이다. 자료를 건호에게 메일로 보내고 나니 핸드폰이 울렸다. 제니였다.

샤론의 장미 3

"이사님, 저예요."

"오, 제니."

"프로젝트를 연결해서 진행하고 있는 도쿄지사의 담당자와 연락을 했어요. 답변이 왔는데, 보험료 대비 자문보고서 작성 비용이 과다한 것 같다고 합니다. 그래서 자문수수료 비용을 5천 불 이하로 줄일 수 있는지 묻고 있습니다. 아니면 대상이 되는 태양광발전소의 보험을 갱신할 시점에, 당사가 보험갱신업무를 중개하는 것으로 하고, 5개 사이트의 보험조건과 보험기간, 보험료 등을 제가 간략하게 정리하는 것으로 해서 서비스 차원으로 디디리포트(DD Report)를 대신하면 어떻겠느냐고 합니다. 이사님 생각은 어떠신지요?"

"흠…."

사실 5개 프로젝트의 보험료 전체를 합하면, 원화로 환산할 경우 보험 디디리포트에 대한 비용과 거의 비슷한 수준이었기 때문에, 불합리한 것으로 느낄 수도 있을 것 같았다.

“만 불 이하로 할 것 같으면, 투입되는 시간이나 노력 대비 의미가 별로 없을 것 같아요. 발전소 사이트가 하나가 아니고, 5개나 되는데… 사이트 하나마다 제대로 검토하려면 최소한 6시간 정도 필요하고, 이걸 정리해서 보고서 형식으로 작성하는 것도 하루 이상 시간이 들어요. 차라리 제니 말대로 보험 관련한 사항을 간략하게 정리해서 보고하면서 보험갱신을 당사에서 수행하는 것으로 하는 게 좋을 것 같네요.”

“네.”

“도쿄지사 담당자에게 그렇게 답장을 보내 주시면 될 것 같아요. 그리고 고객이 그렇게 하겠다고 하면, 그대로 하면 되고… 그렇지만 고객이 생각하기에 금액의 문제가 아니라 자신들이 투자하는 대상의 정확한 리스크 수준을 알고 싶어한다면, 그것은 보험료 수준과는 다른 부분이니까 고객이 다른 의견을 줄 수도 있겠죠. 그리고 보험갱신업무를 우리 회사에 맡긴다고 하더라도, 보험료 규모가 작아서 보험회사로부터 중개수수료로 받는 것으로 대치한다고 해도 크게 보탬이 될 것 같지는 않네요. 나는 일단 작업을 중단할게요. 제니, 고생 많았어요.”

“이해해 주셔서 감사합니다. 일단 도쿄지사에는 오천 불 이하로 작업하기는 어렵다고 전달하고, 답변이 오면 업데이트해 드리겠습니다.”

전화를 끊었다. 아직 찬바람이 부는 계절도 아닌데, 꽃이 조용히 시들어 가는 느낌이었다.

컨설팅보고서를 작성하는 것은 보험에 있어서는 주된 업무는 아니라고 할 수 있다. 컨설팅이라고 하면 매킨지, 보스턴컨설팅 그룹과 같은 경영컨설팅 회사를 떠올리는 경우가 많다. 아이엠에프 시절 이후 기업의 구조조정이나 경영진단, 인수합병 등에 대한 자문을 하는 경영컨설팅에 대한 수요가 폭발하였고, 자연히 많은 관심을 얻게 되었다. 그러나 대형 프로젝트나 프로젝트 파이낸싱에 있어서는 다양한 분야의 전문가로부터의 검토보고서를 필요로 한다. 이것을 듀딜리전스(Due Diligence), 또는 실사보고서라고 한다. 이때 사업주체들이 요구하는 실사보고서 분야는 법률, 재무, 기술 및 리스크의 네 가지 분야가 핵심이다.

법률자문은 국내외의 로펌, 즉 법무법인들이 수행한다. 재무와 회계 분야는 어카운팅펌, 즉 회계법인들이 수행하도록 되어 있다. 테크니컬 리포트 또는 기술보고서는 해당 산업의 전문 엔지니어 회사들이 수행하게끔 되어 있다. 그리고 또 한 가지 분야가 있는데 위험 및 보험 분야이다. 해당 사업을 수행하는데, 현재 맞이하고 있거나 앞으로 발생할 수 있는 잠재적인 리스크에 대하여 확인하고 이에 대한 대응이 잘 되어 있는지, 잘 되어 있지 않다면 어떻게 해야 하는지 등에 대한 분석과 평가를 하고, 대응책에 대한 제시를 해주는 것이 리스크 컨설팅이라고 할 수 있다. 리스크 컨설팅은 지운이 근무하는 회사에서 수행하는 몇 가지의 주된 업무 중의 하나이다.

어쨌거나 일감이 하나 사라졌다. 아침부터 기운이 빠지는 느낌이다. 좀 아쉬웠다. 새로운 비즈니스를 만들기가 그리 쉽지 않은 요즈음, 싼 가격이라도 받아들일까 하는 후회도 들었다. 그러나 결국은 보고서를 영문으로 작성해야 한다는 사실을 떠올리고는 어쩔 수 없다고 생각했다. 국문으로만 쓴다면 그 가격에라도 할 수 있지만, 영문으로 쓴다면 이야기가 달라진다. 보고서 작성하는 시간이 적어도 두 배 정도는 길어진다고 봐야 한다. 5백만 원짜리 상품을 팔기 위해 거의 한 달 가까이 시간을 투입해야 하는데, 그러면 다른 일을 하는데 투입할 시간이 없어지게 된다. 모든 기회는 다른 기회의 희생을 동반하기 마련이다.

다음 날 제니에게 다시 전화가 왔다.

"이사님, 샤론의 장미 건 때문인데요. 지금 자리 계세요?"

"지금 사무실에 있어요."

"그럼, 제가 그리 갈게요."

무슨 일인가 싶었다. 샤론의 장미 건이라면, 지난번에 종결된 것으로 생각했는데, 특별한 이슈가 생긴 모양이다. 왠지 시들어버렸던 꽃이 다시 피어나는 그림이 그려졌다.

"이사님, 저 왔어요."

"제니."

"다름이 아니라 샤론의 장미 건인데요. 지난번에 저희가 보험료 규모에 비해 자문 작업에 투여되는 시간과 노력이 많이 들고,

그래서 비용이 좀 과도한 것 같아서 개략적인 보험현황 소개 정도로 진행하기로 했잖아요?"

"그랬지."

"그래서 그런지, 보험자문사 선정을 위한 입찰을 진행한다고 하더라구요. 한국에 있는 투자자의 파트너 회사에서 연락이 올 거라고 했어요. 오늘 연락이 왔는데, 자문사 경쟁입찰 요강을 보내왔더라구요."

"차라리 그게 깔끔할지도 모르겠네."

"주요 내용이 보험자문과 관련한 건과 인수합병하는 전체 태양광발전소에 대한 보험료 절감방안, 그리고 엠앤에이보험 보험료 견적이었습니다. 우리가 엠앤에이 보험료 가견적을 포함하여 제안서를 작성해서 2주 후까지 제출하라고 하더군요. 엠앤에이 보험료는 제가 보험사를 접촉해서 파악할 수 있는데, 다른 부분은 저 혼자 하기가 벅찰 것 같습니다. 그래서 보험자문과 발전소 보험료 절감방안에 대해서는 이사님께서 작성해 주시면 어떨까 해서요?"

"알았네. 팀을 한 번 꾸려 보지."

지운은 누구와 같이 하는 것이 좋을까 생각을 해보았다. 업무를 할 수 있는 몇 사람에게 연락을 해보니, 대부분 다른 프로젝트에 결부되어 있어서 시간을 빼내어 도와주기가 어려운 상황이었다. 지운은 유건호 사원이 생각났다. 어차피 중요한 부분은 자신이 작성해야 할 것이므로, 자료 검색과 프리젠테이션 자료 작성을 하는 정도로 도와주면 될 것 같았다. 지운은 건호에게 전화를 걸어 내용을 설명했다. 건호는 인사팀과 교육담당자에게 의논해 보고 연락을 주겠다고 했다. 얼마 후에 건호에게서 연락이 왔다. 교육담당자가, 수업만 빼먹지 않는다면 충분히 가능하다고 했다. 10분 정도 후, 바로 연락이 왔다. 가능하다고.

"그럼, 오후 4시에 좀 보세. 두 시간 정도 내용 검토회의를 하세."

입찰을 진행할 때 공개적으로 모든 참여 가능 대상자에게 일일이 연락하는 것은 어렵다. 정부나 공기업 그리고 민간 기업도 마찬가지다. 대기업 같은 경우는 전자상거래 플랫폼을 만들어 올리면, 관련 업체들이 알아서 견적서를 만들어 업로드를 한다. 하지만 규모가 적거나 특수한 전문 역량을 가진 업체들만이 진행이 가능하다고 평가되는 경우, 그리고 산업별로 특성을 잘 이해하고 있는 경우에 해당되는 몇몇 자격 있는 업체들을 대상으로 초청입찰을 하게 된다. 그리고 해당 업체들을 대상으로 알에프피(RFP)를 보낸다. 알에프피는 리퀘스트 포 프로포잘(Request for Proposal)의 준말로 우리말로 하면 입찰을 위한 제안요청서 정도가 된다. 이 요청서에는 대체로 요청의 배경이 되는 사업명과 그 개요, 입찰자에 대한 정보와 입찰에 참여하는 제안사들에게 요구하는 항목을 나열하고, 언제까지 제출해야 할지에 대한 일정을 알려준다. 그리고 제안서를 제출할 때, 비밀유지확인서를 반드시 작성하여 제출하도록 하고 있다. 규모가 크지 않은 경우나 전자 입찰의 경우에는 입찰서와 참여사가 제시된 가격만을 기준으로 낙찰여부를 결정하는 경우가 많다.

그러나 전문성이 필요하다고 하는 경우에는, 제안서를 제출한 회사를 대상으로 각 사별로 일정한 시간을 주어서 직접 고객사 담당자들이 보는 가운데에서 자신들의 제안서를 발표하도록 하기도 한다. 지금의 건은 제안서를 제출한 다음, 별도의 날짜를 통보하여 개별회사별로 다시 프리젠테이션을 하도록 명시하고 있다. 지운은 할 일이 벌어들일 수 있는 수익에 비해 너무 많은 것 같다는 생각이 들기도 했지만 경쟁입찰이 된 이상, 반드시 이겨야 한다는 다짐을 했다.

"헬로, 와이티(YT). It's me Henry. Are you available now?"

"헬로, 헨리, Of course I am, 시간 괜찮습니다. 말씀하십시오."

헨리가 전화를 걸면서 와이티(YT)라고 지칭한 이는 김용태 사장이다. 둘은 그전에 다국적 보험중개회사에서 같이 근무를 했었다. 헨리는 당시 부사장이었고, 와이티는 그 밑에서 부장으로 재직하고 있었다. 헨리는 미국인이었지만 한국에서 오랫동안 근무하여 해외 기업이 국내에 진출할 때, 같이 만나서 컨설팅을 해주고 보험 관련 프로젝트를 연결해 주는 역할을 해주고 있었다. 와이티는 헨리가 소개하는 프로젝트나 기업의 보험담당자를 만나서 설명을 하고, 보험상품을 직접 디자인하거나 보험사와 연결을 해서 중개하는 실무자였다. 헨리가 여러 가지 사정이 있어 먼저 회사를 그만두었다. 회사를 그만둔 뒤에는 별도의 컨설팅 회사를 세워 한국에 진출하는 외국계 기업에 대한 다양한 컨설팅 업무를 제공하는 업체였다.

그 이후 김용태도 회사를 그만둔 뒤, 브로커 회사를 설립했다. 그가 잘 다니던 회사를 그만두고 나와 새로운 회사를 세운 이유는 엠앤에이(M&A)보험을 보다 전문적으로 진행하기 위해서였다. 그전 회사에 다니면서 거래했던 사모펀드나 투자회사의 실무자들과 교류를 하면서, 많은 경험을 쌓았다. 그리고 그동안 쌓아온 네트워크를 바탕으로 어느 정도 자신감이 있었다. 하지만 과거 회사와 같은 대형 글로벌 브로커가 아닌 중소형 로컬 브로커로서 시장에서 경쟁하는 것이 만만치는 않았다. 그러던 중 헨리와 연결이 될 기회가 있었다. 헨리도 엠앤에이보험을 추진하고 있었으나 브로커가 아닌 컨설턴트로서 한계가 있었다. 그래서 다른 대형브로커와 접촉을 했으나 선뜻 그를 고용하고자 나서는 글로벌 브로커가 없었다. 몇 군데 브로커 회사와 협상을 하기는 했으나 서로가 내세우는 조건이 달라서 쉽사리 타결되지 않고 지지부진하던 차에 김용태를 만나게 되었다. 헨리는 그에게 같이 프로젝트를 추진해 보지 않겠느냐고 제안을 했고, 와이티도 흔쾌히 응락을 했다. 헨리는 기존의 국내외 사모펀드뿐만 아니라 한국에 직접 투자하려는 외국기업의 CEO나 투자담당자와의 네트워크가 다른 누구보다도 잘 되어 있었다. 김용태는 헨리에게서 온 전화를 받으면서 또 새로운 프로젝트를 물어온 것 같다는 생각이 들었다.

"최근에 아크로인베스트라는 곳에서 연락을 받았네. 싱가폴에 있는 사모펀드인데 한국의 태양광발전소를 몇 군데 인수하려고 하고 있네. 그쪽 실무 담당자가 나와 아는 사이였는데, 그래서 나에게 먼저 연락을 했다더군. 태양광발전소 인수와 관련해서 나에게 엠앤에이보험에 대해 알아봐 달라고 요청이 왔네."

"잘 되었네요. 우리 단독으로 진행하는 건가요?"

"그건 아니고 다른 대형 글로벌브로커 두 군데 정도 더 인바이트할 예정이라고 하네. 나는 와이티(YT)를 추천했네. 조만간 공식적으로 3개사에 연락해서 요율 의뢰를 할 예정이라고 하네. 와이티(YT)가 요율작업을 진행해 주었으면 좋겠네."

"그러면 비오알(BOR, Broker of Record, 또는 브로커 지명장)을 받을 수는 없겠네요."

김용태는 그전에 대형 브로커 회사의 임원으로 승승장구하고 있었다. 그러던 그가 회사를 퇴직하고 나온 것은 이 엠앤에이보험 때문이었다. 그는 엠앤에이보험을 주력시장으로 해서 많은 활동을 해왔었다. 그리고 엠앤에이보험의 요율을 구하기 위해서는 국내 보험사들이 당시에는 요율을 직접 제공하지 않고 해외에 있는 엠앤에이 전문 재보험사들에게 요율을 확보해서, 국내 보험사에게 제출을 해서 승인을 얻어야 했다. 김용태는 그런 까

닮에 싱가폴에 있는 아시아본사의 엠앤에이보험팀과 긴밀하게 협조를 해야 했고, 많은 성과를 낼 수 있었다. 그러던 중 싱가폴에서 엠앤에이보험을 담당하던 팀의 멤버들이 회사를 떠나, 독립해서 자신들이 브로커 회사를 차렸다. 그들이 김용태에게 같이 일을 하자고 손을 내밀었고 김용태는 고민 끝에 그들과 함께 하기로 했다. 그들은 또한 헨리하고도 연결이 되어 있었다.

“어쩔 수 없지. 3개사를 함께 인바이트해서 요율경쟁을 시키려는 거니까, 특정한 브로커에게만 독점적인 비오알(BOR)을 줄 수는 없겠다고 하네.”

“알겠습니다. 어차피 요율을 낼 수 있는 재보험사는 서너 군데밖에 없고, 저도 잘 알고 있으니 요율 확보는 문제없을 것 같습니다. 다만, 어떤 재보험사가 좀 더 경쟁적으로 요율을 내느냐 하는 것인데, 미리 타진을 해봐야겠네요.”

“그렇지. 프로젝트 이름은 샤론의 장미라고 하는데, 상세 정보를 받으면 보내 주겠네. 우리 쪽에서 보험자문 보고서도 할 수 있나?”

“자문보고서를 작성하는 것과 보험요율을 구하는 것은 작업의 성격이 다른 데, 내용을 한 번 보고 논의하시죠.”

“오케이.”

작년에는 엠앤에이 시장이 활발했었던 탓인지 3건이나 처리할 수 있었다. 하지만 올해 들어서부터는 엠앤에이보험 가입이 주춤한 상황이 되었다. 기업의 엠앤에이가 이루어지기 위해서는 상당히 긴 시간이 필요하다. 적어도 1년 정도의 시간이 소요되고 2년, 3년 시간이 걸리는 경우도 많다. 그리고 엠앤에이 시도 자체가 무산되는 경우도 적지 않다.

올해 엠앤에이보험이 성사되기 위해서는 최소한 2, 3년 전부터 엠앤에이를 위한 시도나 접촉이 이루어져야 한다. 그리고 엠앤에이에 대한 논의가 어느 정도 무르익은 상태에서 엠앤에이 위험에 리스크를 분석하고, 요율작업이 진행되게 된다. 2020년의 팬데믹과 2022년의 우크라이나-러시아 전쟁과 같은 예상치 못한 국제적 이슈가 생겼다. 올해 마무리될 수 있는 중대형 이상의 엠앤에이 건이 없었다. 따라서 엠앤에이보험도 줄어들었다. 경기가 어려워져도 엠앤에이보험은 꾸준히 발생할 수가 있다. 경기가 어려워지면, 회사를 매각하려는 셀러는 많아지기 때문이다. 물론 반대로 회사를 인수하고 싶어도 인수할 만한 자금여력을 갖춘 회사가 줄어드는 경향이 있다. 따라서 이런 균형이 적절히 맞아 떨어져야 한다. 엠앤에이 전문 브로커로 자리매김하려는 그로서는 놓칠 수 없는 거래였다. 김용태는 전화를 끊은 뒤 주먹을 불끈 쥐었다.

엠앤에이보험은 정확하게는 진술 및 보장보험(Representation and Warranty Insurance, Warranty and Indemnity Insurance)이라는 보험인데, 줄여서 렙스앤워런티 또는 더블유앤아이보험이라고도 한다. 이 제도는 미국과 유럽 지역에서 2000년대 초에 개발되어 발전해 왔다. 한국에는 2010년대 이후 외국계기업의 국내 직접 투자가 늘어나면서 이 보험에 대한 요구를 하거나 자신들이 직접 보험에 가입하면서 알려지게 되었다. 그리고 최근에는 국내 기업의 M&A에도 점차 활용되는 경우가 많아지고 있다. 이 보험 상품을 다루는 보험회사는 외국계 보험회사와 국내의 대형 손해보험사 몇 군데에서 현재 취급을 하고 있다. 그리고 요율 구득과 보험조건에 대한 세부협상과 구성에 있어서 전문적인 역량을 갖춘 브로커의 역할이 필수적이다.

인수합병(M&A) 거래는 회사를 매각하고자 하는 셀러(Seller), 즉 매도인과 바이어(Buyer)인 매수인 사이에 인수합병의 대상이 되는 회사에 대한 인수합병 계약 또는 에스피에이(SPA, Sales & Purchase Agreement)를 맺는다. 이 계약에 보면 진술 및 보장(Representation & Warranty) 조항이 반드시 삽입되게 되어 있다. 이는 매도인이 인수합병 대상이 되는 회사에 대하여 제공한 정보에 대해 문제가 없고, 계약 후에 문제가 발생하거나 매도인이 관련 조항을 위반한 사항이 있다고 할 때, 매도인이 매수인에게 일정한 금액의 손해배상책임을 부담하도록 되어 있는 것이 일반적이다. 여기서 매도인이 매수인에게 제공하는 진술 및 보장을 위반하고 이에 따라 매수인에 대한 손해배상 책임을 일정한 보험료를 보험회사에 지급하고, 보험회사가 매도인을 대신하여 매수인의 손해를 보전해 주는 것이 바로 엠앤에이보험이다. 이 보험제도는 시장과 인수합병 참여 당사자들에 대한 신뢰를 전제로 하는 성격이 크다. 이 보험상품을 취급하는 보험사는 해당 M&A 거래 시 제공되는 정보나 자료의 분량과 수준이 적정한지, 기업 실사의 수준과 정밀성, 계약서의 내용상 문제점 등에 관하여 로펌(Law Firm, 법무법인)이나 변호사의 법률의견서를 받아 본 후에 진행한다. 보험의 대상이 되는 M&A 거래의 규모, 당사자의 평판 내지 신뢰도, 거래를 자문하는 로펌과 재무실사를 담당하는 회계법인의 규모와 평판도 중요한 참작사유로 고려되고 있다.

엠앤에이보험의 활용사례가 급격하게 증가하는 이유는 뭘까? 매도인의 경우, 일단 엠앤에이보험에 가입하면 매수인에 대한 진술 및 보장 의무 위반에 따른 손해배상책임에서 자유로워질 수 있다. 특히 매도인이 사모펀드이거나 회사를 인수한 후 일정 기간 경영 후에 다시 재매각하려는 경우, 진술 및 보장에 대한 책임을 헷지하기 위한 좋은 방안으로 평가받고 있다.

매수인의 입장에서는 일정기간 에스크로(escrow), 즉 충당금을 받는 것과 같은 효과가 있고, 특히 손해 발생 시 매도인의 변제능력을 신뢰하기 어려운 경우, 또는 국제 거래에서 사법 안정성이나 강제집행 여부에 관한 신뢰도가 낮은 경우에 적극적으로 활용할 수 있다. 결국 당사자 간에 껄끄러운 진술 및 보장에 관한 책임과 손해배상 문제를 상호간 부담 없이 진행할 수 있도록, 일종의 윤활유 역할을 해줄 수 있다.

보험료 수준은 일률적으로 정해져 있는 것이 아니라 M&A의 규모, 대상 거래에 대한 리스크 평가, 보상한도의 수준 등에 따라 달라진다. 초기에는 엠앤에이보험의 보상한도 대비 2~3% 사이에서 형성되었는데, 최근에는 많은 사례가 쌓이면서 리스크에 대한 통계가 어느 정도 확보가 되어 있다. 그리고 보험 상품을 제공하는 보험사의 수도 늘어나고 있는 점과 브로커의 참여가 점점 늘어나면서 경쟁이 심화되고 있어서 요율은 점점 하향 안정화되고 있는 추세로 볼 수 있다.

같은 시각, 입찰에 초대받은 다른 보험중개사의 신창수 부장에게 메일이 왔다. 그 메일 제목은 '알에프피(RFP) : 듀딜리전스(Due Diligence) & 엠앤에이(M&A)보험 입찰의 건'이라고 되어 있었다. 신부장은 메일을 찬찬히 읽어보았다. 신부장은 자신의 회사에서 리스크실사업무와 금융기관종합보험, 엠앤에이보험을 담당하고 있었다. 메일을 다 읽고 나서 신부장은 자신에게 메일을 보내준 김병준 차장에게 전화를 걸었다.

"김차장님, 안녕하세요."

"안녕하십니까, 신부장님."

"방금 보내 주신 메일 보고 전화 드렸는데요."

"아크로인베스트먼트 건 말이죠."

"그게 지금 엔브이케이(NVK)와 같이 하는 건가요?"

"네, 아크로인베스트먼트가 저희하고 손잡고 한국의 태양광발전소 몇 개를 인수하려고 해요."

"아크로인베스트먼트와 엔비케이의 관계가 어떻게 되죠?"

"아크로인베스트먼트가 국내 투자를 하려는데, 한국에 대한 투자와 관련해서 전에 저희 회장님하고, 아크로인베스트먼트 대표하고 만나서 같이 협조하기로 했거든요. 아크로인베스트먼트가 이번에 국내 태양광을 비롯한 리뉴어블에너지(Renewable Energy) 분야에 관심을 가지고 투자를 하려는데, 보험자문을 겸해서 엠앤에이보험을 가입하려고 해요. 그래서 신부장님께 메일을 드렸습니다."

"규모가 아주 크지는 않더라구요."

"네, 총 규모는 7~8백 억 정도 됩니다."

"보통 보험회사에서 요구하는 보상한도가 200억 정도 되어야 언더라이팅에 관심을 갖는데, 딜 규모의 20% 정도라고 보면 100억 정도 되네요."

"그렇죠. 보험회사들이 적극적으로 나올까요?"

"그전에는 200억 이하 보상한도에는 별로 관심을 두지 않았는데, 작년 말부터 별로 비즈니스가 없어서 보험도 많이 생기지 않았잖아요? 그래서 요즘은 분위기가 바뀌어서 200억이 안되더라도 요율을 구할 수는 있을 것 같습니다. 그런데 브로커는 어디 어디 참여하죠?"

"신부장님 회사와 다른 글로벌 브로커 회사 하나, 그리고 뉴인슈런스테크놀로지(NIT)입니다."

"엔아이티(NIT)도 있어요?"

“네, 아크로인베스트먼트의 대표님이 헨리 씨를 잘 안다고 해서, 그쪽으로도 인바이트를 보낼 예정입니다.”

“헨리가 여전히 활발하네요. 그럼 세 군데가 비딩에 참여하는군요.”

“큰 문제없겠죠?”

“일단 재보험사들하고 바로 접촉을 해보겠습니다.”

“잘 부탁드립니다.”

신부장은 프로젝트 개요를 다운로드받아서 다시 읽어보았다. 프로젝트명은 ‘샤론의 장미’였다.

메일을 옆자리에 앉아 있던 팀장에게 전송했다.

“팀장님, 방금 메일 하나 보내드렸는데, 엠앤에이보험 건입니다.”

“아 그래, 한 번 읽어볼게.”

“한 번 보시고 시간되실 때, 미팅같이 하시죠.”

“오케이.”

지운은 제니, 건호와 함께 회의실에 모였다. ‘샤론의 장미’프로젝트가 제한적이지만 경쟁입찰로 전환된 지금, 고객이 요구한 알에프피(RFP), 즉 제안요청서의 세부적인 사항에 대하여 검토하고 분석을 하고자 함이었다. 제안요청서에는 가격점수가 50퍼센트이고 비가격적인 정성적 평가 요소가 50퍼센트로 되어 있었다. 가격점수는 자문비용과 엠앤에이보험에 대한 예상보험료 견적을 합산한 금액이었다.

비가격부문 평가점수는 자문보고서의 내용, 인수의 대상이 되는 태양광발전소의 위험분석과 평가, 보험의 효율적 관리방안, 투입인력의 경력과 자질, 프로젝트 투입시간, 회사의 재무적 안정성과 관련프로젝트 수행경험 등을 종합적으로 지시하여야 한다.

엠앤에이보험에 대해서는 보험요율을 보험사에 요청해서 요율을 구해야 한다. 엠앤에이보험을 위해서는 인수합병을 진행하는 바이어(buyer)와 셀러(seller)의 구체적인 회사정보와 인수합병조건을 상세히 기재한 엠앤에이 계약서가 필요하다.

하지만 현재 상태에서는 인수합병 계약서의 상세부분은 확보하기 어렵고, 인수합병 금액과 개략적인 조건 정도만이 확보 가능할 것이다. 따라서 정식요율이라기보다 일단은 가견적 정도 수준에 그칠 가능성이 높다. 하지만 가견적을 받는다고 할지라도 지운의 팀이 확보한 요율이 다른 경쟁자보다 높다면, 전체적인 평가 점수에서 떨어질 가능성이 높다.

따라서 프로젝트에 대한 상세한 정보와 분석을 가능한 한 많이 그리고 정확하게 제기해 주어야 한다.

그다음으로는 엠앤에이보험사와 접촉해서 프로젝트 정보를 알려주고, 보험요율을 요청해야 한다. 그 생각이 들자, 지운은 제니에게 말을 했다.

"제니, 엠앤에이보험 관련해서 미리 보험사에 연락해서 확인해

봐야 하지 않을까?"

"아직 그렇게 급하진 않은 것 같은데요?"

"아니야, 이런 건 말이 나오자마자 바로 알아보는 게 좋아. 우리가 다른 경쟁자보다 일찍 알았다고 해도 방심하면 안 돼."

"알겠습니다."

제니에게 가능한 빨리 엠앤이보험에 대해 보험사에게 접촉해 보라고 했다. 일단 경쟁입찰을 한다는 말이 나왔다면 가능한 한 우리가 이용할 수 있는 모든 자원을 활용해야 하고 그리고 그 자원들은 경쟁자들보다 먼저 선점하는 것이 좋다. 엠앤에이보험 요율을 제공할 수 있는 보험회사는 몇 개 되지 않는다. 건호에게는 프로젝트를 간략하게 요약한 메일을 먼저 보험사에게 보내라고 했다. 보험사의 인수심사 담당자의 메일리스트를 주고, 바로 보내라고 지시했다. 엠앤에이보험을 취급할 수 있는 보험사는 현재, 국내의 원수보험사가 둘 정도 되고 3개 정도의 재보험사가 있었다.

제니는 재보험사 쪽에 전화를 하고 지운은 국내보험사에 각각 전화를 했다. 지운이 전화한 국내 보험사 두 곳 중 한 곳은 이미 다른 곳에서 메일을 받았다고 한다. 제니도 두 곳은 이미 다른 곳에서 연락을 받았다고 한다. 예상보다 경쟁자들의 움직임이 빨랐다.

제니는 당황했다. 자신의 생각으로는 가장 먼저 고객의 의뢰를 받아서 내용을 검토하는 중이었고, 경쟁입찰이 될 거라고는 생각하지 않았기 때문에 보험사에 대한 연락에 대해서는 그렇게 신경을 쓰지 않았다.

제니는 엠앤에이 재보험사들에 보낼 알큐(RQ)라는 요율구득 요청서를 작성하기로 하였다. 제안서에 들어간 회사정보와 참여 인력의 이력정보 등은 건호에게 맡겼다. 지운은 샤론의 장미 프로젝트의 위험분석과 보험구성을 위한 제안서를 작성 중이었다. 보험자문의 주요 의제에 대한 답변과 대안, 그리고 보험료 절감 방안이 지운의 주요 담당 항목이었다.

보험자문 제안에서 제출해야 할 주요 내용은 태양광발전소에 적용할 보험종목과 한국 태양광발전 프로젝트의 특이성에 대한 부분이었다. 그것을 질문한 이유는 일본이나 동남아 쪽의 경우 태양광발전소에 대해서 패키지인슈어런스라는 보험프로그램을 많이 적용하고 있는데, 유독 한국에서는 씨엠아이(CMI)라는 보험프로그램을 대부분 적용하고 있기 때문인 것 같았다.

한국과 일본의 태양광 발전의 차이와 특성에 대한 부분은 무엇일까? 아마도 그것은 태양광발전소를 운영함에 있어서 정부의 지원정책이 어떻게 될 것이냐 하는 것일 터였다. 얼마 전까지 일본에서는 태양광 발전을 강력하게 지원하면서, 발전차액제도를 활용하고 있었다. 반면 한국은 알이씨(REC)라고 하여 그 지원정책이 조금 달랐다. 그리고 다른 부분이 무엇이 있을까? 지운은 생각했다. 지운은 일본태양광에 투자한 한국 투자자와 발전사들과 거래한 적이 있었고, 지금도 운영보험에 대한 관리를 하고 있었다.

그래서 그중 가장 인상 깊게 다가온 것이 있었는데, 그것은 바로 전력송출제한 또는 전력 컬테일먼트(curtailment)라는 제도였다. 태양광발전은 날씨에 영향을 받기 때문에, 전력수요가 가장 많을 때와 수요가 적을 때의 시점이 전력수요처의 흐름과 맞지 않는 경우가 종종 발생하게 된다. 그리고 최근 몇 년간 일본의 태양광발전소는 일본 정부에서 목표한 수치를 이미 초과달성하고 있어서, 태양광발전으로 인한 전력생산이 각 지역별로 필요한 수준을 넘어설 때가 자주 발생하게 되었다. 이를 방지하기 위해, 일본의 전력회사에서는 태양광발전소의 전력생산을 임의로 중단시키는 조치를 취하는 경우가 점점 많이 발생하고 있는데, 이 경우 태양광발전소는 전력생산을 못함에 따라 매출이 발생하지 않는 문제가 생겼다. 한국의 경우에는 아직 이러한 현상이 제주나 전남의 특별한 지역을 제외하고는 심각하게 드러나지 않고 있었다. 이러한 부분을 집어 주면 좋을 것 같았다.

제니와 건호가 함께 회의실에서 서로 토론을 하며, 제안서를 조금씩 메꾸어 가던 중이었다. 제니가 샤론의 장미 프로젝트 한국측 파트너인 아크로인베스트먼트의 담당 차장과 통화를 하던 중이었다. 통화 중에 담당자의 상사에게 상의를 해보아야 한다는 말이 들렸다. 그리고 그의 상사가 우상우 상무라는 말을 들었다. 그 순간, 지운은 귀가 번쩍했다. 바로 자신의 고등학교 동기의 이름이었기 때문이다. 그는 바로 상우에게 전화를 걸었다. 바로 그였다.

제니와 건호는 함께, 며칠 동안 늦게까지 일하면서 자문보고서를 작성했다. 궁금한 사항을 메일로 주고받으면서, 서로 수정을 하고 보완을 했다. 일주일 정도 지나니 초안을 만들 수 있었다. 이미 이전에 여러 건의 프로젝트를 대상으로 제안서를 만들고 제출한 경험이 많이 있었기도 하거니와, 기존에 사용한 제안서 양식도 여러 건이 있었으므로 회사정보나 인력 소개와 같은 정형화된 부분은 상대적으로 쉽게 만들 수 있었다. 고객이 요구하는 보험에 대한 정보와 태양광발전소의 주요 위험 요소, 발전소가 위치한 장소의 자연재해 상황과 국내 태양광 발전의 정책과 향후 전망을 위험관리 측면에서 어떻게 연관될 수 있고, 어떤 방식으로 헷지해야 하는지에 대해 내용을 적어 나갔다. 제니의 엠앤에이보험 견적은 아직 더 시간이 필요했다. 엠앤이보험의 견적이 나와서 제안서 상에 지운의 회사에서 제시할 최종 보험자문 비용이 산출될 수 있었다.

지운이 접촉한 국내 보험사의 경우, 요율을 직접 내기보다는 다른 회사의 요율이 나오면, 공동으로 인수하는 방식으로 참여하겠다고 하였다. 다시 말해서 요율을 제공하는 것을 거절한 셈이다. 이유는 정식으로 요율을 제출하는 것도 아니고, 시간도 촉박하기 때문에 프로젝트의 위험에 대해 충분히 검토할 시간자체가 부족하다는 것이었다. 이제 남은 건 제니가 접촉한 싱가폴의 재보험사 측에서 요율을 제공해 줄 수 있느냐는 것이었다. 싱가폴의 경우, 한국의 엠앤에이보험에 대한 것뿐만 아니라 일본, 홍콩, 태국, 호주 등 아시아 여러 나라에서 진행되는 모든 엠앤에이보험에 대한 요청을 함께 서비스하고 있었다. 많은 재보험사들의 아시아 지역 본사가 대부분 싱가폴에 있기 때문이었다. 따라서 많은 물건을 재보험사들에게 요청하면서 물량베이스로 어렵지만, 배려를 해달라는 요청도 함께 해두었었다.

그런 덕분인지 제안서 제출 하루 전에 싱가폴에서 보내 준 요율을 받아 볼 수 있었다. 하지만 싱가폴 재보험사에서 제출한 요율은 생각보다 높았다. 그것은 지운이 국내 보험사에서 받았던 답변과 비슷한 내용의 이유 때문이었다. 위험을 완전히 분석하기에는 시간이 촉박하여, 최적의 요율을 산출하는 데에는 어려움이 있다는 것이었다. 이런 경우에 고객에게 제출하는 가격 수준을 어떻게 할 것인가 고민이 된다. 재보험사가 주는 견적 그대로 제출하면, 다른 경쟁자에 비해 전체 제시 비용이 높아질 가능성이 높다. 그러나 너무 낮게 가격을 쓰면 수주를 할 수 있을지는 몰라도, 회사가 얻을 수 있는 이익이 적다. 지운과 제니같이 전문인력이 투입되는 경우에는 그 기회비용도 고려하여야 한다. 만일 다른 프로젝트에 같은 시간을 투여해서 얻을 수 있는 수익이 높다면, 이 프로젝트에 집착하는 것이 부담이 될 수 있다. 그리고 회사에서 관리를 위한 회계상 개인별로 투입되는 간접비용을 고려하면, 잘못하면 오히려 손실이 날 수도 있다. 다만 다른 비즈니스가 연달아 나올 수 있는 경우에는 향후에 얻을 수 있는 이익까지 같이 감안하여 최소한의 비용을 제시하는 것이 좋을 수도 있다. 이 부분은 다음 날 아침에 다시 한 번 검토하자고 미뤄 두고, 제안서의 다른 부분을 다 채웠다.

다음 날 아침 일찍, 셋은 다시 회의실에 모였다. 최종적인 가격을 결정하기 위해서였다. 무조건 이기고 본다고 하면 가격을 최대한 낮게 써내야 한다. 하지만 앞으로 해야 할 다른 일들을 고려하면 적절한 수준의 가격을 찾아내어야 한다. 물론 많은 이익이 나면 날수록 좋겠지만, 그렇게 생각하고 입찰에 참여하면 대부분 탈락할 가능성이 높다. 서로의 의견을 나누었지만, 쉽사리 결정이 나지 않았다. 결국 지운이 결정을 했다. 적절한 가격 수준과 이길 수 있는 가격의 중간 정도 선이었다.

가격을 입력하고 난 뒤, 다시 한 번 전체 제안서를 리뷰해 보았다. 최종적으로 날짜를 입력하고, 피디에프(PDF) 파일로 제안서를 저장했다. 제니가 메일을 작성하고 제안서 첨부를 하였다. 그리고 마지막으로 엔터(enter) 버튼을 클릭했다. 이제 모든 것은 자신들의 손을 떠났다. 남은 것은 제니가 담당자와 연락하여 제안서에 대한 프리젠테이션을 하는 일정을 정하는 것뿐이다.

제안서를 제출하고 난 뒤, 아크로인베스트먼트 측에서 입찰에 참여한 회사들을 초청하여, 회사소개와 제안서의 내용, 요율

진행작업 등에 대한 소개를 하는 시간을 갖기로 하였다. 마침내 그날이 왔다. 지운은 제니 그리고 건호와 함께 아크로인베스트먼트의 사무실을 함께 찾았다. 지운의 일행은 혹시나 늦을까 하여 서둘러 가방을 챙기고 택시를 탔다. 서두른 덕분에 약속시간보다 일찍 고객의 사무실에 도착할 수 있었다. 엘리베이터를 내리는데, 낯익은 얼굴들이 보였다. 경쟁사의 직원들이었다. 지운의 일행이 엘리베이터를 내리는 동안, 그들은 엘리베이터를 타기 위해 기다리고 있었던 같았다. 긴 인사를 하지는 못하고 간단하게 웃으며, 고개만 끄덕거렸다. 지운의 일행보다 먼저 프리젠테이션을 마치고 나가는 길인 모양이었다. 지운은 심호흡을 하고 데스크로 갔다.

"어떻게 오셨습니까?"

"우상우 본부장님을 만나러 왔습니다."

"네. 잠깐 기다려주십시오."

리셉션데스크의 여직원이 어딘가 전화를 걸었다. 잠시 통화를 하더니 알겠습니다라고 대답을 하며, 끊었다. 그리고 고개를 들어 말했다.

"잠시만 기다려 주십시오."

30초 정도 지났을까? 복도를 돌아서 한 사람이 다가왔다. 상우였다.

"오랜만이야. 별일 없었지?"

"별일은 뭐, 나는 잘 지내고 있지."

상우는 지운의 고등학교 친구였다. 고등학교를 졸업하고 난 후 각자 다른 대학교로 진학을 해서 자주 만날 일이 없었다. 직장에 취직하고 난 후 몇 년이 지나서 동창회 모임에서 얼굴을 볼 수 있게 되었다. 그는 대형 건설회사의 재무팀에서 일을 하다가, 금융 쪽 회사로 옮겼다는 말을 들었다. 건설회사에 취직하고서는 고등학교 동기 모임에서 가끔씩 보고 있었다. 그러다가 중간에 증권회사로 옮겼다가, 외국계 투자사로 옮겼다는 말을 들었다. 그리고 한동안 볼 수 없었다. 그런데 샤론의 장미 프로젝트를 담당하는 회사의 임원으로 와 있다니, 세상이 좁다는 생각이 들었다.

상우가 안내하는 회의실로 들어가니, 4명 정도의 인물들이 앉아 있었다. 투자사의 다른 임원 한 명과 보험을 담당하는 실무부서의 간부들이라고 한다. 그들의 앞에는 하얀 종이들이 몇 장 올려져 있었다. 아마도 체크리스트나 평가서인 모양이다. 그중에 가장 젊어 보이는 이는 말끔한 와이셔츠를 입고 노트와 볼펜 그리고 보험증권 같은 것이 보였다. 아마도 지금 인수하고자 하는 태양광발전소들이 가입하고 있는 보험증권 같았다. 평가위원들을 마주 보는 자리에 앉아서 잠시 대기했다. 가장 막내로 보이는 인물이 나와서, 노트북을 만졌다. 회의실 정면의 대형 스크린에, 지운과 제니 그리고 건호가 준비한 프리젠테이션의 가장 앞장이 나타났다. 그리고 그는 지운에게 레이저포인트를 건네고, 노트북 화면을 넘기는 방법에 대해서 설명을 해주었다. 노트북 화면은 건호가 넘기기로 했다. 프리젠테이션에 주어진 시간은 30분이었다. 그중 20분에는 회사소개와 서비스방안, 팀의 역량 등 준비해온 내용을 설명하고 10분 정도 질의응답시간으로 되어 있었다. 담당자의 소개와 함께, 지운이 앞으로 나섰다. 지운은 자신의 회사가 어떤 회사인지, 어떻게 팀을 구성해서 서비스를 제공할 것인지, 그리고 비용의 산정과 같은 부분 등 며칠 동안 밤새워 준비한 내용을 간략하게 설명하였다. 가능하면 딱딱하지 않고 부드러운 분위기를 유지하기 위해 어려운 용어나 이해하기 어려운 부분은 생략을 하였다. 설명을 다 듣고 나서 상우의 옆에 앉아 있던 통통한 얼굴의 인물이 질문을 했다.

"설명 감사드립니다. 그런데 저도 이 프로젝트를 맡은 지 얼마 안 되었습니다. 그리고 보험이라는 것도 살펴보고 있는데요. 용어가 쉽지 않네요. 샤론의 장미 프로젝트에서 가입한 보험이 씨엠아이보험이라고 되어 있습니다. 화재보험에 대해서는 좀 들었는데 씨엠아이보험은 뭔지, 그리고 저희가 일본 쪽에서 태양광발전소 인수프로그램을 진행할 때는 모두 패키지보험이라고 되어 있었던 것 같은데, 화재보험과 패키지보험, 씨엠아이보험의 차이가 뭔지 설명부탁드립니다."

"화재보험, 패키지보험, 그리고 씨엠아이보험의 차이 말씀이신가요?"

"네. 화재보험으로 공장이나 주택건물, 빌딩을 포함해서 다 커버하는 것으로 알았는데, 패키지보험이 더 담보범위가 크고 일반 기업들이 대부분 패키지보험으로 들고 있다고 하셨습니다. 그런데 저희가 한국에서 인수하는 대상이 되는 태양광발전소는 또 씨엠아이보험이라고 되어 있어서요. 무슨 차이가 있나 싶어서요."

지운은 고개를 끄덕이며, 자신이 아는 바를 설명했다.

"원래 패키지보험은 화재보험을 확장해서 시내에서 보는 대형건물이나 규모가 큰 공장을 담보하기 위해서 디자인된 것입니다. 패키지보험에서 보장하는 항목이 프로퍼티올리스크(Property All Risks)를 중심으로 구성되어 있습니다. 프로퍼티올리스크는 우리말로 재물위험이라고 하는데, 이건 원래 우리가 알고 있던 화재보험에 대응하는 보험입니다."

지운은 다시 말을 이었다.

"패키지보험은 여러 가지의 위험에 대한 보장을 하나의 보험증권으로 묶은 보험상품입니다. 그리고 패키지보험의 가장 중심이 되는 보장 항목은 프로퍼티올리스크 담보이고요. 프로퍼티(Property)가 재물이나 재산, 특히 부동산이나 건물을 뜻하는 말입니다. 올리스크(All Risks), 즉 모든 종류의 위험이라는 뜻이죠. 따라서 프로퍼티올리스크 담보라는 말은 재산, 특히 건물과 그 부속시설에 대해 발생할 수 있는 모든 리스크에 대해서 담보한다는 의미입니다. 그 기본은 화재나 폭발 같은 위험을 담보하는 화재보험으로부터 출발합니다."

화재보험의 특징은, 보험으로 보상하는 위험을 명확하게 지정을 해 두어야 한다는 점이다. 이건 무슨 말이냐 하면, 보상한다고 보험증권에 쓰여진 것만 보상하는 것을 뜻하고, 보상하는 항목에 해당하는 리스크의 이름이 기재되어 있지 않으면 보상을 하지 않는다는 말이다. 만일 화재위험을 담보한다고 해놓고 다른 위험에 대해서는 적어 두지 않으면, 화재가 아닌 다른 리스크로 인해 생기는 손해는 보상을 받을 수 없다는 뜻이다. 보험증권에 화재, 폭발, 낙뢰만 적혀 있고 지진이나 홍수, 침수 등과 같은 항목이 기재되어 있지 않을 경우 이들로 인하여 생기는 피해는 보상을 받을 수 없게 된다. 예를 들면 요즘 같이 갑자기 집중호우가 나서 시설이나 제품이 물에 젖어서 못 쓰게 되는 경우가 있을 수 있는데, 이런 건 담보가 안 되는 부분이다. 그래서 보험회사와 보험을 든 고객 사이에 분쟁이 커지면서 보상하는 항목을 계속 늘려왔다. 그런데 보상항목을 늘리다 보니, 증권상에 적어야 할 항목이 너무 많아지기 시작했다. 그리고 기술이 발전하고 안전관리가 강화되다 보니, 상대적으로 사고는 점점 줄어들었다. 고객은 사고도 없는데, 보험료를 높일 이유가 없다. 그래서 동일한 보험료라면 보상받는 담보를 늘리고 싶어지게 된다.

보험회사의 경우에는 보상되는 항목을 일일이 평가하고 다 기재하는 것보다 아예 웬만한 것은 다해 주고 반드시 면책해야 할 것만 확실히 기재해 두면, 보험서비스의 질을 높이면서도 분쟁처리나 보험관리에 따르는 내부 업무 비용을 줄이는 효과를 거둘 수 있다. 고객과 보험회사에서 서로가 윈윈하는 방식으로 진화해온 것이 바로 올리스크커버 또는 전위험담보(All Risks Cover)라고 한다. 올리스크커버의 경우 말 그대로 모든 위험을 담보한다는 뜻이다. 단, 증권상에서 담보하지 않는다고 명시적으로 보상이 안 된다고 적어 놓은 사고는 제외하도록 되어 있다. 보험보상을 받지 못하게 되는 것들을 모아서 면책사항이라고 하고 있는데, 면책사항에 해당되면 사고가 나더라도 보상을 해주지 않겠다는 뜻이다.

보통 보험상품은 기본적으로 담보하는 위험과 특별하게 추가하고 싶은 위험이 있으면, 이를 기재해 두어야 한다. 일반적인 화재보험은 화재, 폭발 같은 위험을 기본적으로 담보하고 태풍이나 홍수와 같은 자연재해 위험을 담보하는 풍수재위험담보를 위한 특별조항을 두어 담보하게 된다.

이런 화재보험의 구조는 멀리는 1866년 9월 런던에서 발생한 런던 대화재까지 거슬러 올라간다. 그 이후 보험의 발전과 사회의 안정에 따른 보험담보확대의 요구에 따라 전위험담보, 즉 프로퍼티올리스크 담보가 생기게 되었다. 패키지보험은 화재보험을 프로퍼티올리스크 담보로 그 안에 수용하면서, 다른 위험도 함께 포함하도록 하면서 생긴 이름이다.

"문제는 패키지보험의 기본 원칙이 화재보험을 따르기 때문에 재물위험(Property Risk)을 중심으로 담보하는데, 재물위험과 성격이 좀 다른 것이 나타나게 됩니다. 증기기관이나 보일러, 대형 기계장치나 발전설비의 경우는 일반적으로 고정되어 있는 물건이 아니라 외부에서 스타트버튼을 누르면 동력을 일으키고, 전력을 생산하거나 증기와 열을 만들어 내게 됩니다. 이런 것은 단순하게 만들어진 대로 서있는 주택이나 빌딩건물과는 좀 다르죠. 다양한 기계장치들이 가동하거나 문제가 생길 수 있죠. 이런 것을 기계적인 위험(Machinery Breakdown Risk)이라고 합니다. 그래서 패키지보험에서는 일반적인 시설을 대상으로 하는 프로퍼티리스크에 더하여, 기계위험(Machinery breakdown)이라는 별도의 항목을 함께 담보하도록 되어 있습니다. 발전기, 보일러, 터빈과 같은 중대형의 기계설비나 장치가 대부분인 발전소의 경우, 말 그대로 기계설비가 대부분이므로 설비 가동 중에 발생하는 위험의 성격이 다르다는 것입니다. 그래서 나온 것이 기관기계보험 또는 머쉬너리 브레이크다운 인슈런스(Machinery Breakdown Insurance)라는 것인데, 이를 패키지보험 속에 하나의 담보로 더 추가하고 있습니다. 그리고 여기에 더하여 고객의 이익과 배상책임위험을 함께 묶어서 담보하도록 해둔 것이 패키지보험입니다.

한편, 씨엠아이는 영어로 컴프리헨시브 마쉬너리 인슈런스(Comprehensive Machinery Insurance)의 준말인데, 우리말로 번역된 보험의 이름은 '기관기계종합보험'이라고 합니다. 기관기계종합보험이라고 전부 읽으면 너무 길어져서 기계보험이라고도 하는데, 기계보험이라는 표현보다는 영어단어의 첫글자를 따서 씨엠아이(CMI)로 말하는 것이 국내 보험업계에서 관행적으로 익숙하게 쓰이는 표현입니다. 일반인들 중에서 태양광발전소에 대한 보험이 있는지 관심 있는 사람이 별로 없기 때문에 전문가들의 용어로 통용되고 있습니다. 마치 병원에서 의사들이 쓰는 병명이나 치료에 대한 전문용어처럼 말이지요. 패키지보험의 경우에는, 토목이나 건축물의 비중이 50% 이상인 경우에 주로 사용하는 경우가 많습니다. 그래서 일반 대형 건물이나 공장들은 대부분은 패키지보험이라는 것을 활용해서 보험을 가입합니다. 하지만 발전소와 같이 내부에 설치되는 기계장비나 설비가 훨씬 많을 경우에는 보험가입금액의 대부분이 기계설비에 집중되어 있습니다. 이런 경우에는 기계를 가동하면서 기계적 마찰이나 파손과 같은 문제가 생기는 경우가 많고, 전기누전 등으로 인한 손상의 위험이 훨씬 더 많습니다. 그전에는 둘을 크게 구분하지는 않았는데, 최근에는 보험사들이 이를 구분하여 리스크를 평가하고 있는 경향이 강하게 나타나고 있습니다.

특히 한국에서는 이러한 경향이 최근 들어 더욱 강해졌고, 대부분의 태양광발전소들이 씨엠아이보험으로 가입하고 있습니다. 샤론의 장미 프로젝트도 씨엠아이보험으로 대부분 가입되어 있는 이유가 그것 때문입니다.”

“아, 그렇군요. 패키지보험에도 이익담보란 게 있고, 씨엠아이보험에도 이익담보라는 게 있는데, 그건 뭐죠?”

"증권을 보시면 운영 중 비즈니스인터럽션(Operational Business Interruption)이라고 되어 있는 부분이 있습니다. 비즈니스인터럽션이라는 것은 사업장을 운영하다가 중간에 무슨 사고라도 나면, 제품 생산을 못하게 되지 않겠습니까? 그렇게 되면 제품을 판매할 수가 없게 되고, 매출이 발생하지 않게 됩니다. 반면 매출이 발생하지 않더라도, 물론 매출활동에 따른 변동비는 더 이상 들지 않겠지만 직원의 인건비나 차량비용, 전기요금, 그리고 일상적으로 고정적으로 들어가는 비용들은 계속 발생하게 됩니다. 게다가 변동비와 고정비를 제외한 이익도 사라지게 되죠. 따라서 계속적으로 발생되는 고정비와 사라지는 이익부분에 대해 자세히 평가를 해서 이 부분도 보상을 할 수 있도록 하는 것이 비즈니스인터럽션 담보입니다.

그리고 씨엠아이보험은 여기에 운영 중, 즉 오퍼레이션이라는 표현을 덧붙여서 비즈니스인터럽션으로 인한 이익손실을 보상해 주도록 하고 있습니다."

연이어서 지운은 배상책임위험에 대해서도 설명을 했다. 설명을 마치고 나니 어느새 한 시간이 훌쩍 지나가고 있었다. 상우와 실무과장은 다른 회의가 연이어서, 더 이상 설명을 할 시간이 없었다. 제안입찰에 대한 결정을 빠른 시간 내로 해서 연락을 주기로 하고 자리에서 일어섰다.

"시간이 되면 점심같이 하면 좋은데, 바로 회의가 있어서 말이야."

“아, 괜찮네. 시간 날 때 연락 줘.”

“그래, 입찰 결과는 우리 오과장을 통해서 연락 줄 테니까 열심히 해봐.”

“알겠네, 최선을 다해서 좋은 결과를 만들어 보겠네.”

“이사님, 샤론의 장미 프로젝트 한국 측 파트너의 담당자에게 연락이 왔는데, 저희가 제출한 제안서와 관련하여 싱가폴 클라이언트 쪽에서 몇 가지 질의 사항이 있어서 같이 이야기를 나누어 보자고 하더라고요. 지난번 우본부장님과 오과장님을 만나서 설명을 드리고 난 다음 싱가폴 투자자와 화상회의를 했는가 봐요. 결과를 보고 싱가폴 클라이언트 측에서 저희가 제출한 내용 중에 궁금한 부분이 있어서 같이 컨퍼런스 콜을 해보자고 하네요. 그리고 엠앤에이보험과 관련해서 저희 싱가폴 팀의 변호사가 같이 참석할 예정입니다. ”

“알았네. 잘 준비해 보세.”

“그래서 언제 시간되세요?”

“내일 오전이 좋겠는데?”

“오전이면 몇 시가 좋을까요?”

“10시 정도 하지. 출근하자마자 회의하는 건 너무 촉박하고, 10시 정도면 좋을 것 같아. 1시간 정도면 되겠지?”

“네, 그러면 제가 그쪽에 이야기해서 시간 확정되면 알려 드릴게요.”

"그래, 수고해."

제니는 다시 돌아갔다. 내일 회의의 결과에 따라서 샤론의 장미가 지운의 손에서 필 것인가 아니면 다른 사람의 손에서 질 것인가가 결정 날 것이다.

다음 날, 제니와 만나기로 한 로마룸으로 갔다. 회의실에 들어가니 제니가 노트북 컴퓨터를 켜고 회의실 중앙의 스크린에 연결하고 있었다. 화면에는 그녀가 정리해 둔 보험현황 리스트가 보였다.

"이사님, 오셨어요."

"미리 와 있었네."

"아직 5분 남았는데 줌으로 미리 연결해 둘게요."

제니는 말을 마친 뒤에 줌 프로그램을 켰다.

"참석자는 누구지?"

"프로젝트를 연결해준 도쿄지사 담당자, 싱가폴 투자회사 실무자 한 명 하고, 우리 회사 변호사님이에요."

"변호사는 컴플라이언스(compliance) 담당인가?"

"아니에요. 저희 팀에서 엠앤에이보험 계약서 문제에 대한 조언을 할 수 있도록 변호사를 별도로 뽑았어요."

그때 목소리가 들렸다.

"Hi, Jennie"

"Hi, Alex"

제니가 화면을 보면서 인사를 했다. 화면에 사람들의 얼굴이 나타나고 있었다.

줌으로 참석한 이는 국내 사무실에서 제니와 같이 근무하고 있는 변호사 1명, 그리고 싱가폴의 투자회사의 실무 담당자 1명이었다.

서로의 소개가 끝난 다음, 제니가 국내 태양광발전소의 보험가입 현황에 대해 설명을 하기 시작했다. 지운은 그들의 대화에 끼지 않고 조용히 들었다. 제니를 포함하여 영어가 익숙한지 말이 빨랐다. 그래서 쉬지 않고 따라가는 데에도 벅찬 느낌이 들었다. 요즘 지운은 자신의 신체적인 오디오 시스템 성능이 좀 떨어진 것 같다는 생각이 들었다.

보험에 대한 설명과 자문의 내용에 대한 취지 등에 대해 이야기가 오갔고, 인수합병할 대상이 되는 발전소의 보험료 절감 방안에 대해서 이야기가 나왔다. 이 부분은 지운이 설명을 해야 했다. 그는 어렵게 말을 꺼냈다. 영어로.

지운은 인수대상이 되는 태양광발전소가 여러 개 있으므로, 이를 각각 가입하는 것이 아니라 통합을 해서 하나의 증권으로 묶어야 한다고 했다. 그 내용은 지운이 작성한 제안서 상에 이미 제시되어 있는 내용이었다.

현재 인수대상 태양광발전소들은 각 발전소마다 따로 보험을 가입하고 있었다. 그래서 보험가입 조건도 일부 다르고, 보험료도 다르게 적용이 되고 있었다. 이들을 하나로 묶어서 일괄적으로 보험을 가입하는 경우, 전체 보험료의 규모가 커지게 되어 보험사 입장에서는 보험료를 통한 규모 확대가 가능하기 때문에 선호도가 높아질 수 있다. 동시에 여러 건을 한 번으로 처리할 수 있기 때문에 보험사가 자체적으로 처리해야 할 관리 및 업무 처리비용을 줄일 수 있다는 점이다.

따라서 보다 좋은 보험조건으로 보험을 가입할 수 있을뿐더러, 전체 합산 보험료는 개별 보험료를 합산한 것보다 더욱 저렴하게 낮아질 수 있을 것으로 보인다. 이러한 여러 가지 사항을 감안할 경우, 20 내지 30퍼센트의 보험료 절감이 가능했다. 지운은 설명을 마치고, 제니에게 진행을 넘겼다. 제니는 투자자 측에 필요한 질문 있는지 알려달라고 했다. 투자자는 다시 뭔가 질문을 했다. 질문하는 문장 속에 귀에 꽂히는 단어가 있었다.

"…curtailment…"

제니의 눈이 커졌다. 잘 모르는 단어인 모양이다. 3초 정도 정적이 흘렀다. 제니가 지운을 쳐다봤다. 그제서야 지운이 입을 떼었다. 그리고 그것에 대해 설명하기 시작했다. 물론 영어로.

그의 질문은 일본 태양광발전에 있어서 중요한 이슈가 되어 있는 컬테일먼트에 대한 것이었고, 한국에서의 상황은 어떤 것이냐 하는 것이었다.

지운은 가능한 상세하게 설명을 해주었다. 그리고 충분히 설명이 되었다고 느낄 즈음, 상대방과 내용을 다시 한 번 확인했다. 서로 확인을 마친 후 지운은 말을 마쳤다. 그리고 제니에게 바톤을 넘겼다.

그다음 주제는 더블유앤아이(W&I)보험에 관한 것과 세금보험, 즉 택스 인슈어런스(Tax Insurance)에 대한 것이었다. 이 부분은 비밀유지에 대한 부분도 있고, 지운이 제니로부터 요청받은 부분이 아니어서 제니에게 눈으로 인사하고 자리를 떴다. 자신과 관련이 없는 업무에 대한 이야기를 듣는 것은 실례이기도 하다.

"이사님. 오늘 감사했어요. 덕분에 회의가 잘 진행된 것 같아요."

자리에 돌아와서 업무를 하는 중이었다. 제니가 와서 인사를 했다.

"나보다 제니가 고생이 많았지, 뭐."

지운도 웃으면서 제니에게 답변했다.

"이사님, 질문이 있는데요. 컬테일먼트가 뭐예요. 설명해 주시는 걸 듣긴 들었는데, 제가 잘 모르는 내용 같아서요."

대화가 컬테일먼트의 개념에 대한 것이 아니라 일본과 한국에서의 현황과 향후 전망에 대한 부분이었기 때문에 컬테일먼트 자체에 대한 이해가 없으면 정확한 이해가 어려운 점이 있었다.

"컬테일먼트는 한국에서 쓰는 말로는 송출제한, 전력통제라는 정도로 쓰이네. 뭐냐 하면 태양광발전소에서 생산하는 전력을 그리드를 통해서 전송해야 하는데, 전송하는 전력량을 통제하는 것을 말해요. 알다시피 태양광발전은 날씨에 따라 발전량의 변화가 있잖아. 그렇다고 생산된 전력을 저장하려면 별도로 저장장치를 해두어야 하고."

"네, 그렇죠."

"일본 같은 경우는 2, 3년 전부터 태양광발전소가 목표로 한 숫자를 넘어섰어. 그래서 태양광발전소에서 송출하는 전력량이 필요로 하는 전력량을 초과하는 경우가 발생하게 되었지. 전력량이 부족한 것도 문제가 되지만 전력량이 수용 가능한 수준을 초과하게 되면 그것 자체로 문제가 되네. 그래서 전력을 받는 전력회사에서 일방적으로 태양광발전소에 전력송출을 중단시키는 제도를 컬테일먼트라고 해."

"아, 그런 뜻이었군요."

"우리나라의 경우에는 아직 태양광발전의 비중이 일본만큼 크지는 않아서 그런지 지금 그렇게 문제가 되고 있지는 않아요. 다만 제주도에서는 태양광발전의 비중이 30%에 이르고 있는데, 실제로 송출제한 같은 상황이 작년부터 생기기 시작했어. 그리고 전라도 쪽에도 다른 지방에 비해서 태양광발전소가 많이 세워지고 있어서, 앞으로는 그쪽에도 송출제한이 일어날 가능성이 있어. 다만 현재 클라이언트가 인수하려는 지역의 발전소들은 아직 그 정도 수준까지는 아니고."

"설명 감사합니다. 이제 내용이 이해가 되네요."

"나머지 회의는 잘 되었나?"

"이사님께서 설명을 잘해 주셔서 그런지 분위기 좋게 잘 끝났어요. 자기들도 내부적으로 회의하고, 최종 결론을 빨리 내서 통보하겠대요."

"그래? 잘 되면 좋겠네."

샤론의 장미 4

집에 돌아온 지운은 책장 한 귀퉁이에 있는 성경책을 꺼내보았다. 오랫동안 보지 않아서인지 먼지가 툴툴 흘러나왔다. 성경책을 뒤적이며, 아가서가 나오는 부분을 찾았다. 그리고 아가서 본문을 다시 읽어 보았다. 번역한 글이라서 그런지 몇 번을 읽어도 언뜻 그 상황이 잘 떠오르지 않는다. 아가서는 성경에서 가장 로맨틱하고 아름다운 부분이라고 하는데, 한글로 된 아가서를 읽으면 사실 잘 느낌이 살지 않는다. 무슨 내용인지 이해가 어렵게 되어 있다. 아가서는 실제로는 한 사람이 부르는 것이 아니라 남자와 여자가 교대로 부르며 서로 댓구를 이루어가며 전개되는 사랑의 찬가이다. 한글 성경에는 아무런 설명도 없고, 일렬로 죽 나열만 되어 있어 몇 번을 읽어도 내용의 이해가 잘 되지 않을뿐더러 문학적인 세련미도 느끼기 힘들다. 그래서 영어로 된 성경을 찾아서 아가서를 읽어 보았다. 영문 성경에는 노래 중의 노래(Song of Songs)라고 되어 있다. 이 표현을 아가(雅歌)라고 번역하였고, 해당 부분을 통틀어 아가서(書)라고 제목을 지은 것이다. 하지만 그 뜻이 잘 와 닿지 않는다. 아가(雅歌)라고 한자로 번역한 뜻으로는 우아한 노래 정도가 된다. 하지만 좀 더 정확하면서도 쉽게 번역하면, 이스라엘에서 나온 노래 중 최고의 노래 또는 시, 가장 아름다운 노래라는 의미가 된다. 그리고 '샤론의 장미'라는 표현은 2장의 첫 줄에 나오는데, 그 가사는 다음과 같다.

> 나는 샤론의 수선화요 골짜기의 백합화로구나.
> 여자들 중에 내 사랑은 가시나무 가운데 백합화 같구나.
> 남자들 중에 나의 사랑하는 자는 수풀 가운데 사과나무 같구나. 내가 그 그늘에 앉아서 심히 기뻐하였고 그 실과는 내 입에 달았구나.
> 그가 나를 인도하여 잔치집에 들어갔으니 그 사랑이 내 위에 깃발이로구나.
> 너희는 건포도로 내 힘을 돕고 사과로 나를 시원케 하라. 내가 사랑하므로 병이 났음이니라.
> 그가 왼손으로 내 머리에 베개하고 오른손으로 나를 안는구나.
> 예루살렘 여자들아 내가 노루와 들사슴을 두고 너희에게 부탁한다.
> 내 사랑이 원하기 전에는 흔들지 말고 깨우지 말찌니라.
> 나의 사랑하는 자의 목소리로구나. 보라 그가 산에서 달리고 작은 산을 빨리 넘어 오는구나.
> 나의 사랑하는 자는 노루와도 같고 어린 사슴과도 같아서 우리 벽 뒤에 서서 창으로 들여다보며 창살 틈으로 엿보는구나.

나의 사랑하는 자가 내게 말하여 이르기를 나의 사랑, 나의 어여쁜 자야 일어나서 함께 가자.

겨울도 지나고 비도 그쳤고 지면에는 꽃이 피고 새의 노래할 때가 이르렀는데 반구의 소리가 우리 땅에 들리는구나.

무화과나무에는 푸른 열매가 익었고 포도나무는 꽃이 피어 향기를 토하는구나. 나의 사랑, 나의 어여쁜 이야 일어나서 함께 가자.

마치 뮤지컬이나 오페라에서처럼 남녀 주인공이 서로 번갈아 가면서 노래로 대화를 주고받는 것 같은 장면이다. 음악적으로 훨씬 리드미컬해지고 로맨틱한 느낌을 준다. 남녀가 주고받는 그 표현이나 문장이 매우 세련되면서도 우아하다. 매우 섹스어필하면서도 정숙한 느낌을 동시에 느끼게 한다. 이 정도의 표현을 하려면, 상당한 교양이나 교육을 받지 않으면 시도조차 하기 어렵다. 여기서 남자는 이스라엘 역사에서 가장 성대한 치세를 이루었던 솔로몬왕을 뜻한다. 그렇다면 샤론의 장미라고 자칭하는 여인은 누구인가? 그 여인은 술람미여자라고 한다. 뜬금없이 술람미여자라니, 술람미는 어디인가? 영어 성경을 다시 읽어보았다. 술람미라는 표현은 아가서 6장 13절에 나오는 'Come back, Oh Shulamite'라는 표현에서 나온다. 영어 사전을 보면 슐라마이트(Shulamite)는 슐렘(Shulem)에서 온 사람을 뜻한다고 한다. 그럼 또 슐렘은 어디란 말인가? 슐렘은 슐람(Shulam)이라고도 하는데, 학자들은 갈릴리 지역의 저지대에 위치한 제즈릴

계곡(Jezreel Valley in Low Galilee)이라고 한다. 이렇게 보면 술람미여인은 술람미계곡이나 근처에 살았던 평민 여성을 뜻한다고 볼 수 있다. 이렇게 보면 솔로몬왕과 평민 여성의 러브스토리를 노래한 것이 바로 아가서라고 하고 있다. 그리고 많은 기독교 목사나 신학자들은 이를 그리스도와 그리스도를 따르는 신자와의 관계로 재해석하고 있다. 하지만 솔로몬왕이 종교적으로 신에 대한 경배의 노래만을 지을 이유는 없는 것이다. 학자들은 무엇이든 성격상 형이상학적인 해석을 덧붙이려고 하는 경향이 있는 것 같다.

당시의 교육 수준을 감안할 때, 들판에 사는 평민 여인이 이런 정도로 왕에게 대꾸하는 노래를 할 수 있다는 것은 거의 불가능에 가깝다. 솔로몬이 혼자 남과 여의 역할을 번갈아 나누어서 노래를 다 지었다면 모를까, 어느 정도의 교육을 받은 여인이 아니라면 이런 노래 자체를 할 수가 없다. 물론 아가서 전체를 솔로몬왕 자신이 단독으로 지은 것일 가능성도 높다. 당시에 솔로몬의 배움 정도나 예술에 대한 수준은 아마도 유대세계 전체를 통해서 가장 뛰어났을 것이다. 하지만 이 가사들이 실제로 두 사람이 주고받는 내용들을 기록한 것이라면, 상대방 여성도 대단한 시인이요 예술가라고 생각하지 않을 수 없다. 만일 그런 가정을 전제로 가사를 읽으면 읽을수록 단순한 여인이 아닐 것이라는 생각이 드는 것은 어쩔 수 없었다. 그래서 어떤 이들은 술람미여인을 그저 평범한 여인으로 보지 않고 다르게 해석하기도 한다.

평범한 술람미여인이 아닌 다른 여인을 뜻한다는 해석에는 두 가지가 있다. 하나는 아비삭(Abishag)이라는 여인이라는 설이고, 다른 하나는 지금의 예멘 지역인 아라비아반도 남부의 시바왕국의 여왕이라는 설이다.

회복

지운은 점심시간에 고객과 같이 식사를 하는 중이었다. 맞은편 텔레비전 화면에 뉴스가 떠올랐다. 지방에 있는 제조업체의 공장에서 화재가 났다는 것이었다. 음식을 먹으려고 고개를 숙이다가 불이 난 업체의 회사이름이 들렸다. 그 회사는 얼마 전 보험갱신을 한 회사였다. 보험중개사를 통해 갱신보험료 입찰을 시도했는데, 10개 보험사가 입찰에 참여하였다. 입찰 조건은 경쟁적인 요율을 제시한 보험중개사에게 보험중개를 할 수 있도록 하는 것이었는데, 지운의 회사가 1등을 하였다. 고객과 헤어지면서 지운은 핸드폰을 꺼냈다.

"안녕하세요. 명이사님."

"고차장님. 안녕하세요. 방금 뉴스를 봤는데, 지방에 있는 공장에서 화재사고가 났더군요."

"네, 저도 지금 안 그래도 보험사에 연락을 하고 있었습니다."

"아직, 피해 집계는 안 되셨지요?"

"오전에 사고가 나서 아직 진화 중이라는데, 최종 집계는 화재가 완전히 진화되고 나서 며칠 있어야 될 것 같습니다."

"보험은 잘 가입되어 있으니까, 너무 걱정 안 하셔도 될 것 같습니다. 사고 수습이 잘 마무리되도록 하시면 됩니다. 필요한 서류나 보험사 요청 자료는 보험사에서 진행할 텐데, 저도 체크해 보겠습니다."

"감사합니다. 일단 정신이 없는데, 잘 부탁합니다."

"곧 찾아뵙도록 하겠습니다."

사무실로 돌아온 지운은 박경철 대리를 찾았다. 왜냐하면 지운은 고객을 대상으로 영업만 하고, 보험조건과 증권에 대한 업무처리실무는 박대리가 진행했기 때문이었다.

"박대리, 점심식사 맛있게 했어?"

"네, 잘 먹었습니다."

"박대리, 지난번에 우리가 참여한 회사 말이야. 오늘 뉴스 들어보니 대전공장에서 화재가 났다더라구."

"안 그래도 보험증권 찾아보는 중이었습니다. 이사님께 말씀드리려고 자료 정리 중이었습니다."

"그래. 좀 바빠지겠네."

보험을 취급하는 회사에 다니는 관계로, 사고 뉴스가 나면 먼저 눈이 가고 귀를 기울이게 된다. 일종의 직업병인 셈이다. 박대리에게 보험에 대한 내용을 정리해서 알려 달라고 하고, 돌아와 자리에 앉았다. 사고가 난 회사의 뉴스를 인터넷으로 검색해 보았다. 그 회사는 우리나라뿐만 아니라 국제적으로도 규모가 큰 제조업체이다. 화면이 넘어가면서 큼지막한 글씨로 화재사고에 대한 내용이 떴다. 오늘 오전 10시경에 제품을 보관해 둔 창고에서 화재가 발생했다는 기사였다. 오전까지도 진화작업이 진행되고 있다고 한다.

뉴스 동영상에는 시커먼 연기가 하늘을 가득 메우고, 수십 명의 소방관들이 호스를 들고 물을 뿜고 있었다. 사고 규모가 무척 커 보였다. 이 회사의 공장은 남북으로 1, 2공장으로 나누어져 있는데, 이번에 화재가 난 곳은 북쪽에 위치한 2공장에서 발생했다고 한다. 불이 번지면서 창고건물, 원료공장, 그리고 2공장이 모두 전소되었다고 한다. 직원 10명이 불이 나면서 발생한 연기를 들이마셔서 병원에 입원했다고 한다. 걱정되는 것은 공장의 위치가 시내와 가까워서 주변에도 피해를 끼칠 수가 있다는 점이다. 소식에 따르면 불길과 연기가 강한 바람에 치솟고, 원료가 타는 냄새가 200m 인근의 아파트 단지까지 퍼졌다고 했다.

보통 이런 공장들이 화재가 나면 잘 꺼지지 않고 대형사고로 번지는 이유는, 공장건물을 콘크리트로 짓지 않고 조립식 패널 구조로 지어져서 불이 나면 쉽게 옮겨 붙을 수 있다는 점이다. 내부에 있는 원재료도 화학제품이 대부분인데, 이런 것들은 불에 매우 약하다는 특징을 가지고 있다.

"박대리, 이 회사는 전에도 화재사고가 한 번 나지 않았나?"

"네, 보니까 10년 전에도 화재가 난 적이 있더라구요. 그때 사고 난 다음 다시 복구를 했는데 다시 사고가 났네요."

"보상에는 문제가 없겠지?"

"네, 패키지보험으로 가입하고 있어서 일단 사고보고서나 손해사정보고서가 나와 봐야 알겠지만, 면책이 될 만한 특별한 사정이 없으면 보상이 될 것 같습니다."

뉴스나 댓글을 보는 중에 이렇게 사고가 자주 나는 회사가 왜 안 망하는지 모르겠다는 글이 보였다. 사실 일반 사람이 보기에 이런 화재사고가 한 번 일어나면, 말 그대로 풍비박산(風飛雹散)이 나고 한 집안이나 기업은 망해야 당연한 것으로 생각하기 쉽다. 그러나 현대사회에서의 화재가 한 기업의 몰락으로 이어지는 경우는 거의 없다. 기업이나 조직의 규모가 클수록 더욱 그러하다. 화재와 같은 사고를 방지하기 위한 예방활동이나 시설의 설치를 대부분이 사고방지에 대한 노력의 전부로 생각하기 쉽지만, 그것은 리스크에 대한 관리를 한 것이 아니다. 예방 노력만 하는 것은 생색만 내는 것에 가깝다. 진정한 대비는 그럼에도 불구하고 사고가 나면 어떡할 거냐 하는 점이다. 사고를 없애기 위해 모든 노력을 경주한다고 해도 그것은 99%이지 100%가 아니다. 나머지 1%는 우리가 기울인 모든 노력에도 불구하고 예측할 수 없었던 상황이나 사태가 벌어질 수 있음을 인정해야 한다는 사실이다. 최선을 다해 안전을 위해 노력했음에도 불구하고 사고가 났을 경우의 대비책은 무엇인가? 그 1%는 바로 돈이다. 다시 말하면 사고 후에 신속하게 원상회복할 수 있는 복구자금을 마련해 두어야 한다는 점이다. 이런 복구자금은 사고발생 후에 할 수 없다. 항상 사고방지 노력을 경주하는 가운데, 사고발생 후의 피해를 예측하고 그 피해를 복구하는데 드는 비용을 마련해 두어야 한다. 어떤 일이든지 돈이 필요한데, 돈을 마련하는 작업을 파이낸싱(financing)이라고 한다. 그리고 리스크가 발생하면 이를 복구할 돈을 마련하는 것을 리스크 파이낸싱이라고 한다.

리스크 파이낸싱을 하는 방법은 복구비용을 일부 떼어 내어 예비비나 재난 복구비용으로 쌓아 두어야 한다. 두 번째 방법은 외부로부터 자금을 조달하는 것이다. 외부로부터 자금을 조달하기 위해서는 대가가 필요하다. 대출을 받기 위해서는 이자비용을 지급해야 한다. 이자비용은 현재의 자신의 신용도와 담보할 수 있는 재산이 필요하다. 하지만 화재나 사고가 나면 신용도는 떨어지고, 담보할 수 있는 재산은 사라지고 없다. 따라서 먼저 미래의 사고를 가정하여 현재 시점에서 먼저 해당되는 비용이나 이자에 상당하는 금액을 지급하고 사고가 발생하면 이에 해당되는 파이낸싱 방식이 필요하다. 그것이 바로 옵션(Option)이다. 이는 A와 B라는 두 당사자가 있다고 가정할 때, A가 B에게 일정한 금액을 지불하고 미래에 특정한 이벤트가 발생하면, 사전에 약정한 금액이나 정해진 비율이 있을 경우에 그에 해당하는 보상을 B로부터 받고, 그 특정한 이벤트가 발생하지 않으면 사전에 지급한 금액은 B가 가져간다. 이러한 옵션을 특히 화재와 같은 재난 상황에 대해 적용하는 것이 보험이다. 사실 옵션은 보험이라는 제도를 자본시장에서 응용한 것일 뿐이다. 역사적으로도 보험이라는 제도가 훨씬 오래되고, 많은 통계치를 쌓아 왔고, 이를 현대의 증권시장에서 효율적으로 자금과 미래의 거래 위험을 헷지하기 위한 제도로서 고안된 것이 옵션이라고 할 수 있다.

"박대리, 저렇게 연기가 많이 나면 인근 주민에게도 피해가 상당할 텐데, 그 회사가 가입한 패키지보험으로 담보가 가능할까?"

"담보를 살펴보니까, 섹션 포(Section 4)에 배상책임담보가 되어 있습니다. 인근 주민에게 재산상이나 신체적인 피해가 발생하면 보상을 할 수 있도록 되어 있습니다."

"그래도 이건 환경오염 피해니까 면책사항이 되는 거 아닌가?"

"네, 그럴 수 있겠네요."

환경오염으로 인한 피해는 장기간에 걸쳐 발생하고, 그 피해 규모를 예측하기가 어렵다는 점 때문에 보험사들 입장에서는 원칙적으로 인수를 하지 않는 것으로 하고 있다. 그리고 배상책임보험 증권에 면책으로 반드시 기재를 하고 있다. 환경오염으로 인한 피해가 있을 때 이를 보상해 주기 위해서는 별도의 보험을 가입해야 한다. 물론 그 경우에는 보험가입이 더욱 엄격하고 보험료도 높게 책정되는 것이 일반적이다.

"지금 살펴보니까, 커버포서던앤액시덴탈폴루션(Cover for Sudden and Accidental Pollution)이라고 되어 있네요. 장기적으로 누적된 오염이 아니고 지금처럼 갑작스럽고, 예상하지 못한 사고로 발생하는 오염사고는 보상을 해준다고 되어 있습니다."

"그러면 다행이군. 그래도 저 정도 피해이면 보상액이 한참 모자라겠는데."

"화학물질 같은 경우 불이 나면 독성물질이 많이 나와서 인근 주민들이 숨쉬다가 들이마시는 경우에 호흡기 질환이나 다른 합병증을 불러일으킬 수도 있어서 피해가 만만치 않을 것 같습니다."

"비아이(BI)는 들었나?"

"비지니스인터럽션(Business Interruption)도 가입되어 있는 것 같습니다."

비아이(BI) 또는 비아이(BI)보험은 비즈니스인터럽션(Business Interruption)의 준말이다. 우리말로는 기업휴지(企業休止)보험 또는 휴업(休業)보험이라고도 한다. 기업이 공장을 가동하거나 사업장을 운영하는 중에 화재나 기타 사고로 가동을 중단하게 될 수 있는데 이때 가동을 중단하게 되면 제품을 더 이상 판매할 수 없게 되고, 제품이 아닌 서비스를 제공하는 상업시설일 경우에는 해당 서비스를 제공할 수 없게 된다. 이는 곧 더 이상 돈을 벌어들일 수 없게 되고 수입이 사라지게 된다는 의미이다. 화재나 사고로 공장이나 건물이 타버리거나 무너질 경우에, 그것만 복구하면 되는 줄 알았는데 사실은 건물만 복구하면 복구하는 기간 동안에 영업을 할 수 없게 되므로 시설물 피해 이외에 막대한 손실이 추가적으로 발생하게 된다. 이러한 영업상의 손실을 보상하기 위해 만들어진 것이 비아이 담보이다. 원래 미국과 영국에서 먼저 개발되어 결과적 손해보험(Consequential Loss Insuruance), 이익보험(Profit Insurance), 이익상실보험(Loss of Profit Insurance) 등의 이름으로도 불리어지고 있는데, 우리나라에서는 기업휴지보험이라는 이름으로 통용되고 있다.

"그러면 웬만한 건 다 들었네. 재물손해도 가입했고, 배상책임도 들고, 기업휴지보험도 가입했으니 말이야."

"그런 것 같습니다."

"피해 금액이 얼마나 될 것 같은가?"

"자세한 건 손해사정을 해봐야 알 텐데, 손해사정보고서를 받기까지는 시간이 꽤 걸릴 것 같습니다. 아마도 며칠 이내에 보험사로부터 화재사고가 났다는 사고통지서가 오면 개략적인 금액을 알 수 있을 것 같습니다. 뉴스에 나온 바로는 창고에 보관된 제품 전부 다 피해를 본 것으로 보고, 공장건물 전소 등 합쳐서 400억 원 정도 된다고 합니다."

"그 정도면 회사에 타격이 꽤 크겠는데…."

"조금 타격은 입겠지만, 금방 회복할 겁니다. 그러려고 보험드는 거잖아요."

큰 기업일수록 잘 망하지 않는다. 그 이유는 기업이 클수록 예상하지 못한 상황에 대한 시나리오를 준비하고 그에 대한 대비를 해두기 때문이다. 좋은 기업이란 좋을 때만 잘 하는 것이 아니라 어려울 때도 쓰러지지 않고 다시 회복해서 돌아올 수 있는 기업이다. 한 번의 이벤트로 망할 회사라면 제대로 된 기업이라고 할 수 없다. 하지만 위기 상황에 대한 대비라는 것이 무엇일까? 그것은 사고 자체가 나지 않게끔 예방하는 것과 사고가 나지 않도록 운영하는 것 그리고 사고가 날 경우에 그것을 잘 수습하는 것까지를 포함한다. 그런데 일반적인 인식은 사고가 나지 않게 예방하는 것이 전부라고 생각하는 것 같다. 사고를 예방한다고 해서 사고가 일어나지 않을 거라고 생각하는 것 자체가 오만이다. 아무리 준비를 잘해도 100% 완벽한 것은 없다. 단지 시간의 문제일 뿐 사고는 일어난다.

사고가 나지 않도록 하기 위해 얼마나 많은 투자를 했겠는가? 그렇지만 사고는 일어난다. 따라서 사고가 난 이후에 어떻게 수습할 것인가를 놓쳐서는 안 된다. 어느 정도 규모가 있는 기업이라면 여러 가지 위기 상황에 대한 시나리오와 사후 수습을 위한 대비책을 마련해 두어야 한다. 이렇게 사고에 대한 대비가 되어 있다면, 아무리 큰 화재사고가 났을지라도 회사는 망하지 않는다. 장사가 안 되어서, 만든 제품이 팔리지 않아서, 경기가 나빠져서 부도가 나서 망하는 경우가 많다. 그러나 어느 정도 궤도에 오른 기업이라면 꾸준히 기업을 유지해 나가는 근본적인 바탕을 마련해 두고 있어야 한다. 회사가 망할 것 같은데 망하지 않고 끈질기게 살아남고 또 사업을 다시 활성화시킬 수 있는 것이야 말로 제대로 된 기업의 특징이라고 할 수 있다. 그것을 회복탄력성(Resilience)라고 표현하기도 한다.

오늘 일어난 화재사고는 대도시의 도심 근처에서 사고가 일어났다. 회사 자신의 건물뿐만 아니라 인근에 살고 있는 주민에게도 피해를 주었다. 그래서 언론에 훨씬 더 많은 노출이 되면서 동시에 수많은 비난을 당할 가능성이 높다. 그래도 그 회사는 피해를 복구하고 다시 가동하고 회사는 다시 돌아갈 것이다. 한순간의 사고가 있더라도 언제나 다시 일어나 재기한다는 것은 다름이 아니라 그 회사가 위기로부터 얼마든지 일어설 수 있도록 사후수습 방안을 마련해 두었다는 것이고, 사후수습 방안을 가지고 있다는 것은 곧 회복탄력성을 가지고 있다는 사실이다. 다시 말하면 기업의 회복탄력성이란 사후수습책을 얼마나 잘 갖추고 있느냐와 직결된다.

어쩌면 불이 난 그 회사에는 당분간 많은 비난을 받을 가능성이 있다. 대표이사나 경영진에 대한 책임추궁도 있을 것이고, 주민들에 대한 보상을 어떻게 할 것인지, 그리고 언론의 관심을 받게 될 것으로 보인다. 그래도 그 곤욕이 회사를 완전히 파멸시키거나 부도로 파산하게끔 만들지는 않는다. 보험을 들어 놓았기 때문이다. 회사는 어떻게든 보험을 통해서 자신들의 공장과 창고를 새로 지을 수 있는 충분한 금액을 확보할 수 있게 된다. 그리고 영업을 못해서 수익을 얻지 못한다 해도, 그것 또한 보험으로 어느 정도 보충할 수 있다. 주민들에 대한 피해보상도 배상책임보험을 통해서 어느 정도 마련할 것으로 여겨진다.

사고 당시 현장을 관리하는 직원의 잘잘못이 있으면 인사조치가 있을 것이고, 관리자가 바뀌거나 옷을 벗을 수도 있다. 대표가 검찰에 불려나가 조사를 받을 수도 있다. 그래도 회사가 그 한 번의 사고로 영원히 사라지는 일은 없다. 고통스럽지만 견뎌낼 수 있을 것이고 예전처럼 일상으로 돌아갈 수 있을 것으로 예상할 수 있다. 어쩌면 아무리 힘든 일일지라도 이 또한 지나간다. 준비가 잘 되어 있기만 한다면, 사람이든 조직이든 한순간에 모든 것이 끝나는 일은 없다. 이런 것을 리질리언트(resilient)라고 한다. 회복탄력성이라고 번역을 하는데, 그렇게 입에 착 감기지 않는다. 어쨌든 어떻게 하면 이런 리질리언스(resilience), 즉 회복탄력성을 준비하고 형성할 수 있는 것일까?

이 회사의 경우처럼 웬만한 큰 사고에도 회사가 망하지 않고 영위해 나갈 수 있는 것은 그 회사가 맞이할 수 있는 다양한 위험요소를 체크하고 그런 상황에 대한 운영상의 정비와 아울러 위험요소별로 적절한 사후수습책이 마련되어 있기 때문이다. 사후수습책의 핵심은 무엇인가? 그것은 바로 돈이다.

사고라는 것은 우리가 가지고 있는 재산이 사라지거나 신체에 해를 입는 것과 같은 것을 뜻한다. 재산피해를 복구하거나 신체의 상해나 질병을 치료하려면 돈이 든다. 그 돈이 어디서 나오는가? 실수로 기계를 잘못 작동한 직원이 돈을 물어낼 수 있는가? 길을 가다가 담뱃불을 잘못 던져 불을 낸 행인이 피해복구 비용을 다 낼 수 있는가? 그들은 사고에 대한 책임은 질 수 있지만 사고에 따른 피해를 물어낼 돈은 없는 것이 대부분이다. 즉, 책임과 수습비용은 별개이다. 수습을 위한 비용을 어떻게 확보할 것인가 하는 방안을 리스크 파이낸싱이라고 한다. 리스크를 대비해서 자금조달을 하는 방법을 말하는 것으로, 리스크 파이낸싱에는 여러 가지 방식이 있지만 그중에 가장 대표적인 것이 바로 보험이다. 사고가 난 회사는 자신이 가입한 보험으로 피해를 복구하고 주민에 대한 피해보상금도 지급할 것이며, 화재로 영업을 하지 못한 것에 대한 손실도 일부 복원할 수 있을 것으로 보인다. 주민들에게 피해를 입히거나 불편을 끼친 것 때문에 많은 비난을 받을 수도 있다. 하지만 그 회사가 화재사고로 인하여 인근 주민에게 끼친 피해에 대한 책임을 지고 막대한 보상금이 들어가더라도 그것 때문에 회사 자체가 망할 것 같지는 않다. 다양한 위험과 사고를 미리 시나리오화해서 그에 대한 대응책을 자신의 재무상태에 맞추어서 준비를 하는 것이 현대 기업경영의 중요한 요소이기 때문이다. 적절한 위험관리와 대응책이 준비되고 잘 운영되고 있는 기업이나 조직은 웬만한 일이 생겨도 소멸하거나 망하지 않는다. 이것을 보험의 입장에서 보면 제대로 리스크를 평가하고 그 리스크에 대응하는 리스크 파이낸싱 프로그램, 즉 적절하게 보험을 든 기업은 웬만하면 망하지 않는다는 말과 같다. 그것은 보험을 들었다는 사실만으로 망하지 않는다는 것이 아니라 보험을 가입하기 위해 거치는 과정 때문에 할 수 있는 말이다. 즉, 보험 자체라기보다는, 보험을 들기 위해 기업에서 반드시 거쳐야 하는 절차를 통해서 취득하는 깨달음 때문이라고 할 수 있다.

보험을 들기 위해서는 기업 자신의 현황을 들여다보아야 한다. 자신의 사업규모와 운영현황, 제조공정이나 서비스 제공 프로세스, 원부자재의 공급과 공급망, 거래 고객이나 기업의 구매수준과 시장의 수요, 과거의 데이터와 향후에 발생할 수 있는 다양한 변수의 고려와 같은 것을 심도 있게 고민하여야 한다. 자산의 사업규모나 운영현황을 정확하게 파악한다는 것은, 리스크가 현실화해서 피해가 발생할 때 얼마만큼의 파이낸싱이 필요한지를 측정하는 기초가 된다. 그렇게 하기 위해서는 매년 물가인상을 반영하여, 현재 기업의 자산가치가 얼마인지 파악을 해야 하고 그에 해당되는 만큼 사고 시에 보상받을 수 있도록 상한선을 설정해야 한다. 그리고 보상수준에 맞는 옵션 프레미엄, 즉 보험료를 지불하고서 보험프로그램을 보험사로부터 구매하도록 한다. (기업에서 보험을 구매팀이나 조달팀에서 관리하는 경우가 많은 것은 그 때문이다.) 보험에 가입하여야 할 재산의 규모를 정밀하게 검토하고 이에 대비한 비용, 즉 보험료를 산출하는 작업은 다시 말하면 조직 자신의 현상을 정확하게 이해하려는 노력에 다름이 아니다.

"공제금액 수준은 어떻게 되나?"

"사고당 3억 원으로 되어 있는데, 사고 규모에 비해서는 그리 크지 않습니다."

지운은 박대리에게 계속 물었다.

"면책조항에 해당되는 부분은 없나?"

"고의적으로 화재를 일으키거나 하면 면책사항이 될 텐데, 그런 요소는 없는 것 같습니다. 그 외에 특별한 면책요소가 있어 보이지는 않습니다."

"보험금을 지급하는데, 얼마 정도 걸릴까?"

"사고 원인이나 손실금액에 대한 정확한 평가가 나와야 보험금 지급이 이루어지는데, 이 정도 규모의 사고라면 적어도 3개월 이상은 걸릴 것 같습니다."

시바의 여왕 2

빌키스는 옥좌에 앉아서, 삼사십 명 정도 되는 대신들과 귀족, 사제, 군복을 입은 남성들이 모여 자신의 의견을 묻기 위해 바라보는 모습을 쳐다보고 있었다. 그중 중년 정도 나이로 보이는 카라반의 상단 차림을 한 남성이 앞에 나서서 말하기 시작했다.

"폐하, 몇 년 전 다윗왕을 이어 이스라엘의 왕이 된 솔로몬이 마리브를 통해 카라반들이 가지고 가는 유향에 대해서 갑자기 두 배로 올려 세금을 매기기로 하였다 합니다. 그래서 지금 많은 카라반들이 저희들을 통하지 않고 다른 쪽을 통해 가는 루트를 찾아서 가기 시작했습니다. 뭔가 대책을 세워야 할 듯합니다."

옥좌에 앉은 여인, 즉 빌키스 여왕은 오른손을 들어 손등에 턱을 괴고 앞으로 기울였다.

"그 선왕인 다윗왕은 가자 지역에서 일어나는 유향무역에 대해서 큰 관심이 없었는데, 솔로몬왕은 왜 그렇게 세금을 많이 매긴다고 합니까?"

선대로부터 내려온 유향무역을 통해 도시를 발전시켜 왕국의 규모로 발전한 마리브왕국이었기 때문에 이러한 조치는 자신들에게는 엄청난 대재앙과도 같았다. 하지만 그녀의 목소리와 표정은 여전히 침착했다.

“솔로몬이 왕위에 오르면서, 예루살렘에 성전을 짓는 작업을 마무리하는데 많은 비용이 든다고 합니다. 그리고 성전을 짓는 일과 더불어 왕궁을 새로 짓는데 역시 막대한 비용이 들어간다고 합니다. 그래서 백성들에게 매기는 세금으로는 부족하고, 다른 재원을 찾을 필요가 있었을 것입니다. 그러다가 자신들이 통치하고 있는 가자 지역에서 유향무역이 성행하는 것을 알고, 유향에 대해서 세금을 과도하게 매기고 있는 것 같습니다.”

“왜 하필 우리들을 통해서 가는 유향에 대해서 그렇게 세금을 많이 매긴다고 합니까?”

“가자 지역에 모이는 유향의 반 이상이 우리 마리브왕국을 통해 가는 카라반을 이용해 거래되고 있습니다. 유향을 운반하는 카라반들은 작은 상인들도 있지만, 저희는 살랄라에서 채취하는 유향을 직접 가져와서 카라반을 직접 운영하고 있습니다. 그리고 폐하의 인장을 찍어 품질을 보증하고 있지요. 그런 노력을 통해 우리 왕국의 유향에 대한 신뢰도도 높게 형성되어 있습니다. 그런데 솔로몬왕의 세금 정책으로 우리 왕국의 유향이 다른 곳보다 가격이 훨씬 높아지면서, 많은 카라반들이 마리브를 우회해서 다른 루트로 이동하거나 다른 왕국의 인장을 찍어서 가는 경우가 늘고 있습니다. 다른 왕국이나 다른 경로를 통해서 가자 지역에 모이는 유향에 대해서도 세금을 올리는 조치를 취했지만, 유독 우리 왕국을 통해서 가는 유향에 대해서만 세금을 두 배로 올리는 이유에 대해서는 명백하지 않습니다."

"흠…"

여왕은 침묵을 지키면서 신하들을 바라보았다. 신하들도 그 이유를 정확하게 알 수 없는 노릇이라서 안절부절못하였다.

"폐하, 제가 한 말씀 올려도 되겠습니까?"

한 사람이 나섰다. 그는 하얗게 센 수염과 마른 몸매의 노인이었다. 옷차림으로 보아 신하들 중에서 가장 고위급 인물 같았다.

"솔로몬이 왕위에 오르면서 제일 먼저 왕비가 된 이는 이집트 파라오 왕비의 딸이라고 합니다. 그리고 주변의 다른 왕국이나 부족의 족장들을 왕비나 후궁으로 맞이하고 있다고 합니다. 솔로몬의 통혼 정책 덕분에 이스라엘은 남쪽의 이집트나 북쪽의 페르시아, 주변 아라비아의 부족과의 긴장이 완화되고 있다고 합니다. 솔로몬의 선왕인 다윗왕은 다스리는 사십 년 동안 병력을 늘리고 군대를 강화하는 데 모든 역량을 기울였다고 합니다. 따라서 주변 왕국과 부족들과는 항상 강경한 자세로 전쟁을 계속하였고 분쟁이 끊이지 않았습니다. 가자 지역도 다윗왕 말년에 이스라엘의 관할에 들어가게 되었습니다. 이스라엘은 가자 지역에서 활발하게 일어나는 유향무역에 대한 세금을 가져감으로서 군비충당에도 많은 도움이 되었을 것이고, 이스라엘 내부를 다스리는 데에도 큰 기여가 되었습니다. 이런 사실을 솔로몬 왕도 잘 알고 있었을 겁니다. 그리고 그 와중에 아라비아 남쪽에 있는 우리 왕국과는 특별히 교류가 없었습니다. 그래서 기존에 좋은 관계를 맺고 있는 주변 부족이나 자신과 결혼 관계로 엮인 국가에 대해서는 온건한 정책을 펴고, 친분관계가 없는 곳에 대해서는 뭔가 기회를 노리고 있었을 가능성이 높습니다."

다른 신하들도 그의 말에 고개를 끄덕였다. 여왕은 잠시 침묵했다.

"경의 말도 일리가 있는 것 같습니다. 하지만 저는 그 정도로 마리브왕국의 유향에 대해 그렇게 과격한 조치를 취했다는 것에 대한 근거로는 부족한 것 같습니다."

"여왕폐하의 생각은 어떠신지요?"

"다윗왕 시절에 요압장군이 가자 지역을 장악하는데 큰 역할을 했지요. 그러자 가자 지역을 오가는 대상들은 자연히 요압장군에게 줄을 대기 위해서 노력했습니다. 우리 카라반도 마찬가지였구요. 우리가 상당한 유향과 몰약을 요압장군에게 바치는 조건으로 협상을 했습니다. 덕분에 요압장군은 마리브의 카라반들에 비공식적으로 상당히 우호적으로 대해줬지요. 그런데 요압장군은 아도니아 왕자를 이스라엘의 후계왕으로 밀었다고 합니다. 하지만 새로운 세력이었던 솔로몬 측과의 권력투쟁에서 패해 후계자가 되지 못하고 밀려 버렸지요. 솔로몬이 왕위에 오르고, 뒤로 쿠데타 음모를 꾸몄다는 이유로 처형되고 말았지요. 솔로몬은 자신에 대적하는 아도니아에게 줄을 섰던 세력 중에 우리가 있다는 정보를 확보했을 가능성이 높습니다."

"그렇다면 솔로몬이 우리 카라반에 그렇게 적대적인 세금정책을 취한 것이 어느 정도 이해가 되는군요."

"그럼, 정말로 큰일이군요. 단순히 솔로몬에게 많은 선물을 바치는 정도로 그의 분노를 가라앉히기가 쉽지 않다는 것이 되지 않습니까?"

좌중에 침묵이 흘렀다.

"그러면 어떻게 하면 좋을까요?"

가장 나이가 많아 보이는 신하가 여왕에게 다시 의견을 물었다.

"그대들 생각은 어떻소?"

신하들은 서로 눈치를 보기 시작했다. 가장 나이 든 대신이 말을 꺼냈다.

"제 생각에는 많은 선물들과 함께 우리 왕국의 고위급 사람들로 대규모로 사절단을 구성해서 보내는 것이 어떨까 합니다. 특히 솔로몬왕도 품질 좋은 유향을 많이 원하고 있다고 합니다. 또한 앞으로 자신의 왕궁에 들인 왕비와 후궁들을 위해서도 유향을 상당히 많이 필요로 할 가능성이 높습니다. 그래서 솔로몬왕에게 특별히 유향을 매년 무상으로 일정수량을 진상함과 동시에 지난 시절 요압장군과 아도니아 왕자와의 관계는 당시 가자지구를 관할하는 권한을 그들이 가지고 있었기 때문이라고 설명을 해주어야 할 것 같습니다. 그렇게 해서 솔로몬의 화를 푸는 동시에 장래에 적극적으로 교류를 할 수 있도록 하겠다는 약속을 하면 더욱 좋을 것 같습니다."

"좋은 생각이오. 그렇게 합시다."

여왕의 목소리는 한결 밝아졌다.

"그러면 사절단 대표로 누가 가면 좋겠소?"

여왕은 다시 한 번 신하들에게 질문을 던졌다. 몸집이 크고 퉁퉁해 보이는 신하가 말을 꺼냈다.

"제 생각에는 솔로몬왕에 대응할 만한 사람이어야 한다고 생각합니다. 솔로몬은 머리가 좋고 영리하며, 그 속을 알 수 없다고 합니다. 그리고 화술이 좋아 어떠한 상황에서도 상대방을 곤경에 빠트릴 수 있게 만든다고 합니다. 그가 다윗왕의 적장자가 아니고 후처의 자식임에도 다윗왕의 총애를 얻고, 주변인들을 자신에게 끌어들여 왕좌에 오른 것만 봐도 그 무서움을 짐작하고도 남음이 있습니다. 그리고 겉으로는 소탈한 것 같지만, 자기들보다 대국인 이집트 파라오의 딸을 첫째 왕비로 삼을 만큼 수완도 있고 권위적인 면모도 있을 것입니다. 저희 쪽에서도 솔로몬의 책략과 세치 혀에 넘어가지 않을 정도의 지혜와 권위를 가진 사람이 가 봐야 한다고 생각합니다."

"그런 사람이 있나요? 바샤르경?"

"저희 왕국에는 그 정도 되는 사람이 딱 한 사람 있습니다."

"오, 그가 누군가요?"

"빌키스, 바로 폐하이십니다."

마리브성 내에는 신전이 두 개 있었다. 하나는 태양의 신을 모시는 알 마카흐 신전이었고, 다른 하나는 몇 블록을 지나서 마흐람이라는 달의 여신을 모시는 신전이었다. 알 마카흐 신전에는 빌키스의 옥좌가 있었고, 대신들과 왕국의 정치와 외교에 대한 일을 논하는 곳이었다. 마흐람에서는 백성을 위한 제사나 축제가 진행되었고, 전왕들이 죽은 후 묻히는 곳이기도 했으며, 빌키스가 홀로 돌아가신 부왕과 신들에게 기도를 할 때 사용되는 곳이기도 했다. 밤이 깊어 가는 마흐람 신전, 여왕 빌키스는 달의 여신 신상 앞에 무릎을 꿇고 앉아 생각에 잠겨 있었다. 유향을 피운 신전은 그녀의 마음을 안정시키면서, 온전히 자신과 왕국에 닥친 문제들에 대해 집중할 수 있게 만들어 주었다.

며칠간의 회의 끝에 솔로몬왕에게 사절단을 보내기로 결정이 되었다. 마지막 남은 결정은 누가 그 대표가 되느냐 하는 것이었고, 대신들은 여왕인 자신이 직접 그 사절단의 맨 앞에서 솔로몬과 만나기 위해 예루살렘으로 떠나야 한다면서 결단을 촉구하고 있다.

예루살렘까지 가는 길은 참으로 먼 거리이다. 전쟁이 아닌 이상, 왕이 이렇게 먼 길을 떠날 이유는 없었다. 도중에 어떤 일이 일어날지 예측하기가 어렵다. 사막의 뜨거운 날씨와 도적무리는 당연히 예상해 두어야 할 난관 중의 하나일 뿐이다. 거리가 멀 뿐더러, 왕복하는 기간이 낙타로만 이동할 경우에도 온전히 6개월이 걸리는 긴 여행이었다. 왕이 반년 가까이 자리를 비우는 것은, 왕좌의 자리를 위태롭게 만드는 위험한 일일 수 있었다. 그렇지만 마리브의 왕으로서 그녀가 대표로 가기로 하였다. 어찌 두렵고, 걱정되는 일이 아니겠는가? 마리브에서 출발하여, 메카와 메디나를 거치고 가자 지역을 지나서 예루살렘까지 가는 거리는 2,400km에 이르는 머나먼 길이다. 낙타를 타고 아무리 빨리 가도 족히 3개월은 걸린다. 가는 동안에 모래바람과 뜨거운 햇빛 그리고 간간이 나타나는 도적들, 많은 위험이 도사리고 있다. 하지만 그것들을 핑계로 가지 않을 수는 없다. 시바왕국의 가장 큰 수입원인 유향과 몰약을 가지고 무역을 하지 않는다면, 왕국의 재정은 얼마 지나지 않아 마를 것이고 그것은 할아버지, 아버지를 거쳐 자신이 가꾸어온 왕국의 토대가 흔들리고 말 것이기 때문이다. 제사장과 대신들이 왕국을 다스리는 여왕이 직접 움직여야 한다고 결정할 정도로 사안의 중대성이 크다는 점이다.

그녀는 거절하고 싶었지만, 그렇게 하지 못했다. 사태를 이렇게까지 진행되게끔 만든, 이유 중의 하나가 그녀 자신이 내린 결정으로 인한 것이기 때문이었다. 가자지구까지 가야 하는 이유는 유향과 몰약의 가장 큰 고객이 남쪽의 이집트와 북쪽의 바빌로니아, 그리고 지중해의 유럽 각국과 페르시아 지역을 비롯한 아시아 지역의 고객들이 가자지구로 몰려들기 때문이었다. 그래서 최종적인 목적지가 가자지구가 되는 것이었고, 그 지역에 가기 위해 허락을 반드시 얻어야 했다. 그 허락은 공식적으로 정해진 절차가 있는 것이 아니었고, 그 지역을 다스리는 부족장을 대상으로 선물을 하는 등 적극적으로 로비를 하여 이루어지는 것이 관례였다. 카라반들은 부족장을 비롯한 지역관리들에게 많은 선물과 뇌물을 바쳐야 했고, 그를 통해서 자유로운 무역활동을 인정받을 수 있었다. 다윗왕의 통치 후기에, 이스라엘은 가자지구를 손에 넣기 위해 많은 무력을 동원했다. 그때 동원되었던 이스라엘 군을 지휘했던 장군은 요압장군이라는 자였다. 그는 무예실력도 뛰어나지만, 군대를 통솔하고 전투를 지휘하는 능력이 탁월했다. 몇 년간의 공략으로 가자지구를 이스라엘의 관할 아래 가둘 수 있었다. 요압장군을 비롯한 이스라엘 측은 가자지구에서 이루어지는 무역활동에 대해 세금을 자신들에게 바치도록 했다. 그 정점에 요압장군이 있었음은 물론이었다. 이스라엘 군대의 비호를 받지 않는다면, 머나먼 사막을 거쳐 주변에 도달한 카라반은 가자지구에 입성할 수 없었다. 원활하게 입성해서 장사를 할 수 있으려면, 이스라엘 군대의 허락을 받아야 했다. 그래서 시바왕국의 카라반을 포함한 많은 아라비아의 카라반들이 요압장군에게 로비를 시도했다. 당시 가자지구에 다녀온 카라반의 대장들은 요압장군에게 시바왕국의 카라반을 더욱 우대할 수 있도록 별도의 선물과 뇌물을 주어야 한다고 주장했다. 그것은 사실 요압장군과 요압장군의 윗선인 다윗왕의 후계자 군에게 상납되는 비자금과 같은 성격일 것이었다.

그녀는 대신들의 반대가 있었지만 결국 요압장군에게 접근하여, 그를 친시바 인사로 만들기 위해 회유하도록 하였다. 결국 뜻하는 대로, 요압장군은 시바왕국에 대해 적극적인 보호조치를 해주었고, 그로 인하여 시바왕국도 지속적으로 부를 축적할 수 있었다. 그러던 것이 요압장군이 줄을 섰던 아도니아 왕자라는 자가 왕위계승 투쟁에서 탈락하고 솔로몬이라는 어린 왕자가 후계자로 내정되었다는 소식을 들었다. 그 이후 가자지구에서 시바왕국의 카라반에 대한 특혜조치는 알게 모르게 줄어들게 되었다.

그 이후, 아도니아 왕자가 난을 일으켜 솔로몬에게 살해당하고, 솔로몬이 왕좌에 올랐다는 소식이 들려왔다. 솔로몬이 왕위에 오른 후 그의 최대 사업은 다윗왕이 유언한 이스라엘 신을 위한 성전을 짓는 것이었다. 몇 년간에 걸쳐 성전을 짓는 일은 결국 완성되었다. 그러나 그 와중에 막대한 건설비용이 필요했던 솔로몬은 자신들의 백성들에게 거두어야 할 세금을 줄이기 위해 가자지구의 상인들에 대한 세금을 높이기 시작했다. 특히 시바왕국 출신의 상인들과 그 물품에 대해서는 더욱 높은 세금을 매겼다. 울며 겨자 먹기로 그 요구를 따르지 않을 수 없었고, 그로 인하여 시바왕국의 수입은 점점 줄어들고 있었다.

성전이 다 지어지고 난 후, 솔로몬은 자신이 거주할 새로운 왕궁을 짓겠다고 하였다. 한 번 늘어난 세금이 줄어드는 일은 없었다. 이전에 하던 사업이 다 이루어지더라도 세금은 계속 그 수준을 유지하기 마련이다. 그런데 새로운 사업을 시작하면서, 솔로몬은 유향과 몰약에 대한 세금을 더 높이기로 했다. 그리고 그 주요한 세금 부과의 목표가 바로 시바왕국의 카라반들이었다. 안 그래도 높았던 세금에 더 많은 세금이 부과되자, 시바왕국의 재정에도 문제가 야기되기 시작했다. 물론 그동안 쌓아두었던 부를 통하여 당분간은 왕국을 다스리기에 큰 문제는 없을 터이지만, 왕국의 대신들은 상인의 후손답게 머지않아 닥칠 시바왕국의 재정적 위험에 대한 것을 미리 생각하기 시작했다. 시바왕국의 카라반 무역이 더 이상 상인들에게 이익이 없다는 것을 알면, 마리브성을 통해 카라반의 여정을 시작하는 수많은 카라반들이 동요할 것이고 그들은 다른 경로를 찾아 나서게 될 것이라 예상했다. 그렇게 되면 시바왕국의 영향력과 주위에 대한 장악력이 떨어질 것이고, 결국은 유향무역의 주도권을 뺏기게 될 것이다. 사태가 더 심각하기 전에 결정을 내려야 했고, 그 마지막 결정은 자신에게 달려 있었다.

"하…"

그녀는 깊은 한숨을 몰아쉬었다. 세상은 깊은 밤의 공기 속에 여전히 잠들어 있는 것 같았다. 얇고 긴 한 가닥 한 가닥 피어오른 루반의 향기와 작은 촛불의 어른거림에 잠깐 달의 여신이 미소 짓는 것 같기도 했다. 그녀의 마음속에 내리는 달빛은 자신의 결정을 재촉하고 있었다. 그건 빌키스 그녀 자신이 나서야 한다는 것이었다.

그렇게 결정을 내린 다음에야 그녀는 솔로몬이라는 존재에 대해 생각이 나아가기 시작했다. 그는 어떤 사람일까? 굳건히 뿌리 내린 장자상속이라는 관습과 이를 지지하는 제사장세력, 다윗왕과 수많은 전투를 함께 하며 권력을 쌓았을 군부세력, 이 모든 유리한 점을 가진 아도니아를 어떻게 그는 극복한 것일까? 솔로몬은 아무도 거들떠보지 않는 미미한 일개 왕자에서 그 자신의 힘으로 다윗왕의 신뢰를 얻고, 이스라엘 정치 판도를 일거에 바꾸었다. 그리고 다윗왕이 쌓아둔 군사적 강국이라는 토대 위에 경제적, 문화적 번영이라는 새로운 전략을 구상하고 있었다. 그라면 이스라엘의 지정학적 위치를 이용해 무엇을 하려고 할까? 그리고 그 이스라엘의 지정학적 위치를 가지고, 주변의 왕국과 어떤 거래를 하려고 할까? 이런 생각이 문득 들자, 그녀는 솔로몬이 원하는 바를 어렴풋이 이해가 되었다. 그리고 그가 시바왕국에 요구하는 것들도 그려지기 시작했다. 그녀는 무엇을 주어야 솔로몬의 신뢰를 얻을 수 있을지, 그리고 그 대가로 무엇을 받아낼 수 있을지 고민하기 시작했다. 솔로몬을 만나서 어떤 이야기를 해야 시바왕국에 유리한 내용을 이끌어 낼 수 있을까?

고개를 들어 신전의 기둥 사이로 들어오는 밤하늘을 쳐다보았다. 밤은 더욱 어둡고 사막의 별은 그럴수록 더 빛나고 있다. 그 별빛은 저 예루살렘을 향하고 있었다.

킹핀(King Pin)

지운은 회사 근처의 커피숍에서 누군가와 미팅을 하고 있었다. 그와 만나고 있는 이는 최영진이라는 고등학교 동기였다. 그는 작년까지 한 시중 은행 부행장을 역임했다. 부행장 퇴임 후에, 그 은행이 주도한 프로젝트를 위해 설립한 에스피씨(SPC)에 재무총괄부사장(CFO)으로 자리를 옮겼다고 한다. 그가 옮긴 회사는 경기도의 주요 도시와 서울을 직행으로 연결하는 지티엑스(GTX) 프로젝트를 주관하는 회사였다. 마침 그 프로젝트의 건설공사보험의 보험 취급자가 지운이 근무하는 회사였다. 이미 프로젝트 관련된 보험의 입찰은 회사의 다른 팀에서 수주를 해서 보험에 가입한 상태였기 때문에 지운과는 이해관계가 없었다. 그와 자주 연락을 한 것도 아니고 고등학교 동기회 모임을 할 때 가끔 보는 정도였다. 그가 자신이 있는 여의도에 올 일이 있다고 해서, 일 마친 후에 같이 차 한잔하자면서 약속을 잡았다.

은행을 떠난 지 얼마 되지 않아서인지, 지운은 여전히 그를 최부행장이라고 부르고 있었다. 이런저런 이야기를 나누다가 그가 투자은행업무를 하고 있을 때 엔터테인먼트 산업에도 투자를 진행한 적이 있다고 했던 말을 기억했다.

"최부행장, 혹시 연예기획사 쪽 아는 사람 있다고 하지 않았나?"

"예전에 강남에서 지점장할 때 몇 군데 만나 본 적이 있지. 제이와이피, 와이지 관계자들도 만나곤 했지. 그런데 지금은 오래되어서… 그런데 왜?"

"연예기획사에 대한 보험상품을 좀 구상하고 있는데, 내가 아는 사람이 잘 없어서."

그는 대학을 마치고 은행에 입사하였다. 처음에는 서울 인근의 작은 지점에서 시작해서 한 단계 한 단계 올라갔다. 어느 날 보니 자기가 어떤 산업 공단 지역의 지점을 책임지는 지점장이 되어 있었단다.

"지운아, 내가 공단 지역 지점장할 때 오전에 출근하면 자리에서 잠깐 일보고 무조건 나갔네. 처음 와서 지하철 노선도처럼, 공단 지역에 있는 회사이름을 지하철역처럼 표시해 놓고 하나씩 하나씩 방문해서 인사를 했네. 그렇게 한 바퀴 돌아서 사무실 들어오면 한 나절 다 지나갔지. 한 6개월 그렇게 하니까 만나는 회사의 사람들이 마음의 문을 열더군. 그 이후부터는 우리 은행에서 내가 계속 전국 1등을 했네. 지운이도 너무 생각을 많이 하지 말고, 한 번 직접 몸으로 부딪쳐 보게."

지운은 속으로 뜨끔했다. 모든 일을 쉽게 하려는 자신의 속셈을 들킨 것 같았다. 물론 목표로 하는 시장을 개척하기 위해 무작정 들이미는 것보다는 이것저것 여러 자료를 수집하고 조사해서 전략적으로 접근하는 방식을 선호하는 입장이고, 그렇게 영업을 해왔다. 다만 그런 핑계를 들면서 이것저것 들추어 보고 효율적인 방법이 뭔가 고민하다 보면, 다른 일이 생기고 그 일을 따라가다 보면 지금까지 준비해 왔던 것들이 어느새 철 지난 것이 되어 버리는 일이 많았다. 뭐든지 몸으로 먼저 부딪쳐 보려는 노력을 하지 않았다는 점이다.

"그건 그렇고, 어떤 상품을 팔려고 하는지 물어봐도 되나?"

최부행장이 눈만 멀뚱하니 굴리고 있는 지운을 보며 다시 말을 꺼내 물었다.

"이번에 '피프티피프티'라는 걸그룹 이야기 들어봤나?"

"글쎄, 들어본 것 같기도 하고…."

"피프티피프티라고, 빌보드 차트에도 오르고 최근에 히트 친 걸그룹이야. 그런데 이 친구들이 갑자기 소속사 대표에게 소송을 걸었지. 이 친구들은 기획사의 직원이 아니라 기획사와 계약관계를 맺은 파트너라고 할 수 있지. 그런데 이 친구들이 그 계약을 해지해 달라고 소송을 건 거야. 손해배상 이슈는 아니지만 일단 소송이 걸리면, 변호사도 써야 하고 소송비용이 많이 들어. 그래서 기획사의 대표나 임원들을 위한 디앤오나 피아이보험 같은 걸 좀 설명할까 하는데, 내가 그쪽 방면으로는 아는 사람이 없네."

"……"

최부행장은 뭔가 생각하는 듯했다. 지운은 잠자코 기다렸다.

"내가 지점에 다닐 때 시티은행에 다니던 대학 동기가 있었어. 그 친구 만날 때 영업을 어떻게 하느냐고 물어봤어. 그러더니 킹핀(King pin)을 아느냐고 되묻더라고. 그래서 그게 뭐냐고 물어봤지.'

"뭐라고 하던데?"

"킹핀은 말이야, 볼링 알지?"

"응, 알지."

"볼링에서 볼링공을 던지잖아. 어떤 경우는 다 쓰러지지만 어떤 때는 다 쓰러지지 않고 남아 있는 경우도 있어."

"그렇지."

"킹핀은 그 볼링 핀 중에서 쓰러뜨리면 나머지가 연결되어서 다 쓰러지게 되는 핀을 킹핀이라고 해. 그니까 걔만 넘어뜨리면 스트라이크가 될 확률이 높아지지. 다른 말로 하면 핵심적인 목표나 의사결정을 내리는 키맨이라고 할 수 있지."

"그렇네."

"그 친구는 영업 나갈 때 그냥 나가지 않고 방문 대상이 되는 고객이 가장 필요로 하는 게 뭔가를 항상 고민하고 간대. 그래서 고객을 방문하면 고객이 원하는 것에 대한 이야기를 꺼내. 그러면 자연스럽게 고객의 관심을 끌게 되지."

"그렇게 되겠네."

"고객이 원하는 부분에 대한 관심을 끌어서 그것에 대한 솔루션을 이야기해 주면 고객과의 대화가 더 깊어질 수 있고, 거래가 성사될 가능성도 높아져."

"이해하겠네."

"그러면 지금 네가 말한 내용이 과연 그 고객이 생각하는 킹핀일까?"

"……"

지운은 답변을 선뜻 하지 못했다. 지금 상황에서 가장 필요한 보험상품이라고 여겼는데, 꼭 그렇지 않을 수도 있다는 생각이 들었다.

최부행장의 말을 돌아와서 곰곰이 생각해 보았다. 지운은 자신이 너무 트렌드에 민감하고 표면적인 부분에만 관심을 둔 것을 깨달았다. 신문에 나온 정보를 토대로 리스크와 연관된 부분을 추출하는 아이디어 자체는 문제가 없다. 다만 연예기획사나 엔터테인먼트 사업에 대한 이해가 제대로 되어 있지도 않은 상태에서, 사람들만을 찾아서 접근하려는 방식은 매우 얄팍하다는 느낌이 들었다. 엔터테인먼트 산업에 대해 좀 더 깊이 있게 살피면서, 그쪽 업계의 사람들과 네트워크를 연결할 수 있는 부분도 계속 찾아야 할 것이다. 그러다 보면 킹핀이 누구인지, 자신이 제시할 수 있는 핵심 솔루션이 무엇인지도 자연히 드러날 것이란 생각이 들었다.

샤론의 장미 5

지운은 제니와 만나서 샤론의 장미 프로젝트에 대해 연락받은 것이 있는지 물었다. 제니도 아직 연락을 받은 것이 없다고 했다. 거의 일주일 내내 제니, 건호와 같이 밤늦게 작업을 해서 제안서를 낸 만큼, 잘되기를 바라는 마음은 굴뚝같지만 세상 모든 일이 또 원하는 대로만 되지는 않는다.

"이사님, 프로젝트 이름이 샤론의 장미이잖아요? 샤론의 장미를 찾아보니 무궁화이더라구요."

"제니도 찾아보았구나. 나도 사전을 찾아보니 무궁화라고 나와서 깜짝 놀랐어. 이 사람들이 나름대로 심혈을 기울인 것 같아."

"네, 저도 궁금해요. 그리고 좀 더 찾아봤는데, 샤론의 장미가 성경의 솔로몬왕이 지은 노래 중에 나오는 이야기더라구요. '나는 샤론의 꽃, 계곡의 백합화로다.'라는 표현이 있어서 그래서 찾아보니, 이스라엘의 평범한 처녀일 수도 있고, 샤론의 꽃이 예수님을 상징한다는 말도 있어요."

"그랬구나. 제니도 많이 찾아보았네. 나도 좀 찾아보았는데, 꼭 그렇게 종교적인 것만은 아니라는 생각이 들어."

"종교적인 내용이 아니라면, 어떤 거죠?"

지운은 자신이 생각한 샤론의 장미 후보 두 사람에 대해 설명을 해주었다.

"그건 말이야, 샤론의 꽃이 실제적으로 솔로몬왕이 부르는 노래의 대상이 되는 인물이 실제로 있다는 것이지."

"그래요? 실제 있었던 여성이라구요?"

"성경과 당시의 시대적인 상황을 바탕으로 전문가들이 분석해 본 결과, 세 가지의 가설이 나오게 되었어. 하나는 슐렘 지역에 사는 평범한 이스라엘 여성이라는 주장이 하나 있고, 다른 가설은 샤론의 꽃이 '아비삭'이라는 여인이나 '시바의 여왕'을 지칭한다는 것이었어. 나는 이렇게 두 번째, 세 번째 가설이 좀 더 현실적인 게 아닌가 생각이 들더군."

"어머, 신기하다. 샤론의 장미의 후보로 떠오른 두 여인, 아비삭과 시바의 여왕. 그녀들은 어떤 사람들이죠?"

"먼저 아비삭은 다윗왕의 시녀로 궁중에 들어왔어. 솔로몬의 아버지인 다윗왕이 나이가 들어 70이 넘자 몸이 약해졌다고 해. 여름인데도 몸에 냉기가 돌고 옷을 아무리 많이 입어도 추위가 가시지 않았다네. 그의 충성스런 신하들이 의사들로부터 어린 여인을 품에 안으면, 몸이 따뜻해지며 기력을 다시 회복할 수 있다는 말을 들었다고 해. 그래서 신하들이 사람들을 풀어서 나라의 방방곡곡을 돌며 어리고 어여쁜 여인을 찾아 나섰다는 거야. 이 과정에서 발탁된 여인이 아비삭이란 여인이거든. 그녀는 예루살렘에서 남쪽으로 수백 킬로 떨어진 수넴(Shunem)이라는 마을에 살았다고 해. 그래서 수넴사람이라는 뜻으로 수네마이트(Shunemite), 또는 수나마이트(Shunamite)라고도 해. 그녀는 다윗왕의 후실이 아니고 시종으로 궁전에 들어왔는데, 이유는 주위에 이미 솔로몬을 낳은 밧세바를 비롯한 후실이 여럿 있었고, 그리고 결혼식을 올리는 것 자체가 나이 든 다윗왕에게는 엄청난 고역이라고 할 수 있었기 때문이라네."

아비삭은 밤마다 알몸으로 다윗왕과 같은 침대에서 다윗왕의 품에 안겼다. 같이 자기는 했지만, 몸을 섞지는 않고 그저 끌어안고 누워 자기만 했다고 성경에 나온다. 역사가 요세푸스에 따르면, 이러한 풍습은 특이하거나 유별난 것이 아니라 고대 중동지역과 그리스 지역에 노인의 치료를 위해 종종 활용되는 의학요법이었다고 한다. 고대 동양의 소녀경에도 젊은 동정녀와 함께 잠을 자면 회춘을 한다는 이론이 있었다. 고대 이스라엘의 풍습도 그러한 면이 있었던 모양이다. 아비삭은 슈넴사람이었기 때문에 슈네미티즘 또는 슈나마티즘(Shunamtism)이라고 하면 나이 든 사람이 처녀와 몸을 섞지 않고 동침하는 것을 말한다. 슐람미여인이 있었다는 슐람과 발음이 비슷한 걸로 보아서 아가서에 나오는 슐람미여인을 그렇게 유추하기도 하는 것 같다. 아비삭은 매우 아름다운 여인이었다고 한다. 다윗왕 사후에, 솔로몬의 이복형인 아도니아가 아비삭을 자신에게 달라고 요청한다. 솔로몬의 어머니인 밧세바는 다윗왕의 부인도 아닌 단순한 시종이었기 때문에 그래도 괜찮을 거라고 생각했다. 그러나 솔로몬은 그것이 아도니아가 다윗왕의 마지막 여인을 획득함으로써 자신이 왕권에 대한 정통성이 있다고 주장하려는 의도라고 파악했다. 아도니아의 의도를 꿰뚫어 본 솔로몬은 극도로 분노하였다. 결국 솔로몬은 다윗왕에게 형제와 사이좋게 지내겠단 약속을 어기고 아도니아를 죽여 버리고 만다. 솔로몬은 형을 죽이고, 아비삭을 자신의 후실로 차지하게 된다. 그 아비삭을 슐람미여인이라고 해석하는 이들이 있다.

"또 다른 여성은요?"

제니가 궁금한 눈빛을 가득 품고 질문을 했다.

"또 다른 샤론의 장미는 바로 '시바의 여왕'을 의미한다는 해석이지. 나는 그 부분에서 무릎을 탁 쳤어. 그리고 그 가능성이 매우 높다는 생각이 들었어."

"왜요?"

"솔로몬왕의 재위기간은 기원전 971년부터 931년 40여 년간에 이르는데 솔로몬은 지금은 '지혜의 왕'이라는 정도로 불리고 있지만 당시에 그의 명성이나 이스라엘의 국제적인 위치는 어느 정도였을까 생각해 보았어. 아마도 아라비아반도 전체에 명성이 자자했을 거야. 성경에도, 시바의 여왕이 솔로몬왕의 지혜를 시험하고자 많은 선물을 가지고 찾아왔다고 나와. 그리고 시바의 여왕이 궁금해하는 질문에, 솔로몬이 척척 대답을 해서 그녀가 감탄을 했다는군. 나중에 떠날 때, 솔로몬왕은 시바의 여왕이 원하는 것을 다 들어주고, 올 때 가져왔던 선물보다 더 많은 선물을 들려 보내 주었다고 해. 샤론의 꽃을 시바의 여왕으로 추측하는 이유는, 솔로몬이 지은 노래가 남녀가 주고받는 대화체의 노래인데, 솔로몬이 부르는 부분과 여인이 부르는 부분이 모두 상당히 세련되고, 아름다운 표현들로 가득 차 있다는 것에 연유하고 있어. 만약 솔로몬이 노래를 다 창작했다면 모르지만, 상대방 여성에게서 나오는 대화는 최고급의 문학적 소양을 가지고 있는 지식층이나 상류층의 사람들이 쓸 수 있는 표현들이지. 솔로몬은 그런 표현들을 어떤 여성들에게서 들었을 테고 그것을 적절히 반영해서 노래를 지었다는 생각이 들어. 그렇다면 그 정도의 표현을 쓸 수 있는 여성이라면, 시바의 여왕이 맞지 않을까 하는 것이지."

시바의 여왕 이름은 빌키스라고 전해져 내려오는데, 아라비아 남부의 시바왕국이라는 곳의 여왕이었다고 한다. 지금의 예멘이라는 나라가 있는 곳이다. 또 한편으로, 북아프리카의 에티오피아에도 시바의 여왕에 대한 전승이 전해져 오는데, 그곳에서는 마케다라는 이름으로 불리고 있다. 특히 이슬람계통에 있어서는 시바의 여왕이 단순히 전설이 아니라 역사적으로 실재했을 것이라는 주장이 제기되고 있다. 실제로 그녀의 이름과 행적은 이슬람교의 경전인 코란에도 등장한다.

다윗왕의 재위기간은 기원전 1010년부터 970년까지이다. 솔로몬왕이 재위한 기간은 971년부터 931년까지이다. 다윗왕은 자신의 재위기간 중에 이스라엘의 영역을 넓히고, 군대를 강화하는 데 초점을 두어 나라를 다스렸다. 따라서 그의 재위기간 40여 년간 상당한 군사력을 키웠다. 그 결과 다윗 재위기간 사회, 정치적으로도 안정이 되어 경제적 역량도 내부적으로 상당히 축적되어 있었을 것으로 보인다. 그러한 역량을 바탕으로 솔로몬의 대외적인 외교활동과 무역을 장려하여 경제력을 키웠다. 아마도 솔로몬 당시의 아라비아 세계는 중국의 춘추시대와 비슷한 상황이 아니었을까 하는 생각이 들었다.

시바여왕이 다스리는 나라는 어디인가? 아라비아반도의 남단, 지금의 예멘 지역에 '시바' 또는 '사바'라는 이름의 왕국이 있었다고 한다. 시바왕국이라는 이름은 그 지역에 있는 부족을 시바족이라고 불렀기 때문이다. 그리고 그 시바왕국 수도는 마리브라는 곳이었다.

마리브는 사막을 무대로 무역을 하는 카라반들이 모이는 오아시스에서 출발했다. 아라비아반도 남쪽에서는 인센스(incense) 혹은 프랑크인센스(frankinsense)라고 하는 향료가 생산된다. 라틴어로는 올리바눔이라고 하고, 아랍어로는 '루반' 또는 '리반'이라고 한다. 모두 '하얀색'을 의미하는 단어들이다. 루반이 나무의 상처 난 자리에서 흘러나올 때는 하얀색의 우유와 같은 끈적한 액체의 형상을 띄고 있기 때문이었다. 유향(乳香)이라고 번역되는 올리바눔은 타오르는 불에 뿌리면 독특하고 좋은 향기를 뿜어내는 일종의 향이다. 유향나무에서 추출되는 수지인데, 그대로 놓아두면 굳어서 황금빛의 고체가 된다. 유향은 단순히 향기만 좋을 뿐 아니라, 관절염이나 류마티스 등 피부질환과 근육의 통증치료에도 효과가 있다. 오랜 고대로부터 미용재로도 쓰이고 있었고 보습과 영양, 피부질환치료를 비롯하여 미백과 주름제거에 탁월한 효과가 있고, 노화방지에도 효과가 있다고 알려져 왔다. 이 유향은 아라비아반도의 사막을 통과하는 인센스로드(incense road)를 통하여 멀리 이스라엘 남부의 가자 지역에 다시 모이게 된다. 가자 지역에서 이집트와 메소포타미아 지역으로 퍼져 나가고, 그리스와 지중해 지역까지 팔려 나갔다. 이러한 유향을 모아서 나르는 상인의 무리를 카라반이라고 하는데, 이 무리들의 출발지가 마리브였고, 카라반을 통한 유향무역은 당시의 세계에서 가장 인기 있는 물품이었다. 같은 양의 금값에 비견되고, 중세의 유럽에서 보자면 인도의 향료와 중국으로부터 들어오는 비단과 비견할 수 있었다. 이 유향무역을 통해 시바왕국은 아라비아반도 남쪽 지역뿐만 아니라, 아라비아반도 전체에서도 가장 부유한 왕국 중의 하나가 되었다.

성경에는 시바의 여왕이 솔로몬왕의 명성을 듣고 그를 시험하기 위해서 많은 보석과 향료를 가지고 이스라엘을 방문했다고 한다. 이때가 기원전 솔로몬 집권 초기인 970년에서 중기인 950년 사이로 본다. 그러니 솔로몬왕이 재위하는 이스라엘이 전성기로 넘어가는 시절이었을 것으로 보인다. 그러나 단지 솔로몬왕의 명성만을 듣고 이를 시험하기 위해 여왕이 직접 나라를 비우면서까지 수천 킬로미터에 달하는 여행을 감행했다고 보기에는 어려움이 있다.

여기에는 여러 가지 추측이 전승으로 전해진다. 첫 번째의 추측은 솔로몬이 시바의 여왕에게 개종을 강요하였다는 점이다. 당시의 시바왕국은 이집트의 영향을 받아 태양신을 섬기고 있었는데, 솔로몬이 편지를 보내어 자신들의 신인 '야훼'를 섬길 것을 권고했고, 그렇지 않으면 군대를 보내겠다고 협박을 했다고 한다. 그래서 이를 무마하기 위한 용도로 직접 자신이 나서면서 솔로몬왕과 협상을 하기 위해 여행을 나섰다는 논리이다.

그러나 여기에는 솔로몬의 재위 중에 펼쳤던 정책과 모순이 따른다. 솔로몬은 강력한 군사력을 갖추긴 했지만, 대외적으로 평화정책을 추구했다. 그리고 대외무역과 자유로운 상업의 발전을 통해 경제적으로 풍요로운 이스라엘을 건설했다. 그는 예루살렘에 성전을 지은 후, 그다음으로 자신의 왕궁을 지었다. 솔로몬의 첫 번째 부인은 이집트 파라오의 딸이라고 한다. 그리고 주변 이민족의 왕들과 화친을 위해 그들의 딸들과 결혼을 했다. 일설에 따르면, 후궁이 300명에 이르렀다고 한다. 그리고 부인들이 믿는 신이 있으면, 그것을 어느 정도 인정했다고 한다. 그 이유는 다른 이민족과 평화적인 관계를 유지하기 위해 그들과 결혼 정책을 취했는데, 부인들의 종교를 함부로 박탈하거나 금지하는 것 자체가 학대가 되고, 해당 부족과 적대적인 관계로 만들겠다는 뜻이기 때문이다. 이것은 고려 태조 왕건이 취한 정책과도 어느 정도 유사성이 있는 것으로 여겨진다.

두 번째는 1959년에 나온 율 브린너와 지나 롤로브리지다 주연의 영화 '솔로몬과 시바의 여왕(Solomon & Sheba)'의 시나리오에서 나왔다. 이스라엘의 위치가 메소포타미아 지역과 이집트 사이의 가운데에 위치하고 있었으므로 전략적인 요충지였다. 다윗왕 시대부터 군사력를 강화하기 시작한 이스라엘은 이집트와 그 동맹국에게 큰 위협이 되었는데, 이집트에서 시바의 여왕에게 이스라엘을 공격하는데 시바왕국의 도움을 얻고자 시바의 여왕에게 동맹을 요청한다. 시바의 여왕은 이집트에 협조하는 대가로 홍해 입구의 항구를 받는다는 조건을 걸었다. 그리고 이스라엘의 왕인 솔로몬을 유혹해서 타락시켜 이스라엘을 구성하는 12지파의 부족들에게 신임을 잃게 하고 나라를 분열시키겠다는 목적으로 이스라엘을 방문하는 것으로 나온다.

세 번째로는 순수하게 통상과 교역에 초점을 둔 방문이라는 점이다. 솔로몬이 다스리던 이스라엘은 당시 아라비아반도에서 가장 잘 나가는 국가이며, 동아시아 지역의 춘추시대 패자에 해당하는 영향력을 가지고 있었을 것으로 추측할 수 있다. 그렇다면 지역의 패권을 잡은 강대국과 좋은 관계를 맺고, 교류를 확대하는 것이 자신이 속한 나라의 발전과 안전을 위해서 도움이 된다.

어쨌든 그 결과로 시바왕국은 이스라엘과 우호적 관계를 맺는데 성공했고, 시바의 여왕 빌키스는 솔로몬의 지혜에 감명을 받았다고 한다. 솔로몬왕은 그녀가 원하는 것을 다 들어주었고 그녀가 귀국할 때, 솔로몬왕은 시바에서 가져온 것보다 더 많은 선물을 솔로몬이 하사했다고 성경에 나오고 있다. 다른 전승에 따르면 유대교의 랍비와 경전들도 같이 보내어 유대교를 전파할 수 있도록 했다고 한다. 그래서 그들이 자신의 나라로 돌아가서 유대교 신앙을 퍼뜨렸고, 에티오피아 지역에도 유대교가 전해지게 되었다는 이야기가 있다. 한편 에티오피아에서도 유사한 전승이 내려온다. 빌키스는 지금의 에티오피아 지역인 악슘왕국의 여왕이었고, 악슘왕국은 지금의 예멘지방과 북아프리카 끝의 에티오피아 지역을 포괄하고 있었다. 시바의 여왕은 바로 악슘왕국의 여왕이었고, 솔로몬의 명성이 자신에게까지 이르자 그의 지혜를 시험하고자 많은 선물을 가지고 예루살렘을 찾았다고 한다.

그녀의 질문에 솔로몬은 막힘없이 대답을 했다. 그녀는 솔로몬의 지혜와 현명함에 감탄을 했다. 반면 솔로몬도 그녀의 지적이면서도 우아한 아름다움에 매료되었다.

여왕이 방문한 첫 3일 동안 여왕은 그에게 많은 질문을 하며,

솔로몬의 지혜를 시험하는 일정을 가졌다. 그리고 여왕이 솔로몬의 능력과 지혜를 인정하자, 마지막 날 밤 여왕과 그의 일행을 환영하는 만찬을 성대하게 열었다. 만찬 자리에서 솔로몬왕은 그녀에게 한 가지 제안을 하였다. 자신의 소유물에 허락 없이 손대지 말라고 하였고, 그녀는 그 제안을 받아들였다. 그녀는 만찬 후 잠을 청했다. 여왕은 자는 중간에 너무 목이 말라 잠을 깨었다. 만찬 때 먹은 음식은 향신료를 가득 뿌려 맛과 향이 뛰어났고, 함께 마신 와인은 달콤했으나 그것이 갈증을 극대화시켰다. 그녀는 마실 물을 찾았으나, 어디서도 물을 찾을 수 없었다. 이때 솔로몬이 나타나 물은 자신의 침실에 있으니, 함께 가면 물을 주겠다고 했다. 그녀는 그것이 무슨 속셈인지 알아챘었지만, 도저히 갈증을 참을 수 없어 허락했다. 결국 그녀는 솔로몬왕의 침실로 같이 갔고, 동침을 했다는 것이다. 그 이후 그녀는 몇 개월이나 더 솔로몬과 지내다가 귀국을 하게 되었다고 한다. 과연 빌키스가 아가서에 나오는 그 술람미여인일까?

솔로몬의 노래에 나오는 샤론의 장미가 그저 이스라엘의 평민 처녀인지, 다윗왕의 시녀였던 아비삭인지 혹은 저 먼 사막 너머 아라비아 남쪽의 시바왕국에서 온 여왕 빌키스인지 알 수는 없다. 어떤 경우이든지 시바의 여왕은 그저 영화에서 보는 것처럼 몸매 좋고 아름다운 이방의 여인이 아니라, 자신에게 주어진 어떠한 난관이나 시험이 닥칠 때 물러서지 않고 새로운 기회를 찾아 나선 모험가였다는 사실이다.

리스크를 덮는 방법

"윤차장님, 안녕하세요?"

"명이사님, 안녕하세요."

지운은 대주단 대표은행의 실무담당자인 윤지영 차장에게 전화를 걸고 있었다.

"점심은 맛있게 드셨나요?"

"네, 명이사님은요."

"저도 점심식사를 하고 나오는 길입니다. 오후에 잠깐 시간되시나요?"

"잠깐만요. 조금 있다 회의가 있는데, 한 30분 넘게 걸릴 것 같아요. 3시 정도면 좋을 것 같네요."

"다름이 아니라 지난달에 보험 갱신한 뉴에너지복합화력발전소에 대한 보험자문보고서가 완료되어서 갖다 드리려구요."

"우편으로 보내 주셔도 되는데."

"차장님 사무실과 저희 회사 사무실 거리도 가깝고, 사무실 나서는 김에 바로 갖다 드릴까 해서요."

"알겠습니다. 그러면 3시까지 오시면 됩니다."

지운은 전화를 마치고, 자신이 작성한 자문보고서를 다시 한 번 읽어보았다. 이 자문보고서는 전화상으로 이야기를 나눈 발전소의 보험갱신 결과를 분석하고 검증하는 것이었다.

발전소는 말 그대로 전기를 생산하는 공장이라고 할 수 있다. 전기를 생산하는 방법은 석탄이나 석유, 가스 같은 연료를 연소시켜 나온 증기를 이용해서 터빈을 돌리는 화력발전소가 주를 이루는데, 이외에도 원자력을 이용하는 방식, 그리고 수력이나 풍력, 태양의 열이나 빛과 같이 자연의 힘을 이용하는 방식도 있다. 우리나라 발전소의 대부분이 화력발전소이다. 화력발전소에서 전기를 생산하는 과정에서 배기가스가 발생한다. 한 번 발생된 배기가스는 상당한 양의 열에너지가 여전히 남아 있다. 이 배기가스를 보일러로 보내 가열시켜 증기를 생산하고 터빈을 통과시키면 다시 전기가 발생한다. 두 번에 걸쳐서 전기를 생산하기 때문에 효율이 높고, 환경에 유해한 물질을 거의 배출하지 않는다는 점에서 각광을 받고 있다. 다만 발전소를 지을 때 드는 초기 비용이 막대하기 때문에, 민간자본을 끌어들여서 사업을 진행하는 경우가 대부분이다. 민간자본을 끌어들이는 과정에서 대형은행을 중심으로 대출금융기관들이 그룹을 구성하게 된다. 이를 대주단이라고 하는데, 대주단 전체를 대표하는 은행이 전체 과정을 총괄하게 된다.

이렇게 민간의 투자를 진행하는 과정에서 법률상의 제반 규정, 재무적인 모델의 검증, 기술의 타당성, 건설과정과 운영과정 중에 발생할 수 있는 위험요소에 대한 대응방안 등에 대한 분석을 하게 된다. 이러한 분석은 독립적인 외부의 기관이나 조직을 통해서 보고서를 받도록 되어 있는데 법률자문, 재무자문, 기술자문 그리고 위험자문의 네 가지 자문보고서가 있다. 이들 보고서를 대주단에게 제출하여 승인을 받도록 되어 있다. 법률자문은 법무법인에서, 재무자문은 회계법인에서, 기술자문은 엔지니어링전문 회사에서 수행을 한다. 위험자문은 보험사가 아닌 보험중개사에서 수행한다. 보험사는 보험을 직접 인수하는 주체인데, 독립적인 외부기관으로 보지 않는다. 보험사의 대리점이나 설계사도 마찬가지로 보험사를 대리하는 조직이므로, 독립적인 기관으로 간주하지 않는다.

보험중개사의 경우, 그 성립과 발전 역사상 위험을 헷지하고 보험을 찾는 고객의 요구를 대변하는 조직으로서 출발하였다. 따라서 대부분의 민간중심 투자사업에 있어서의 위험평가와 자문은 보험중개사를 통해서 진행되게 된다. 자문사를 선정하는 데에는 공개입찰방식이 적용되는데, 지운의 회사는 보험자문사 입찰과정을 통해서 선정되었다. 그리고 보험조건과 보험료, 보험사 입찰과 선정 등의 제반 과정을 관리하고, 보험가입이 완료되면 대주단에서 요구하는 위험요소에 대한 부분을 보험으로 잘 담보하고 있는지를 검토하고 문제가 없음을 확인한다는 보고서를 제출하도록 되어 있다. 발전소 건설 중에는 '조립보험'을 가입하고 건설이 완료되어 상업발전을 하게 되면, 운영보험으로 전환하게 된다. 지금은 발전소가 완공되어 계속 운영을 하고 있는 중이므로, '운영 중 보험자문보고서'를 작성해서 제출하도록 되어 있다. 윤지영 차장은 뉴에너지복합화력발전소의 보험갱신과 관련하여, 대주단의 대리은행에서 관리 담당자였기 때문에 보고서를 제출하기 위해 연락을 취했다. 보고서 작성이 완료되었는데, 사무실의 거리가 걸어서 15분 정도에 불과해 우편이나 택배로 보내는 것보다 직접 손으로 전달하는 것이 더 나을 것 같았다.

지운은 같이 업무를 진행한 정규진 대리에게 보고서 출력을 요청했다. 정대리는 보고서를 흑백으로 할 것인지 컬러로 출력할 것인지 물었다. 지운은 컬러로 2부를 출력하고, 양면으로 하지 말고 단면으로 출력하라고 지시했다. 얼마 후 정대리는 보고서 2부를 출력한 다음, 깨끗하게 제본한 상태로 가져왔다. 표지부터 목차, 본문까지 다시 한 번 살펴보았다. 오타나 잘못 출력된 부분이 있는지 확인했다. 아무런 문제가 없는 것을 확인하고 회사봉투에 담았다. 그리고 정대리와 함께 같이 일어섰다.

대주단 대표 은행의 사무실은 지하 아케이드를 통해 지하철역과 연결되어 있었다. 지하철역까지 걸어서 간 다음, 5번 출구로 나섰다. 하루 종일 사무실에 있다가, 이제야 처음으로 햇빛을 보게 되니 눈이 시렸다. 지하철 출구에서 다시 5분 정도 걸어가면,

은행 빌딩이 있었다. 1층에서 전화를 하니 윤지영 차장이 직접 내려왔다. 사무실로 들어가려면 보안 때문에 직원이 직접 내려와서 동행하도록 되어 있었다. 윤차장과 반갑게 인사를 하고 그녀를 따라 게이트를 통과했다. 직원들이 근무하는 사무실에 직접 들어가지 않고 중간에 마련된 리셉션실로 들어갔다. 자리에 앉아 정대리를 소개하고 간단하게 안부를 물었다. 그리고 정대리의 가방에서 봉투를 꺼냈다. 봉투를 풀어 보고서를 윤차장 앞에 내밀었다. 윤차장은 보고서를 받아들고서 표지 제목부터 꼼꼼히 보기 시작했다. 보고서의 제목, 수신처명과 수신처의 주소가 이상이 없는지 살핀 다음, 목차로 넘어갔다. 목차의 항목이 필요한 사항을 다 담고 있는지 확인한 다음, 본문으로 넘어갔다. 중간 중간 잘 이해가 안 되는 부분이 있으면 질문을 했다.

"이사님, 여기 리스크커버(risk cover)라고 되어 있는 부분이 있잖아요? 담보한다는 뜻으로 하는데, 이런 표현이 맞나요?"

"커버(cover)라는 말은 원래 뭔가를 '덮는다'라는 의미잖아요?"

"그렇죠."

"일반적으로는 먼지 같은 것이 묻지 않게 천 같은 걸로 덮어 씌운다는 의미로 사용되다가, 좋지 않은 날씨나 외부의 공격을 막기 위해 몸을 숨기거나 보호한다는 의미로 사용되기 시작했습니다. 그리고 위험자문보고서를 쓸 때, 리스크익스포저(risk exposure)라고 해서 대주단이나 사업자가 수행하려는 프로젝트에 어떤 위험이 도사리고 있는지를 분석해서 밝혀내는 작업을 하도록 되어 있습니다. 발전소 건설할 때는 건설하는 과정에서 발생하는 다양한 위험에 익스포즈드(exposed), 즉 노출되어 있다고 하고 운영 중에는 발전소의 보일러나 가스터빈, 발전기, 배열회수장치, 각종 배관 등에 폭발이나 화재, 고장 등의 위험이 있습니다. 그리고 그런 위험에 영향을 받을 가능성이 있으면, 위험에 노출되어 있다고 표현합니다. 이렇게 프로젝트의 다양한 단계에서 나타나는 위험요소가 있고, 그 위험에 프로젝트의 시설이나 장비들이 피해를 받을 가능성이 있으면, 위험에 노출되어 있는 상태인 거죠. 위험에 노출된 경우에는 그 앞에 뭔가 보호막을 덮어주어야 한다는 의미에서 커버(cover)라는 표현을 쓰게 되었습니다."

"네, 그러니까 이해가 되네요. 그래서 이불 밖은 위험하다고 하는가 봐요. ㅎㅎ…."

"아 그렇군요. 하하."

그녀의 가벼운 농담 덕분에 좀 더 편안한 분위기가 되었다. 윤 차장은 계속 보고서를 넘겼다. 그 후로도 몇 가지 질문을 했다. 마지막 결론 부분에, '대주단의 요구에 부합하는 조건으로 보험에 가입되었음을 확인'한다는 문장까지 보고서 보고서를 덮었다. 보고서에 보험이 잘 가입되어 있다고 하면, 보험과 관련된 리스크가 잘 커버되었다고 할 수 있다. 그녀는 수고해 주셔서 감사하다고 인사를 했다. 추가로 궁금한 사항이나 필요한 것이 있으면 다시 연락을 줄 것을 요청하면서 자리에서 일어섰다. 은행 건물을 나오니 햇빛이 여전히 눈을 시리게 만든다.

애피타이트

"정대리, 고생했네."

"저야 뭐 이사님 옆에서 미소만 짓고 있었지요."

"정대리가 오타 수정하고 출력과 제본까지 깔끔하게 해줘 윤 차장도 편안하게 읽을 수 있었던 것 같네. 나 혼자 가는 것보다 정대리가 시간 내서 같이 있으니까 분위기도 좀 더 편해지고 말이야. 그리고 은행 담당자를 이번에 알아 두었으니, 다음에는 좀 더 편하게 연락할 수 있을 거야."

정대리는 다른 보험사에 있다가, 보험중개회사로 옮긴 경우였다. 이전에 있던 회사에서 금융기관 관련 영업을 많이 해본 경험 덕분에, 지운과 함께 작업을 하도록 배치받았다. 그래서 은행 투자부서를 방문하는데 인사도 시킬 겸 같이 가기로 했다. 30대 초반의 붙임성 좋고 싹싹한 친구였다. 앞으로도 프로젝트를 같이 할 기회가 많을 것이기 때문에, 지운과 일을 같이 하면서 고객을 방문하는 길에 자주 같이 하면, 그에게도 도움이 될 것이었다.

"사무실 들어가기 전에 머리도 식힐 겸 차 한잔하고 갈까?"

"좋습니다."

은행 빌딩 근처를 두리번거리다 보니 커피숍이 보였다. 이름이 로이드였다.

"정대리, 저기 커피숍이 있네. 커피 한잔하세."

"좋습니다."

문을 열고 들어가니 심플한 인테리어에 흰색으로 가득 찬 벽들이 눈에 들어왔다. 흰색의 벽 위에 그림 액자가 드문드문 걸려 있었다. 카운터로 갔다.

"안녕하세요. 뭘 드실까요?"

점원이 인사를 했다.

"정대리는 뭘로 하나?"

"저는 아·아로 하겠습니다."

"아이스아메리카노 말이지?"

"네. 맞습니다."

"자리를 먼저 잡게, 주문하고 갈게."

정대리는 가방을 들고 빈자리를 찾아갔다. 바깥이 잘 보이는 창가 자리를 잡았다.

"아이스아메리카노 한잔하고, 에스프레소 되나요?"

"네."

"에스프레소도 한잔 주세요."

"원샷으로 드릴까요, 투샷으로 드릴까요?"

“투샷으로 주세요.”

“원두는 산미가 있는 것으로 할까요? 아니면 일반적인 것으로 할까요?”

“산미가 있는 것으로 주세요.”

“네, 카드를 삽입해 주세요.”

에스프레소를 주문하는 손님이 많지 않은 관계로, 항상 에스프레소가 가능한지 묻게 된다. 계산을 마치고 진동벨을 받았다. 정대리가 잡은 자리로 갔다.

“햇볕도 살짝 들고, 좋은 자리 잡았네.”

“다른 사람들하고 좀 떨어져 있어서 조용한 편이라 이 자리로 했습니다.”

“잘했네.”

지운은 자리에 앉아서 주변을 둘러보았다. 창가의 맞은편 벽에 걸려 있는 그림이 눈에 띄었다. 그리스 신화의 한 장면 같았는데, 자세히 보니 외눈박이 거인과 작은 사람이 그려져 있었다.

‘징.’

잠시 후 진동벨이 울렸다. 커피가 나왔다는 뜻이다. 정대리가 진동벨을 들고 데스크로 갔다. 그는 데스크로 가서 검정색 플레이트를 받아들었다. 그리고 데스크 옆에 놓인 휴지와 빨대 하나를 빼서 같이 들고 왔다. 테이블 위로 올려놓은 플레이트 위에는 얼음이 가득한 아이스아메리카노와 작은 에스프레소 잔이 올려져 있다. 에스프레소 옆에는 각설탕과 스테인레스 수저, 그리고 투명한 잔에 물이 담겨져 있었다.

"이사님, 에스프레소는 너무 쓰지 않으세요?"

정대리는 지운이 주문한 에스프레소를 물끄러미 보다가 질문을 했다. 지운이 에스프레소를 마시는 걸 보는 사람들은 꼭 이런 질문을 하곤 했다.

"쓰지. 그런데 오래 마시다 보면 괜찮아지네."

"저도 전에 에스프레소를 마신 적이 있는데, 마셔 보고 죽는 줄 알았습니다. 하하… 제 애피타이트(appetite)는 아닌 것 같더라구요."

정대리는 말해 놓고 멋쩍은 듯 가벼운 웃음을 지었다.

"나도 처음엔 그랬지. 그런데 한 3개월 정도 꾹 참고 커피숍에 갈 때마다 한잔씩 주문해서 마셨지. 3개월 정도 지나니까 입맛이 바뀌더군. 쓴맛을 어느 정도 견딜 수 있게 되더라구."

지운은 핸드폰을 꺼내 들었다. 그리고 카메라 앱을 켜고, 에스프레소 잔을 찍었다. 그리고 정대리를 바라보았다.

"사람들마다, 식성이나 입맛이라고 하는 게 있지. 입맛은 사람마다 다르잖아. 정대리는 아이스아메리카노가 아니면 커피를 입에 대지도 않고, 나는 에스프레소만 마시고, 어떤 사람은 라떼만 마시고, 이런 게 애피타이트인 것 같네. 커피가 아니라 녹차나 전통차를 좋아하는 사람들은 커피는 또 안 마시더군."

"그렇군요. 그러고 보니 저는 따뜻한 아메리카노는 못 마시겠더군요. 핫아메리카노는 입에 맞지 않아서 커피 자체를 안 마셨는데, 아이스아메리카노는 마시기가 좋더라구요. 음식도 냉면 같은 걸 좋아하구요."

"재보험회사나 언더라이터(underwriter)들도 개별적으로 애피타이트가 있더군. 그걸 자기들은 리스크애피타이트라고 해."

"네, 재보험사들이 사무실 방문했을 때 자기들이 선호하는 리스크가 있다고 리스크애피타이트를 정리해서 주더군요."

"그렇지, 그러니까 자기들에게 그런 류의 어카운트(account)를 가져오면 아주 적극적으로 인수를 검토한다고 하지. 참, 정대리, 커피를 처음 시작한 곳이 어딘지 들어 본 적 있나?"

"커피를 맨 처음 마시기 시작한 곳은 에티오피아라고 한 번 들어 본 것 같은데, 자세한 것은 잘 모릅니다."

"야, 정대리도 많이 알고 있네. 커피가 에티오피아에서 시작되었다는 것을 알고 있으니 말이야."

"하하 뭘요. 정말 잘 모릅니다."

"커피가 확실하게 어디에서 유래되었는지는 기록이 없어서 잘 모르는 게 사실이네. 그런데 커피는 커피나무에서 자라거든. 커피나무가 처음 발견된 것이 에티오피아의 카파 지역에서 서기 850년쯤에 시작되었다고 하네. 커피의 이름도 커피나무가 발견된 카파 지역의 이름을 따서 나왔다는 말도 있어. 그런데 다른 주장도 있는데, 아라비아반도 남쪽의 예멘지방에서 6세기 정도에 이미 시작되었다는 주장도 있네. 예멘에서 시작되었다는 말은 나중에 대부분의 커피무역이 예멘에 있는 모카(Mocca)항에서 거래가 이루어졌기 때문이네. 모카커피라는 말도 모카항을 중심으로 커피가 거래되고 아라비아와 유럽 전역으로 전달되었기 때문에 커피하면 모카가 떠오르게 된 것이지.

그렇지만 에티오피아에서 시작되었다는 것이 가장 유력한 것으로 알려져 있지. 당시 에티오피아 고지대에서 염소를 많이 방목하고 있었다고 하네. 염소를 방목하는데 목동이 있기 마련인데, 어느 날 한 목동이 저녁이 다 되어도 염소들이 돌아오지 않아서 찾으러 나갔다고 하네. 염소를 찾고 보니 염소들이 어떤 작은 나무에 달린 붉은 열매를 따먹고 있는 걸 보게 되었지. 염소들을 끌고 목장으로 돌아왔는데, 열매를 먹은 염소들은 그날 잠도 자지 않고 밤새 활기차게 돌아다니고 깨어 있었다는 거야. 그래서 다음 날 직접 염소들과 함께 그 나무를 다시 찾아가서 열매를 따서 먹어 보았다고 하네. 그러니 기분도 좋아지고, 각성효과가 생기고 활력이 생기는 걸 느꼈다고 하더군. 열매를 가지고 돌아와서 근처의 수도원 원장에게 찾아가 열매를 보여 줬지. 원장은 호들갑 떠는 소년에게 이런 쓸데없는 걸 가져왔냐고 구박을 주면서 불 속에 던졌는데, 열매가 불속에서 구워지면서 아주 향긋한 냄새가 나는 거야. 그래서 구워진 열매를 꺼내서 물에 타서 마셔 보니, 한밤중까지 정신이 또렷한 상태를 계속 유지할 수 있다는 걸 알게 되었지. 그 이후부터 수도원의 수행자들에게 커피 음료를 마시게 해서 수행을 도와주었다고 해. 이 커피가 에티오피아에 바로 인근한 예멘에 전해지면서 아라비아반도에 전파되기 시작한 거지.

그리고 이슬람세계에 퍼지게 된 것은 메카 성지순례행사 때문이라고 해. 이슬람신자들이 매년 메카에 순례를 가는데, 이 과정에서 밤새 철야기도를 하고도 생생한 사람들이 보였는데, 그 사람들이 뭔가를 마시는 걸 본 거지. 그거를 보고 사람들이 얻어서 자기들도 사용해 보고는 그 효용을 알게 된 거야. 메카 순례가 계속되면서, 커피는 점점 이슬람세계 전체에 퍼지게 되었지."

"저도 식사 후에 오후가 되면 나른해 지는데, 커피 한잔을 꼭 마셔야 정신이 들더라구요. 그런데 저녁 때 마시면 잠이 오지 않아서 아예 마시지 않아요. 이사님은 에스프레소를 마시면 더 그렇지 않나요?"

"그래서 나도 오전에 한 잔, 점심식사 후에 한 잔 정도만 마시네."

"그런데 아까 커피를 물에 타서 마셨다는데, 지금과 같은 건 아닌가 보네요."

"지금 우리가 마시는 건 원두를 로스팅(roasting)이라고 하고 한자로는 배전(焙煎)이라고 해서 원두를 볶아서 커피를 내리는 방식이지. 이렇게 커피를 볶으면 향이 더욱 강해지거든. 그리고 볶은 원두를 갈아 분말로 만든 다음, 뜨거운 물에 녹여서 마시는 방법이 고안되었네. 커피를 마시기가 더욱 쉬워졌고, 보관이나 사고파는 것이 원활하게 될 수 있었지. 그런데 이런 방법이 나온 게 1450년대 페르시아에서 나왔다고 하네."

"아, 그래요? 저는 페르시아와 커피가 연결되는 건 처음 들어 봐요."

"나도 들은 이야기지. 그리고 커피에 설탕을 타는 방식은 1625년 이집트 카이로에서 시작되었다고 하더군. 메카와 메디나에서 즐기던 커피가 이스탄불과 이집트로 퍼지면서 커피하우스라는 것도 생기기 시작했다고 하네. 그리고 1901년 사토리카토라는 일본계 미국인이 인스턴트커피를 처음으로 만들었네. 맛은 없었지만, 1차 세계대전, 2차 세계대전을 거치면서 전 세계로 퍼져나갔지. 그리고 6·25전쟁을 거치면서 미군을 통해 우리나라에도 인스턴트커피가 들어왔다는 거지."

지운은 정대리를 바라보며 말을 이었다.

"그리고 말야 커피는 보험과도 역사적으로 연관이 있다네."

"그래요?"

"이 카페의 이름이 로이드라고 되어 있는데, 들어 본 적이 있지 않나?"

지운은 물 한 모금을 들이킨 다음 정대리에게 질문을 했다.

"네, 많이 들어봤습니다. 재보험 업무하는 팀에서 1년 정도 근무했는데, 영국에 있는 재보험자 이름이라고 하더군요."

"그렇지. 이 카페의 이름도 로이드라고 되어 있더군."

"그렇군요. 그런데 이 카페의 로이드가 우리가 아는 그 로이드가 맞나요?

"맞네. 바로 그 로이드네."

그랬다. 이 카페의 이름이 '로이드'라고 되어 있었다. 그리고 그 옆에 영문으로 Lloyd라고 쓰여 있었다.

"그런데 로이드가 커피 브랜드로 이용하고 있는지는 잘 모르겠네. 원래 로이드는 에드워드 로이드(Edward Lloyd)라는 인물의 이름이지. 그는 1687년 템스강 근처의 타워거리에 자신의 이름을 딴 로이즈 커피하우스(Lloyd's coffeehouse)라는 커피 전문점을 열었네."

커피가 영국에 처음 전해진 것은 1630년대 즈음이라고 한다. 옥스퍼드 대학에서 연구를 하고 있던 캐노피우스라는 이가 상인이 가져다 둔 커피를 시음한 것이 처음이라고 한다. 하지만 본격적으로 영국에 퍼진 것은 1650년대를 전후한 시점으로 알려져 있다. 터키계 유대인이었던 쟈콥 더 쥬(Jacob the Jew)라는 인물이 옥스퍼드 대학가에 최초의 커피하우스를 열었다고 한다. 이 커피하우스는 '천사(The Angel)'라는 이름으로 불렸으며, 주로 학자들이 모여 커피를 마시며 토론을 했다고 한다. 1652년에는 런던에도 최초의 커피하우스가 문을 열었고, 이후 커피의 인기는 빠르게 높아져 1715년에는 런던에만 2,000여 개의 커피하우스가 생겼을 정도였다고 한다.

지금은 홍차와 밀크티로 유명한 영국이지만, 그 이전에는 커피가 영국 사회의 중요한 문화적 요소로 자리 잡고 있었다. 영국 사람들은 커피숍을 커피하우스라는 이름으로 불렀고, 커피하우스는 정치, 경제, 문화 등 다양한 분야의 사람들이 모여 교류하는 장소로 활용되었다. 당시에는 신문방송과 같은 대중매체라는 것이 없었던 때였다. 그래서 사람들이 모일 수 있는 장소가 있으면, 어디든지 사람들이 모였다. 편안하게 만나서 이야기를 나누며, 정보를 주고받을 수 있는 장소에 대한 욕구가 넘쳐나게 되었고, 때마침 생긴 커피하우스들은 그러한 대중의 욕구를 충족시켜 주는 역할을 했다. 그리고 당시는 서구 유럽의 국가들이 무역 경쟁에 뛰어드는 시기였다. 그 첫 주자이며, 지배적인 세력은 네덜란드 사람들이었고, 영국은 이제 강력한 경쟁력을 키워 가고 있었다. 전 세계에 산재한 식민지로부터 향료, 고급도자기, 비단 등 당시에는 매우 희귀하거나 본 적도 없는 물품들이 대량으로 유입되었다. 이러한 교역을 통해 신흥 부유층이 급속하게 팽창하게 되었다. 그리고 17세기 후반 영국과 프랑스 간에 긴장이 고조되고 전쟁이 일어남에 따라, 타국과의 전쟁과 같은 지정학적인 갈등은 자국 경제뿐만 아니라 영국 내의 새로운 산업가들에게는 매우 민감하고 영향력이 큰 주제들이었다. 이러한 다양한 소식과 정보들이 전달되고 유통되는 곳이 바로 커피하우스라는 장소였다. 당시의 상인들이나 부유층, 정치가들은 신대륙과 동양을 오고 가는 상선들이 도착하는 정보를 빨리 얻으면 얻을수록 새로운 상품을 확보하고 더 큰 부를 축적할 수 있는 지름길이었다. 이러한 정보들도 커피하우스에서 파악할 수 있었다.

에드워드 로이드가 세운 로이즈 커피하우스(Lloyd's Coffeehouse)는 그전에 세워진 다른 어떤 커피하우스보다 넓은 내부를 가지고 있었고, 좋은 시설을 갖추고 있었다. 그리고 런던항 가까이 있었던 덕분에, 항구에 정박한 배의 선원들이 가장 자주 들리는 명소가 되었다. 얼마 되지 않아서 로이즈 커피하우스는 손님들로 넘쳐나게 되었다. 장사가 너무 잘되어 돈을 번 로이드는 인근의 롬바르드 거리로 이전하면서 훨씬 더 넓고 호사스런 로이즈 커피하우스를 열었다. 새로운 가게에서는 직원을 다섯 명이나 채용하고 커피뿐만 아니라 차와 과일주스도 판매했다. 로이드는 여기에 그치지 않고, 고객들이 와서 하는 이야기를 귀담아 들었다. 커피하우스를 드나드는 손님들은 커피만 마시는 것이 아니라 무역에 대한 이야기, 자신들이 투자한 상선의 항해 상태에 대해 궁금해했다. 그리고 바다의 날씨 상태나 정보에 대한 욕구도 점증하고 있음을 깨달았다. 그래서 그는 유럽과 영국의 주요 항구에 산재해 있던 거래처로부터 얻은 정보들을 모아서, 1696년 선박의 입출항 정보와 해외동향, 그리고 바다의 날씨에 대한 정보를 담은 로이즈 리스트(Lloyd's List)를 발행했다.

이 간행물은 손님들로부터 엄청나 호응을 얻었다. 한편으로 로이드커피점에서는 선박에 대한 경매도 이루어졌다. 이 경매에 대한 호응도도 높아서 특정한 날이 되면, 정기적으로 시행되게 되었는데 로이드는 계약을 기록할 수 있는 종이와 펜을 비치해 두었다. 이러한 그의 마케팅 노력 덕분에, 로이즈 커피하우스는 단순한 커피전문점을 넘어선 해상무역 전반을 아우르는 시장

(market)과 같은 역할이 되었다. 이에 더하여 로이드는 커피하우스 한쪽을 선박을 운행하는 선장들을 위한 장소로 제공했다. 수많은 배의 선장들은 그 방으로 모여서 더 많은 이야기를 나누고, 새로운 항로를 개척할 때 발생하는 위험에 대한 정보도 교류할 수 있었다. 로이즈 커피하우스는 거의 24시간 문을 열어두었다. 그래도 로이즈 커피하우스는 손님들로 북적거렸다.

로이즈 커피하우스를 찾는 손님들은 선장이나 선원들만이 아니었다. 해상 상거래나 운송, 선박 경매 등의 활동이 이루어졌으므로 상인(merchants)과 금융업자 또는 쩐주(financiers)들이 모여서 사업을 하고 돈을 벌 수 있는 기회를 모색하고 있었다. 여기에 해상운송 활동에 따른 위험을 보호하기 위한 방안도 논의되었다. 선주들과 이들에게 자금을 융통하는 금융업자들은 자신들의 배와 화물(Cargo)을 보호하기 위한 계약에 합의하였고, 이것이 런던의 해상보험의 기초가 되고 근대적인 보험이 탄생하는 계기가 되었다. 보험을 필요로 하는 선주, 선장, 화물을 싣고 목적지까지 보내려는 화물주와 그 화물, 선박, 그리고 이들의 위험하고도 야심만만한 여행을 보호하기 위한 보험을 제공하는 보험업자, 그들을 연결해 주는 보험중개인들이 서로 연결되기 시작했다. 이들 보험업자는 당시의 왕립거래소(Royal Exchange)를 무대로 활동하다가 점점 커피하우스로 무대를 넓혔고, 그중에도 로이즈 커피하우스는 대표적인 거래 장소가 되었다. 당시의 보험중개인, 즉 인슈어런스 브로커(insurance broker)들은 인도나 중국, 아프리카, 신대륙으로 떠나는 상선들의 선장들이 자신들의 위험을 담보해 줄 보험자를 찾아서 보험중개인에게 의뢰했고, 이들 중개인들은 다시 보험업자를 찾아서 서로 연결해 주었다. 당시의 보험업자들은 기업이 아니라 개인들이었다. 이들은 처음에는 산업혁명이 시작될 당시 부를 가지고 있던 가문이나 신흥 부유층으로서 자신들의 자본을 해상운송에 대한 위험을 일정한 금액, 즉 보험료로 받고 위험을 인수하였다. 이들은 기업이 아닌 개인들이었고, 위험을 인수하는 보험계약 마지막에 자신의 이름을 서명한다는 의미에서 언더라이터(underwriter)라고 불리었다. 로이즈 커피하우스는 어느새 보험을 찾는 고객과 언더라이터, 그리고 보험중개인들의 주무대가 되었다. 에드워드 로이드가 로이즈 커피하우스를 오픈한 때로부터 100년 가까이 흘러, 로이즈 커피하우스를 자기 사무실처럼 쓰던 언더라이터 79명이 각각 100파운드씩을 각출하여 '로이즈 조합(Society of Lloyd's)'를 결성하게 되었다. 이 조합은 각자의 사업방침에 따라 사업을 벌이는 개인 사업주들의 모임이었다. 이 모임이 현재까지도 세계에서 가장 큰 보험조직 중의 하나인 '런던로이드 보험조합(Lloyd's of London)'으로 발전하게 되었다.

"런던에 커피를 처음 가져와서 선보인 사람은 나다니엘 캐노피우스(Nathaniel Canopius)라는 사람이네. 어떤 기록에는 상인이라고도 하고 어떤 기록에는 옥스포드 배리올 대학(Balliol

College)의 학자나 학생이었다고도 하네."

"캐노피우스… 어디서 들어 본 적이 있는 것 같은데요."

정대리는 고개를 갸우뚱하면서 생각을 되새겨 보았다. 분명히 어디선가 들은 것 같았다.

"아마 재보험팀에서 요율을 쿼테이션(Quotation)하거나 재보험 플레이싱(Placing)할 때 들어 봤을 거야. 로이드 신디케이트 중의 하나거든."

"네, 그래요. 그런 것 같습니다. 어디서 들어 봤다 했더니, 그 전 회사에서 재보험 업무를 한 적이 있었는데, 한번 봤던 것 같습니다. 그 캐노피우스가 로이드의 캐노피우스였군요."

"이름은 맞는데, 정확하게 설립자와 연관이 되어 있는지는 확실하지 않아. 그 나다니엘 캐노피우스의 자녀나 후손 중에서 나중에 로이즈 신디케이트에 참여를 하게 된 것인지, 아니면 단순히 이름만을 따온 것인지…."

로이드커피에서 커피 한잔을 마시고 있자니 마치 런던에 온 것 같은 착각이 들었다.

외눈박이 거인

“안녕하세요. 오차장님.”

“안녕하십니까. 김이사님. 이곳까지 오시게 해서 죄송합니다.”

“무슨 말씀을요. 이렇게 불러주셔서 감사합니다.”

오늘 지운이 방문한 곳은 한양해운이라는 중견선사였다. 이번에 중고 벌크선을 구입하기 위해 협상 중이었는데, 선박에 대한 보험관계로 상담을 요청하였다. 선박보험은 선체보험(Hull & Machinery Insurance)라고도 하는데, 배가 해상에서 항해를 하는 중에 선체에 피해를 입을 경우 이에 대한 보상을 하기 위해서 마련된 보험이다. 여기에는 선박끼리 충돌한 경우에 상대방 선박에 생기는 피해를 보상하는 충돌배상책임보험과 선박을 소유하는 선주에 대해 발생하는 선주배상책임보험이라는 것도 선박보험의 일종이라고 할 수 있다. 김차장과는 몇 년 전에 큰 선박회사에서 근무할 때 선박보험관계로 인사를 하고 프로젝트를 진행한 경험이 있었다. 작년에 회사를 옮기면서 인사를 나누었고,

이번에 회사에서 배를 인수하면서 보험에 대한 것을 문의하려고 하니, 지운이 떠올라서 연락을 한 것이었다.

"김차장님, 얼마 전에 타이탄이라는 잠수정이 침몰했다고 하더라구요. 뉴스 보셨어요?"

김차장이 건넨 커피를 한잔 마시면서, 지운은 아이스브레이킹을 위한 이야기를 꺼냈다.

"네, 해외뉴스에서 나오는 걸 봤습니다. 타이타닉호를 탐사하러 가던 소형 잠수정이 수중에서 연락이 끊겨서 수색을 했는데, 결국 폭발해서 침몰한 것 같다고 하더군요."

"맞습니다. 근데 잠수정이 심해에서 폭발할 경우에는 익스플로전(explosion)이 아니고 인플로전(inflosion)이기 때문에 내파라고 표현하더라구요. 물속에서 수압에 의해 터지는데, 바깥으로 터지는 것이 아니라 잠수정 안쪽의 빈 공간으로 찌불어 들어가면서 터지는 것이기 때문에, 안쪽 폭발이라는 의미로 내파라고도 한답니다."

"그래요? 듣고 보니 그렇네요. 그 잠수정도 보험을 들었겠죠?"

"잠수정도 선박보험 가입 대상이 되죠. 배상책임보험도 들어야 하는데, 이 타이탄호는 보험을 들었는지 확인이 안 되고 있습니다. 일반적으로 배가 가입하는 보험을 선박 또는 선체보험이라고 합니다. 이 보험을 가입하려면, 선박이 정식으로 선박협회 같은 단체에 등록되어야 합니다. 그리고 등록을 하려면 먼저 선급평가라는 걸 받아야 합니다. 그런데 이 타이탄이라는 잠수정은 그런 절차를 제대로 거치지 않은 것 같습니다."

"저런…."

"원래 타이탄이라는 잠수정은, 오션게이트의 스톡턴 러쉬라는 사람이 심해탐사용으로 여러 사람을 태울 수 있는 잠수정을 만들어서 관광사업을 하려는 목적으로 시작했다고 해요. 심해탐사용 잠수정은 아주 깊은 심해의 수압을 견디기 위해서 원형으로 만드는 게 대부분이더군요. 그리고 그 안에 한 사람이 들어가고, 그리고 바깥을 볼 수 있도록 작고 동그란 유리창을 내고요. 그래서 그리스 신화에 나오는 외눈박이 거인을 닮았다고 키클롭스라고 한답니다."

"아, 그거 눈이 하나 있는 몬스터 말이죠."

"말하자면 몬스터죠, 하하. 처음에 스톡턴 러쉬가 오션게이트라는 회사를 만들면서, 한 사람만 타는 잠수정이 아니라 여러 명이 탈 수 있는 잠수함 형태로 만들려고 했대요. 그래서 외눈박이 거인 이름을 따서 프로젝트 사이클롭스(Project Cyclopse)라는 이름을 붙이고, 선체를 만들기 시작했다고 합니다."

프로젝트 사이클롭스는 스톡턴 러쉬가 오션게이트를 설립하면서 시작한 프로젝트명이다. 사이클롭스(Cyclops) 또는 키클롭스라고도 하는데, 그리스 신화에 나오는 외눈박이 거인을 일컫는 말이다. 그는 하늘의 신 '우라노스'와 대지의 여신 '가이아'

사이에서 태어난 거인(Titan)족이다. 엄청난 힘과 뛰어난 기술을 가진 장인이었다고 한다. 하늘의 신이며 그들의 아버지인 우라노스는 사이클롭스의 힘과 흉측한 얼굴을 무서워해서 땅에서 가장 어둡고 깊숙한 곳인 지하의 명계 타르타로스(Tartaros)에 가두어 두었다고 한다. 사이클롭스의 어머니인 대지의 여신 가이아는, 이에 괴로워하며 그녀의 자식들인 타이탄(Titan, 또는 티탄이라고도 한다)들을 불러 모아 자신의 남편이자 타이탄의 아버지인 우라노스를 물리치라고 설득하였다. 다른 타이탄들이 주저하고 있는데, 막내인 크로노스(Cronos)가 어머니의 뜻을 받들고 나섰다. 크로노스는 타르타로스에 갇혔던 그의 형제들 사이클롭스와 헤카톤케이레스를 풀어주고 그들과 함께 우라노스를 몰아낸다. 승리와 해방의 기쁨도 잠깐, 크로노스는 왕권을 차지하자마자 사이클롭스를 다시 타르타로스에 가두어 버린다. 세상은 크로노스의 지배에 떨어졌다. 그러나 크로노스는 자신도 자신의 아들에게 왕권을 빼앗긴다는 예언을 들었다. 그래서 자신의 아이들을 차례차례 삼켜 버렸다. 그런데 그중에 아버지를 피해 달아난 아들이 있었다. 그가 바로 제우스이다. 제우스는 강력한 힘을 가진 자신의 아버지와 대적하기 위해서 명계로 내려가 사이클롭스를 구출해 내고 그의 도움을 청한다. 사이클롭스는 제우스에게 제우스의 상징이 되는 '벼락'을 만들어 준다. 그리고 포세이돈에게 트라이탄이라는 삼지창을 만들어 주고, 하데스에게는 몸을 보이지 않게 하는 투구를 만들어 주었다. 그의 도움으로 삼형제는 아버지 우라노스와 다른 타이탄들을 물리치고 하늘의 제왕 자리를 차지하였다.

사이클롭스는 호메로스의 '오디세이아'에도 나온다. 이때의 사이클롭스는 우라노스의 아들이 아니라 포세이돈의 아들로 표현된다. 그리고 한 명이 아니라 포세이돈이 낳은 외눈박이 아들들을 가리키는 말이다. 오디세우스가 트로이 전쟁을 마치고 돌아오는 길에 바람에 떠밀려 한 섬에 도착하는데, 그 섬이 바로 사이클롭스의 무리들이 사는 곳이었다. 섬에 내려 방황하다가 한 동굴에 들어가게 되는데, 그곳이 사이클롭스가 거주하는 동굴이었다. 동굴에는 맛있는 음식들이 있었는데, 오디세우스와 그의 동료들은 배가 고파서 음식들을 훔쳐 먹었다. 돌아온 사이클롭스와 오디세우스 무리에 다툼이 생기고, 분노한 그는 오디세우스의 부하 두 명을 잡아먹어 버린다. 다음 날에도 부하 둘을 잡아먹었는데, 오디세우스는 식사를 했으니 음료로 목을 축이라며 디오니소스신이 만들었다는 와인(포도주)을 선물한다. 와인을 마시고 기분이 좋아진 사이클롭스는 오디세우스에게 너의 이름이 무엇이냐고 묻는다. 오디세우스는 자신의 이름은 노바디(I'm Nobody)라고 답했다. 사이클롭스는 와인의 대가로 오디세우스를 가장 마지막에 잡아먹겠다고 약속한다. 오디세우스는 사이클롭스가 술에 취해 잠에 빠지자, 불에 달군 창으로 사이클롭스의 눈을 찌른다. 그리고 그는 뒤도 돌아보지 않고 달아났다. 하나밖에 없는 눈을 잃어버린 사이클롭스는 그를 볼 수 없었다. 고통과 분노에 차 다른 동료 사이클롭스를 부르며 도움을 청했다. 그의 외침을 듣고 모여든 동료들은 누가 너를 그렇게 만들었느냐고 물었다. 그는 노바디(Nobody)가 이렇게 만들었다고 답했다. 동료들은 그가 잠결에 눈에 뭔가 찔리고 헛소리를 하는 것으로 생각하고 그냥 돌아가 버렸다.

사이클롭스는 외눈박이 거인을 뜻하기도 하고, 둥근 원형의 커다란 눈(Circle-eyed 또는 Orb-eyed)이라는 의미를 가지고 있기도 하다. 깊은 바다를 탐험하는 잠수정을 보면, 바깥을 볼 수 있는 둥글고 두꺼운 유리로 된 창이 나 있는 것을 볼 수 있다. 그래서 심해 탐험 잠수정을 개발하기 위한 프로젝트를 시작하면서 러쉬(Rush)는 사이클롭스라는 이름을 붙였다. 프로젝트 사이클롭스(Project Cyclops), 즉 사이클롭스 프로젝트의 시작이었다. 사이클롭스 프로젝트는 심해 탐험을 할 수 있는 보다 혁신적이고 효율적인 잠수정을 개발하기 위해 오션게이트(OceanGate)라는 회사에서 2010년도에 착수한 프로젝트였다. 그리고 그 회사의 대표가 바로 스톡턴 러쉬(Stockton Rush)였다. 러쉬는 심해탐사 회사 '오션게이트'의 공동설립자이자 최고경영자이다. 2023년 6월 18일, 그는 북대서양에 침몰한 타이타닉(Titanic)호의 잔해를 그의 회사에서 제작한 잠수정 타이탄(Titan)으로 방문하기 위해 시도하는 중에 잠수정이 침몰하면서 함께 타고 있던 다른 4명과 함께 사망했다.

“그런데 거기에 탑승한 사람이 사장이면서 조종대를 맡은 러쉬하고, 4명이 더 타고 있었답니다. 2명은 유명한 탐험가라고 하는데, 다른 두 명은 아들과 아버지라고 해요.”

“저런….”

“그 아버지는 파키스탄의 재벌이라고 합니다. 아들은 가기 싫어했는데, 아버지가 평생의 버킷리스트 중의 하나라고 강하게 이야기해서 아들과 같이 갔다고 하네요.”

우주탐험에 대해서 일론 머스크가 혁신가라고 알려졌다면, 러쉬는 심해탐사에 대한 일대 혁신을 가져올 인물이라고 알려졌다. 그는 기존의 심해 탐수정이 1인승의 작은 원형 잠수정인 것을 다수의 승객을 태울 수 있는 소형 잠수함 형태로 만들어서 타이타닉과 같은 심해에 침몰한 배를 관광할 수 있는 프로그램을 개발하려고 시도하였다. 그러려면 기존과는 다른 형태의 잠수정을 만들어 내야 하는데, 이를 위해서는 상당한 수준의 안전성을 확보해야만 했다. 하지만 그는 심해탐사의 리스크보다, 새로운 세계를 탐험하기 위한 시도를 하기 위해서는 그러한 리스크를 감수해야 한다고 생각했다.

러쉬는 프린스턴 대학에서 항공엔지니어링을 전공하였다. 1984년 대학을 졸업하고, 시애틀에 본사를 둔 맥도널 더글라스(McDonnelll Douglas Corporation)에 F-15 전투기 개발 프로그램의 비행테스트 엔지니어로 취업을 하였다. 그는 우주 여행에 대한 꿈을 키워왔는데, 우주선을 타고 관광하는 상상을 하였다고 한다. 그러나 버진그룹의 창업자로 유명한 리차드 브랜손(Richard Branson)의 최초 상업용 우주선을 우주로 발사하는 장면을 보고서 마음을 바꾸었다고 한다. 단순한 관광객이 아니라 '스타트렉'의 엔터프라이즈호 선장인 캡틴 커크(Captain Kirk)처럼 우주를 탐험하는 주체가 되고 싶었기 때문인데, 그 기회를 다른 사람에게 먼저 뺏긴 것이라고 생각했다.

러쉬는 2009년에 오션게이트(OceanGate)라는 회사를 창립했다. 오션게이트는 연구개발용, 영화제작용 및 심해탐사여행의 3가지 용도로 운용할 수 있는 잠수정(submersibles)을 설계하고 제작하였다. 최초의 프로토 타입 잠수정을 개발하기 위해 시작한 것이 바로 프로젝트 사이클롭스였다. 이 프로젝트를 통해 탄생한 잠수정에 그는 '타이탄'이라는 이름을 붙였다. 심해탐사용 잠수정의 여행 프로그램에는 바다 표면에서 13,000피트 깊이에 잠들어 있는 타이타닉호를 방문하는 프로그램을 포함하고 있었다. 심해탐사 여행비용으로 1인당 25만 불을 책정해 두었다.

깊은 바다의 수압을 견뎌내기 위해서는 잠수정은 아주 튼튼하지 않으면 안 된다. 그는 기존 방식으로 잠수정을 제작하게 되면 엄청난 비용이 들기 때문에 비용을 절감할 수 있는 방안을 고려하고 적용하기 시작했다. 심해 잠수정 선체는 일반적으로 구형으로 만들어지는데, 이는 모든 지점에 동일한 압력이 걸리게 되므로 수압을 가장 잘 견딜 수 있는 구조가 원형구조이기 때문이다. 그러나 그렇게 되면 탑승인원이 매우 제한적이다. 심해탐사 관광이라는 목적을 위해서는 최소한 4~5명이 탑승할 수 있어야 했다. 그래서 그는 구가 아닌 원통형의 선실을 구상하였다. 대신 안전을 위하여 하강시의 압력 변화와 그것이 선체에 주는 영향을 분석하는 센서를 장착하기로 하였다. 그 센서가 경고를 울리게 되면 더 깊이 잠항하지 않고 다시 수면으로 돌아가면 된다고 생각했다. 승객들이 밖을 보는 뷰포트(유리창)는 그 강도에 대한 인증을 받아야 하는데, 해저 수심 1,300m까지만 인증을 취득할 수 있었다. 그러나 그는 그것으로 만족했다. 여기에 추가하여 잠수정의 선체에 대한 공식인증을 받아야 한다. 배와 같은 선박에 대한 인증을 하는 기관을 선급협회라고 하는데, 미국의 경우 미국선급협회(ABS)의 등급을 받거나 로이드선급과 같은 해양기관에서 등급인정을 받아야 했다. 그러나 이를 위해서는 안정성, 강도, 안전, 성능과 같은 많은 분야에서 선급협회가 정한 기준을 충족해야 한다. 그러기 위해서는 많은 돈이 필요했다. 그는 굳이 그런 절차를 많은 비용을 들이면서 밟을 필요가 없다고 생각했다. 그는 고객을 만나고 설득하기 위해 동분서주했고, 그의 열정에 감동받은 투자자들도 나왔다. 하지만 그 정도로는 타이탄의 제작비용과 회사 운영비용을 충족시키기에는 항상 부족했다.

그는 열정적으로 자신의 회사와 프로그램을 홍보하러 다녔다. 많은 언론사와 인터뷰를 통해 세간의 이목을 집중시키기도 하였다. 러쉬의 '타이탄'호를 처음 타본 후에 오션게이트의 투자자가 된 사람도 나왔다. 반면 업계의 전문가들은 러쉬가 안전보다 혁신을 우선하는 성향이 있는데, 이는 큰 사고로 이어질 수 있다고 지적하였다.

"그런데 사고 나고 며칠 후에 제이 블룸이라는 사람이 페이스북에 글을 올렸어요. 그게 소문을 타고 엄청 주목을 받았습니다. 그 잠수정에 탄 아버지와 아들이 바로 자기 자신과 자신의 아들이 될 뻔했다고 해요."

"이야, 그 사람 정말 운이 좋은 사람이네요."

"제이 블룸이 러쉬가 자기와 자신의 아들이 함께 타이탄호를 탑승하도록 설득을 했다고 해요. 러쉬와 만난 이야기를 CNN에서 했는데, 이야기를 나누어 보니 자기하고는 리스크애피타이트가 너무 다른 것 같아서, 포기했다고 합니다."

러쉬가 타깃으로 삼은 고객들은 일생일대의 모험을 위해서라면 그만한 금액을 기꺼이 지불할 수 있는, 차별화된 경험을 원하는 부유한 자산가들이었다. 그중에 라스베이거스의 사업가 제이 블룸(Jay Bloom)도 있었다. 제이 블룸은 누구인가? 러쉬의 잠수정이 해저에서 실종되었다는 뉴스가 나오면서 그의 제안을 거절했던 행운의 사나이로 알려지게 되어 CNN과 인터뷰를 하게 되었다. 제이 블룸을 소개하는 말에 라스베가스 출신 파이낸셔(Las Vegas Financier)라는 말이 나왔다. 라스베가스에 거주하는 혹은 라스베가스에 사업지를 두고 있는 파이낸셔라는 의미이다.

파이낸셔(Financier)라는 말은 자금을 융통하는 사람, 돈을 대주는 사람, 전주 정도 되는 말인데, 좀 더 완곡하게 표현하면 투자자(investor)라고도 할 수 있다. 그러니까 라스베가스에 사는 전주(錢主) 또는 투자자라고 표현할 수 있다. 제이 블룸은 수년 동안 여러 벤처 사업에 투자하여 많은 수익을 거둔 뛰어난 사업가로 알려졌다.

2023년 초 제이 블룸의 아들인 션(Sean)은 오션게이트를 알게 되었고, 러쉬와 문자메세지를 주고받았다. 그리고 아버지에게 함께 여행 가면 어떨까 하고 이야기를 했다. 션은 아버지의 인생 버킷리스트 중의 하나가 타이타닉호 잔해를 가까이서 보는 것이라고 늘 말해 왔었기 때문이었다. 러쉬는 고객에 대한 마케팅을 하기 위하여 라스베가스를 여러 번 찾았고, 3월에 제이 블룸과 만나서 심해탐사 여행에 대한 이야기를 나누었다. 제이 블룸은 호기심이 일었지만, 쉽사리 결정을 하지 못했다. 2023년 4월, 러쉬는 그들을 설득하기 위해 직접 라스베가스로 비행기를 타고 날아왔다. 그가 도착한 공항은 북(North) 라스베가스 공항이었다. 제이 블룸은 이를 의아하게 생각했다. 일반적으로 VIP들이 자가용 비행기를 타고 올 때 이용하는 공항이 아니었기 때문이다. 왜 그 공항으로 도착했느냐고 물으니, 자신이 탄 비행기는 자신이 제작한 2인승 실험용 비행기(two seater experimental plane)여서 그렇다고 하였다. 제이 블룸은 5인승 심해탐사 잠수정을 타도록 설득하기 위해 2인승 실험용 비행기를 타고 날

아왔다는 이야기를 듣고 자신과는 위험에 대한 가치 기준(Risk Appetite)이 다르다는 것을 느꼈다. 거기서 제이 블룸과 션은 뭔가 위험하다는 느낌을 받았다고 한다. 제이 블룸은 자신이 헬리콥터 조종사이기도 했기 때문에 헬리콥터와 같은 항공기를 탑승한다는 것이 어떤 의미인지를 잘 알고 있었다. 헬리콥터의 상태가 완전한 것이 아니라면, 그 헬리콥터를 타면 안 되는 것이었다. 그런데 러쉬라는 사람은 아무렇지도 않게 실험용 비행기를 스스로 만들고, 그리고 그것을 몰고 자신을 만나러 왔다는 것이었다. 어떻게 보면 과감하고 혁신적인 사업가로 볼 수도 있지만, 반대로 생각하면 아주 위험한 일을 완전히 준비하지 않는 상태에서 먼저 시도부터 하고 보는 무모한 사람이라는 느낌을 가졌다. 그것을 느낀 후, 러쉬가 1인당 25만 불이나 하는 타이탄 잠수함의 좌석을 할인된 15만 불의 가격으로 제시했지만, 그들은 결정을 내리지 않았다. 션은 자기 친구들에게 이야기를 나누었고, 친구들이 러쉬가 만든 잠수정이 심해 4,000미터의 수압에서 견디지 못할 것이라고 예상했다. 아들도 아버지에게 여행을 포기하자고 이야기를 했다.

차일피일 미루면서, 오션게이트에서 2023년 5월에 예정된 두 번의 여행은 모두 악천후로 인해 연기되었고, 결국 6월 18일에 출항하기로 결정되었다. 제이 블룸과 그의 아들 숀은 러쉬에게 뭔가 불안하다고 자꾸 이야기했다. 특히 잠수정을 조종하는데, 일반적인 비디오 게임용 조이스틱과 같은 일반 소비자 대상으로 하는 제품들을 타이탄 잠수정의 부품으로 사용한다는 것이 마음에 들지 않았다. 그리고 혁신적인 소재인 탄소섬유(Carbon-fiber)를 선체를 제작하는 소재로 사용했다고 하는데, 이에 대한 믿음이 가지 않았다. 마지막으로 타이탄 잠수정을 비상시에 내부에서 열 수 없고, 외부에서만 열 수 있도록 되어 있다는 사실도 당황스러운 일이었다. 하지만 러쉬는 단호했다. 헬리콥터를 타거나 스쿠버다이빙을 하는 것보다 훨씬 안전하다고 강조했다. 횡단보도를 건너서 가는 것보다 자신이 만든 타이탄을 타고 심해를 여행하는 것이 더 안전하다고 확신하고 있는 그의 모습을 보면서, 제이 블룸은 이건 아닌데 하는 느낌을 받았다. 자신이 하는 일이 가진 위험성을 알면서도, 이를 무시하고 단지 자신의 신념을 토대로 자신의 일을 너무 과도하게 믿고 있는 러쉬에 대해 신뢰를 할 수 없었다.

안전을 보장하기가 어렵다고 느낀 제이 블룸은 잠수정을 출발하기로 예정된 6월 18일 전후해서 다른 일정이 있고, 이를 조정하기 어렵다며 정중하게 거절했다. 그리고 얼마 후, 사고가 났다는 소식을 뉴스를 통해 들으면서 가슴을 쓸어내렸다. 러쉬의 신념과 자신의 신념이 대립했지만 제이 블룸은 자신의 신념대로 결정했고, 그리고 그 결정은 옳았다. 하지만 그는 인터뷰나 페이스북에 올린 글에서 러쉬에 대한 비판은 하지 않았다. 오히려 그를 자신의 일에 대한 열정과 확신을 가진 사업가라고 말했다. 다만 자신과 리스크애피타이트(Risk Appetite)가 달랐을 뿐이라고 담담하게 이야기했다.

“제이 블룸 부자를 대신해서 타이탄 잠수정을 탄 사람들은 누구죠? 정말 운이 없는 사람들 같군요.”

“그렇죠. 제이 블룸 부자를 대신해 그 자리를 차지한 이들은 파키스탄 사업가 ‘샤자다 다우드’와 그의 아들이었답니다. 아들의 이름이 술래이만이더군요. 그들이 제이 블룸과 그의 아들을 대신해서 탑승할 자리를 구매했다고 합니다. 정말 운이 없는 사람들이라고 할 수 있죠. 그렇지만 ‘샤자다 다우드’가 자신의 인생에서 성공한 사업가라는 면에서는 실패하거나 불운한 사람이라고는 말하기 어려운 면도 있죠.”

스톡턴 러쉬와 파키스탄 갑부 부자 이외에, 영국 억만장자 해미시 하딩(Hamish Harding), 프랑스 해군 베테랑 폴 앙리 나게올레(Paul Henry Nageolet)라는 이들이 함께 탑승했다고 합니다. 안타깝게도, 그들 모두 바닷속 타이타닉 옆에서 함께 잠들게 된 거죠.”

“그런데 좀 전에 리스크애피타이트라고 하셨는데, 그게 무슨 뜻이죠?”

김차장이 지운에게 제이 블룸이 CNN 인터뷰 중에 말한 리스크애피타이트라는 말에 대해서 질문을 했다. 제이 블룸은 러쉬를 만나고 대화하면서 그가 자신과는 다른 리스크애피타이트를 가지고 있었다고 했다. 리스크애피타이트가 무슨 뜻일까?

"리스크애피타이트라는 말 중에 애피타이트는 입맛, 식성이나 식욕을 뜻하는 말인데, 이게 리스크라는 말과 붙으니까 이상하게 들리는 거죠. 우리말로 그대로 번역하면 위험식욕, 위험욕구라는 말이 될 텐데 말이 조금 이상하게 들리긴 합니다. 김차장님 회사에 이번에 구입하는 배가 벌크선이라고 하는데, 어떤 회사는 컨테이너선을 선호하는 경우도 있겠죠. 그런 것은 일종의 사업에 대한 선호도와 유사한 것이죠. 원래는 서구의 보험회사에서 자신들이 인수하는 사업이나 비즈니스의 리스크에 대해서 선호하는 것을 의미했습니다. 예를 들면 선박보험이 담보하는 위험에는 선체 자체의 파손에 대한 담보도 있고, 선박을 타고 있는 선원들 피해에 대한 보상과 그리고 기타 제3자의 선박이나 재산에 피해를 주는 배상책임 위험이 있지 않습니까? 위험을 인수하는 보험회사 중에서, 선체 자체의 파손이나 피해에 대해서만 인수하고, 그 때문에 생기는 배상책임은 인수하지 않으려 하는 회사도 있습니다. 자신들의 리스크애피타이트에는 맞지 않는다면서요."

"리스크애피타이트가 그래서 나온 말이군요."

"네, 그렇습니다. 원래는 보험을 인수하는 보험자들이 사용하는 용어였는데, 이 용어의 사용범위가 점점 확대되어서 금융투자를 하는 투자자나 일반 기업의 경영으로도 확산이 된 것이지요. 그래서 리스크애피타이트는 기업경영에서 볼 때는 조직이 목표를 달성하기 위해 기꺼이 감수할 수 있는 위험의 수준이나 기준을 의미한다고 합니다. 이는 조직이 목표를 달성하기 위해 기꺼이 감수할 수 있는 위험의 양과 유형이라고 할 수 있습니다. 우리말로는 위험선호도, 위험선택기준, 위험평가기준 정도라고 표현할 수 있을 것 같습니다."

위험선택기준은 조직이나 기업의 비전, 가치, 전략적 목표에 따라 달라진다. 그에 더하여 재정 자원, 규제 환경, 위험관리 역량 등 다양한 요인에 의해 결정된다. 서구 기업의 경우 내부적으로 사업을 추진하고 진행함에 있어서 조직이 수용하고자 하는 위험의 유형, 수용 가능한 위험 수준, 위험관리를 위해 취할 조치를 간략하게 가이드라인으로 마련해 두기도 한다. 이를 리스크애피타이트 가이드라인이라고도 한다. 리스크애피타이트 가이드라인은 조직이 추진할 사업에 대한 의사 결정을 안내하고 조직의 위험관리 활동이 전반적인 목표에 부합하는지 확인하는 데 중요한 도구이다.

하지만 국내에서는 이러한 가이드라인을 잘 볼 수가 없다. 개인들 뿐만 아니라 기업의 경우에도 이러한 것을 논의하는 것을 본 적이 없었다. 이러한 것과 가장 유사한 내용은 오히려 주식투자를 할 때, 나타난다. 주식투자를 하거나 주식거래를 위해서는 특정한 증권사와 거래계약을 체결하여야 한다. 컴퓨터나 모바일로 주식거래를 하기 위해서 프로그램을 다운로드받는다. 그리고 실제로 거래를 시작하기 전에, 회원가입을 하면서 투자성향에 대한 질문을 받는다. 투자 수익을 높이기 위해서 위험을 감수하는 스타일인지, 아니면 수익은 적더라도 안전하게 위험을 회피하고 돈을 지키고 싶은 유형인지를 사전에 체크한다. 즉, 자신의 투자 성향에 맞는 상품이나 거래방식을 미리 평가하여 이에 맞추어 운영할 수 있도록 하기 위함이다.

하이리스크 하이리턴(High risk, high return)이라는 말이 있다. 리스크가 높은 투자는 높은 수익을 얻을 수가 있다는 말이다. 그러나 이 말은 동시에 원금을 까먹거나 최악의 경우에는 모든 돈을 잃을 수도 있다는 의미를 내포하고 있다. 반대로 로우리스크 로우리턴(Low risk, low return), 즉 리스크가 낮으면 수익을 얻을 가능성이 그만큼 낮거나 자신이 원하는 만큼의 수익을 얻는 것이 어렵다는 말이다.

지운은 자신이 주식투자를 통해서 날린 금액이 얼마인지 상기해 보았다. 그는 주식투자를 통해서 이익을 보기는커녕 손실을 본 적이 더 많았다. 주식투자를 할 돈을 그저 예금에 가입하거나 저축성 보험에 가입했으면, 최소한 원금은 잃어버리지 않았다는 생각이 들었다. 그가 손실을 본 것은 자신의 투자성향을 제대로 파악하지 못한 것이 큰 이유 중의 하나였다는 것을 깨달았다. 문득 후회가 들었다. 자신은 어떻게 보면 위험을 관리해야 하는 직업에 종사하는 사람인데, 위험과 대비해서 과도한 이익을 추구했던 것이 아닌가?

그럴 수도 있다. 그러나 한편으로서는 위험을 무릅쓰지 않고, 안전하게만 하고자 한다면 얻을 수 있는 이익이 적다. 이익이 적다는 것은 조금의 이익이 생겼다는 말도 되지만, 인플레이션이 심할 때나 다른 일을 함으로써 얻을 수 있는 기회이익을 대비했을 때는 그것이 오히려 손실이 될 수 있는 말이다. 위험을 무릅쓰고 투자를 하는 것이 문제가 아니라 높은 위험이 있다면 그것으로 발생할 수 있는 이익만이 아니라 위험이 어느 정도의 수준인가, 그리고 그 위험을 사전에 예방하거나 피해를 줄일 수 있는 조치는 무엇인가 하는 것을 고려하여야 한다는 점이다. 지운은 이러한 분석을 하는데 있어서 소홀했던 셈이다.

위험이 크다면 가장 좋은 방법은 아예 회피하는 것이다. 하지만 피할 수도 없고, 맞부딪쳐야만 하는 상황이 얼마든지 생길 수 있다. 그때는 위험을 최소화하는 방법밖에는 없다. 위험을 최소화해서 스스로 통제 가능한 수준으로 만들어야 한다. 그러기 위해서는 엄청난 노력을 기울여야 한다. 지운은 자신이 돈을 잃은 것은 단순히 리스크가 큰 주식에 투자를 했다는 것이 아니라 그 주식에 투자하면서 앞으로 돈을 벌 수 있는 가능성에 더 높은 기대를 건 반면, 그 기대가 붕괴될 수 있는 가능성을 염두에 두고 필요조치를 해두는데 소홀했다는 사실이다. 그리고 직장인으로서 그 일을 완벽하게 수행하는 것이 쉽지 않다는 것을 깨닫지 못하고 자신을 과신한 것이다. 철저한 기업분석이나 산업동향 분석, 세계경제와의 연관성, 나아가 군사지정학적인 요소까지 감안하여 투자를 하여야 하는데, 얄팍한 지식을 근거로 성급하게 투자결정을 한 것이 나중에 커다란 대가로 돌아왔다.

개인뿐만 아니라 기업이나 조직의 경우도 마찬가지이다. 일반적으로 위험선택기준이 높은 조직이 있고, 위험선택기준이 낮은 조직이 있다. 대체로 신생기업이나 스타트업, 혹은 벤처기업이라고 우리가 부르는 기업들은 그 태생 자체가 위험을 안고 시작하는 기업이다. 이러한 기업들은 대체적으로 위험선호도 수준이 높다고도 할 수 있다. 그도 그럴 것이, 미약한 초기자금과 인력으로 단지 사업의 기회를 보고서 승부를 거는 기업이라면, 리스크를 감내하지 않을 수 없다. 물론 그렇다고 그것이 그 기업이 막무가내 식으로 의사결정을 한다는 것은 아니다. 스타트업이라도 의사결정 자체를 리스크 기반으로 하되, 그에 대한 대비를 철저히 할 수만 있다면 그 리스크가 절망으로 돌아오기보다는 큰 보상으로 돌아올 수도 있다는 점이다.

반면 어느 정도 성장을 이루거나 이미 성장한 대형기업은 그 의사결정 자체가 리스크가 높은 사업기회를 기피하거나 아예 하지 않으려는 성향을 보일 가능성이 높다. 그러나 리스크가 없는 사업은 반대로, 그로 인한 보상이 크지 않을 가능성이 높다. 리스크를 감수하지 않고서 큰 이익을 보려고 하는 것 자체가 어떤 의미에서는 부당한 생각이라고 할 수도 있다.

“제이 블룸이라는 사람이 말한 리스크애피타이트는 위험성이 높은 일을 선호하느냐 마느냐의 의미는 아니었을 겁니다. 오히려 그 자신이 사업을 발굴하여 투자를 하는 투자자로서, 투자대비 수익을 정밀하게 따지는 사람이었습니다. 따라서 그가 말한 리스크애피타이트가 다르다는 말의 의미는, 자신이 하는 일의 리스크가 무엇인지, 리스크 수준이 얼마인지를 정확하게 파악하고 그리고 그에 대한 대비를 얼마나 철저히 하고 있느냐가 중요하다는 것을 말하는 거로 봐야 합니다."

제이 블룸이 보기에 조그만 잠수정을 타고 깊은 바다에 침몰한 타이타닉을 관람하는 사업은 그 자체로서 엄청난 위험을 내포하고 있는 일이었다. 그 일이 자신의 인생 '버킷리스트' 중의 하나이긴 했지만, 동시에 그 일의 위험성이 얼마나 큰지를 잘 알고 있었다. 따라서 그 일을 수행하는데 대한 준비와 리스크를 없애기 위한 분석과 노력이 얼마나 되는지도 중요한 평가 중의 하나라고 생각했다.

러쉬는 자신이 하는 일의 위험보다는 그것이 주는 성취감을 더 중요시하는 것 같았다. 위험을 무릅쓰는 것은 좋고 당연한 일이라고 할 수 있다. 그러나 그 일의 위험성만큼 그 일을 추진하는 주체의 리스크 관리에 대한 수준이 자신이 생각하는 수준에 미치지 못했다. 불확실하고 비효율적인 일이라는 것은 혁신을 통해 극복할 수는 있다. 하지만 그 혁신이 충분히 그 위험을 상쇄하고도 남을 만큼인지를 동시에 증명해야 하는 것이기도 하다. 그것을 증명해 주기를 제이 블룸은 원하고 있었다. 하지만 러쉬는 그것을 증명하는 대신, 단지 자신이 제시한 목표와 사업에 대한 비전과 이점만을 상대에게 강조하는 것으로 보였다. 러쉬가 자신이 얼마나 안전하게 사업을 추진하고 자신의 프로젝트가 얼마나 안전한지를 객관적으로 증명한다고 하더라도, 심해잠수정 탐험 자체의 위험성은 다른 일반적인 사업에 비해 수십배나 높은 것이었다. 그럼에도 불구하고 러쉬는 자신의 프로젝트를 증명하기보다는 그저 자신의 주장을 반복하는데 그쳤다.

자신이 선전하는 수준의 제품을 만들어 제공할 만한 능력이 없는 조직이 그 제품을 만들어서 제공할 때, 항상 혁신이라는 말을 내세운다. 그 뒤에 숨어 있는 비현실적 요소나 리스크를 결코 말하지 않지만, 고객으로서의 소비자는 그것을 꿰뚫어 봐야 한다. 그것을 꿰뚫어 보지 못하면, 자신이 선택한 결과는 운의 영역으로 넘어가 버린다.

그는 아무리 생각해도 스톡턴 러쉬가 제시하는 심해탐험을 통해 얻는 즐거움과 기쁨이, 가장 안전한 경로를 찾아서 갈 수 있다는 확신을 얻을 수 없었다.

큰 기회라는 것은 작은 노력들이 기초부터 쌓여 있지 않다면, 오히려 큰 위험이 될 수 있다는 것을 알고 있었기 때문이다.

"오션게이트의 사장이었던 스톡턴 러쉬는 창업자이면서 동시에 자신의 사업을 팔아야 하는 영업사원이라고 할 수 있었습니다. 자신의 사업을 시장에 소개하고 판매하는 입장에서 장점을 강조하고 단점 혹은 리스크를 숨기거나 과소평가하는 것이 일반적일 수 있습니다. 하지만 그것을 받아들이는 고객의 입장에서는 자신이 그 상품이나 서비스를 선택하는데 있어서 좋은 점만을 보아서는 안 된다는 거죠. 오히려 판매자의 상품이나 서비스가 가진 리스크를 정확하게 파악해야만 합니다. 왜냐하면 궁극적으로 그 제품이나 서비스를 이용할 사람은 고객 자신이기 때문입니다. 고객은 여기에 더하여 제품이나 서비스의 장단점뿐만 아니라 그것을 제공하는 사람이나 조직에 대해서도 이해를 해야 할 필요가 있습니다. 과연 지금 눈앞의 상품이나 서비스를 제공하는 조직이, 그 서비스를 제공할 수 있는 능력을 갖추고 있는 조직인가 말이죠."

"그런데요. 이사님. 한 가지 더 궁금한 게 있는데요."

"네, 말씀하십시오."

"'타이타닉'이라는 영화에 나오는 그 배는 보험을 들었나요?"

"당연히 들었지요."

"아, 그래요?"

"타이타닉이라는 선박을 만든 회사는 화이트스타라인(White Star Line)이라는 회사였는데, 675만 파운드에 보험을 가입했다고 합니다. 그리고 사고가 나서 전액 보험금을 바로 탔다고 하더군요. 아, 자세한 이야기는 다음번에 해드리겠습니다. 회사에서 회의가 급히 있다고 빨리 들어오라고 하네요."

아도니아의 최후

밧세바는 가벼운 마음으로 솔로몬에게 갔다. 그리고 솔로몬에게 아도니아가 아비삭을 아내로 달라는 요청을 전했다. 솔로몬은 잠시 생각했다. 아비삭은 아버지 다윗왕의 말년에 시종으로 들어와서 다윗왕과 잠자리를 같이했다. 비록 직접적으로 몸을 섞지는 않았다고 말했지만, 다윗왕의 시중을 들고 대화 상대가 되어 주며 다윗왕이 눈을 감을 때까지 그 곁에서 자리를 지켰던 여인이었다. 따라서 다윗왕이 가장 아끼는 사람이었다고 할 수 있다. 그런데 그런 아비삭을 아내로 달라고 한다니. 솔로몬은 그 저의가 의심스러울 수밖에 없었다. 처음에는 그저 어린 소녀나 여동생 뻘의 처녀여서 크게 마음이 쓰이지 않았지만, 다윗왕을 만나러 갈 때마다 옆에 앉아 있던 그녀를 바라보고, 가끔씩 대화를 하면서 나름대로 정이 들었다. 거기에 더해 아비삭은 아도니아의 행태에 대해서 자신에게 털어놓은 적도 있었다. 생각이 거기에 이르자 아비삭이 더욱 소중하게 느껴졌다.

“아니 왜 아비삭을 아내로 달라고 한답니까?”

“아비삭이 아름답고 고와서 그동안 계속 마음에 두고 있었다는구나. 곁에 두고 마음의 적적함을 달래면서 살고 싶다는구나.”

아비삭이 물론 이스라엘에서 가장 아름다운 여성이라고 하지만, 단지 그것 때문에 아비삭을 아내로 맞이하겠다는 것을 솔로몬은 받아들일 수 없었다. 만약 그가 진정으로 자신을 왕으로서 존중했다면, 어머니 밧세바를 통하지 않고 자신에게 와서 무릎을 조아리고 간청을 해야 했다. 아도니아 자신이 원하는 바를 솔로몬에게 왕의 넓으신 자비로 허락해 달라고 하였다면, 그것은 솔로몬을 왕으로서 인정하고 그 밑에 복종하는 형식이 될 수 있었다. 그러면 솔로몬은 넓은 아량으로 그에게 시혜를 베풀 듯이 아비삭을 내려줄 수 있었을지도 몰랐다. 그러나 그렇게 하지 않고 어머니인 밧세바를 통해서 은근슬쩍 아비삭을 데려 가려는 것은 자신을 인정하지 않는다는 의미이다. 그리고 그것은 다윗왕이 아끼는 아비삭을 아도니아가 왕에게 직접 허락을 받지 않고도 가질 수 있는 힘을 여전히 가지고 있다는 것을 은연중에 드러내는 것으로 볼 수 있다. 동시에 다윗왕이 가장 아끼는 존재를 자신이 물려받았다는 것을 통해서, 아도니아 자신이야말로 다윗왕의 정통성을 이은 존재라고 백성에게 주장할 수 있는 계기를 만드는 것이었다. 솔로몬은 밧세바가 전달해준 아도니아의 요청을 곱씹어 볼수록, 분노가 더해졌다. 그리고 솔로몬 자신도 아비삭을 무척이나 아끼고 있었다는 사실을 일깨워 주었다. 솔로몬은 가슴속에서 화가 치밀어 오르는 것을 느꼈다.

"어머니, 그게 무슨 말씀이십니까?"

솔로몬은 큰소리로 어머니를 꾸짖었다. 밧세바는 언제나 상냥한 말투로 대하고 한 번도 자신에게 그렇게 반항하는 아들을 본 적이 없어서 당황했다.

"갑자기 왜 그렇게 화를 내느냐? 뭔가 잘못된 게 있느냐?"

"아비삭을 달라니요. 그 자식의 교활한 속내를 모르십니까? 지금 아비삭을 달라고 하는 것은 아버지가 소중하게 생각하고 있는 여인을 달라는 것입니다. 그리고 아비삭을 그렇게 해서 자신의 손에 넣게 된다면, 그것은 자신이 아버지의 사랑을 가장 많이 받는 왕자라는 것을 모든 사람에게 알리게 되는 것입니다. 그리고 저 솔로몬은 음모를 통해 아버지 다윗왕을 속여 왕권을 찬탈한 자라는 것을 주위에 보여 주려는 것입니다. 일단 아비삭을 손에 넣고 나면 어떻게 할지 아시나요? 그녀와 함께 예루살렘 거리를 돌아다니며, 아비삭이야말로 다윗왕이 가장 아끼던 여인이라고 말할 겁니다. 그리고 다윗왕께서 진정으로 사랑하던 여인을 아도니아에게 물려주었다고 자랑할 겁니다. 백성들은 그 뒤에 무슨 일이 있는지는 알려고 하지 않습니다. 그저 눈앞에 있는 그 교활한 놈의 말에 선동당할 것이 뻔합니다. 그리고 아도니아의 뒤에는 군부가 있지 않습니까? 백성들이 조금이라도 웅성대면, 그 틈을 타서 요압과 함께 군사를 일으키려고 할 것입니다."

그제야 밧세바는 아도니아의 진정한 속내를 깨닫게 되었다. 자신의 경솔함이 매우 후회되고 자책이 되어 눈물을 흘렸다.

솔로몬은 근위대장 브나야를 불렀다. 이렇게 된 김에 아도니아와 그의 추종자들을 단번에 쓸어버리는 계기로 만들어 버릴 결심을 한 것이다. 솔로몬은 브나야에게 지금부터 근위대를 아무도 모르게 준비하라고 하였다. 그 목표는 아도니아와 요압장군, 아도니아를 지지했던 제사장 아비아달이었다. 그리고 그를 옹호하는 군사를 불러 아도니아와 여전히 그를 지지하는 요압장군, 아비아달 그리고 그 추종자들을 역모 혐의로 당장 체포하라고 명령하였다. 그러나 그들의 집 앞에 이르기까지는 아무에게도 그 사실을 알리지 말도록 단속하게 하라고 시시했다. 내부의 조력자가 있어, 군사를 출동하기 전에 비밀이 샐 수 있기 때문이었다. 그리고 조금이라도 반항하면 그 자리에서 처형해도 좋다고 하였다. 브나야는 그 뜻을 알아차렸다.

솔로몬의 군사들은 그날 밤 아도니아와 요압장군, 아비아달, 그리고 아도니아를 따르던 자들의 집을 습격하였다. 근위대장인 브나야는 아도니아의 집을 맡았다. 기분 좋은 마음으로 아비삭을 맞이할 생각을 하고 있던 아도니아는 갑작스러운 소란에 바깥으로 뛰쳐나갔다. 갑작스럽게 군사들이 집 안으로 들이닥쳤다. 시종들은 모두 겁에 질려 도망 다녔고, 군사들에게 조금이라도 걸리적거리는 자들은 바로 칼을 맞았다. 급히 뒤돌아 비밀통

로를 통해 빠져나가려 했으나 이미, 칼과 창에 시뻘건 피를 묻힌 늑대와 같은 군병들이 자신을 에워싸고 있었다. 도대체 무슨 일인지 알 수가 없었다. 군사들 가운데에서 근위대장 브나야가 모습을 드러냈다. 그제서야 아도니아는 뭔가 잘못되었음을 느꼈다. 이게 무슨 짓이냐고 큰소리로 꾸짖었지만 브나야는 아무 말도 하지 않았다. 그저 스산한 웃음을 지으며 그에게 다가올 뿐이었다. 아도니아는 뒷걸음을 치다가 기둥에 부딪쳤다. 잠시 비틀거리는 순간, 브나야의 칼이 그의 심장을 꿰뚫고 지나갔다. 바닥에 쓰러지는 아도니아의 눈에 군사들의 발들이 보였다. 지난 세월이 주마등처럼 빠르게 스쳐 간다. 어머니 품에 안겨 바라보았던 전쟁터로 나가는 아버지의 뒷모습, 형제들과 어울려 뛰놀던 시절, 요압장군에게 무술수업을 받았다가 전장에서 블레셋 병사들을 처단하는 자신의 모습이 스쳐 가고, 장남인 압살롬이 반란을 일으키고 처형되자 뒤에서 웃으며 기뻐했던 순간들도 지나갔다. 군부의 장수들과 어울리고, 충성을 맹세하는 부하들과 포도주를 마시며 곧 왕이 되리라 자신하던 순간들이 떠올랐다. 왕의 길로 나아가는데 명분도 뚜렷했고, 장수들과 신하들의 마음도 얻었다. 백성들의 지지도 있었건만, 무엇이 잘못되었던 걸까? 마지막 순간 아도니아는 자신을 바라보던 다윗왕의 눈빛이 떠올랐다. 그렇구나. 아버지의 마음을 얻지 못했구나. 그의 감겨지는 눈동자에 눈물이 맺혔다.

감포바다

지운은 경주에 있는 업체에 전화를 걸어 담당자와 미팅을 요청하였다. 그런데 상대방의 시간이 가능한 일자가 내일뿐이었다. 지운이 제안한 날짜 모두 다른 일정이 있었다. 그동안 상대측과 여러 번 일정을 조정하고 미루던 터였기 때문에 거절할 수가 없었다. 이럴 때는 우선순위를 조절해야 한다. 선착순으로 할 수도 있고, 긴급한 업무 순, 그리고 업무의 중요도 순으로 분류한다. 대체로 중요도와 긴급하게 만나야 할 상황을 우선한다. 경주에서의 미팅은 아주 긴급한 것은 아니나 거리가 먼 관계로 접촉하기가 쉽지 않기도 하고, 만나야 할 대상의 일정을 조절하기가 쉽지 않았다. 다른 미팅 대상은 모두 서울 시내여서 만나는 것이 어느 정도 수월하였다. 그래서 먼저 약속한 고객에게 양해를 구하고, 약속을 다른 날짜로 변경하였다. 경주의 고객과의 미팅 시간은 11시로 정해졌다. 서울에서 경주로 가는 가장 빠른 길은 케이티엑스열차를 타는 방법이다. 두 시간 정도면 서울역에서 신경주역까지 도착하게 된다. 고객의 사무실은 경주 외곽에 있었는데, 신경주역에서 택시를 타면 40분 정도 걸렸다. 버스나 전철 같은 대중교통은 없었다. 따라서 11시 미팅을 맞추기 위해서 신경주에는 10시 전후해서 도착해야 한다. 열차에서 내리고 택시 정류장까지 이동하고, 다시 고객사무실에서 방문신청을 등록하고 만나는 과정을 고려하면 시간이 너무 타이트했다. 미팅을 마치고 다시 신경주역으로 돌아와서 케이티엑스열차를 타야 한다. 그런데 그렇게 왔다 갔다 하면 비용이 훨씬 오를 수밖에 없다. 그나마 효율적인 경로는 승용차를 직접 운전해서 가는 것이었다. 지운은 차를 직접 가지고 가는 방법도 있고, 회사차량을 확보해서 가는 방법이 있었다. 개인차를 가지고 갈까 하다가, 나중에 비용 신청하는 절차가 복잡해서 회사차량이 사용 가능한지 우선 확인해 보기로 했다. 회사차량은 온라인으로 신청을 하게 되어 있는데, 지운은 신청방법을 잘 몰랐다. 마침 맞은편 자리에 앉아 있던, 건호가 보였다.

"건호 씨, 부탁이 있는데, 도와줄 수 있나?"

"네, 이사님. 무엇을 도와 드릴까요?"

"응. 내가 내일 경주 출장이 생겨서 회사차량을 신청하려고 하는데, 신청방법을 잘 몰라서 말이야."

"회사차량 신청은 전산으로 하도록 되어 있습니다. 제가 바로 도와드리겠습니다."

"부탁하네. 그리고 혹시 내일 시간되나?"

“내일은 다른 약속이나 교육은 없습니다.”

“그래, 그러면 같이 경주에 가보는 것은 어때? 고객 방문하는 것도 경험해 볼 겸.”

“그러려면, 팀장님의 허락이 있어야 합니다.”

“내가 건호 씨 팀장에게 이야기해 두겠네.”

“네, 알겠습니다.”

지운은 건호의 팀장에게 가서, 내용을 설명했다. 신입사원 교육 차원에서 고객을 방문하고 인사할 때, 같이 가는 것도 좋은 경험이 될 것이라고 했다. 팀장은 잠깐 일정을 살펴보더니, 건호와 관련된 다른 내용이 없었다. 아직 신입이기도 하고 여러 경험을 갖추는 게 좋다고 생각해서 흔쾌히 허락했다. 지운은 건호에게 돌아와서 팀장에게 허락받은 내용을 말했다. 그리고 잠시 후에 건호가 다시 가서, 팀장에게 내용을 보고하는 게 좋겠다고 말했다. 지운이 허락을 맡았긴 했지만, 부하직원이 다시 팀장에게 직접 보고하고, 허락을 한 번 더 여쭈어 보는 것이 좀 더 부드럽기 때문이다.

“나는 11시에 사무실로 찾아가 보기로 했네. 원자력보험담당 부서의 부장님이 이번에 바뀌어서 인사도 하고 보험시장에 관한 안내도 하고 말이야. 그래서 목요일 일찍 봐야 할 것 같은데, 언제 볼까?”

“내비게이션 앱을 보니까 4시간 정도 나오더라구요. 그래서 6시 반 전에는 출발을 해야 할 것 같습니다.”

"그럼, 아침 6시 반쯤 보지. 좀 일찍 도착해서 미팅하면 되니까. 중간에 커피 한잔하면서 쉬기도 하고."

"네, 그러시죠."

다음 날 아침, 지운은 6시 반에 회사 주차장 입구에서 기다리고 있었다. 집에서 출발해서 가는 길에 건호에게서 문자가 왔다. 자기가 주차장에서 차를 끌고 올라올 테니, 빌딩 1층의 주차장 출구에 6시 반까지 오면 된다는 내용이었다. 건호의 말대로 잠시 기다리고 있으니, 차량이 올라오는 소리가 들렸다. 기아에서 나온 K7 세단이었다. 운전석에 건호의 모습이 보였다. 지운은 손을 들어 흔들었다. 차량은 잠시 후에 지운의 옆으로 오더니 멈춰 섰다. 차문의 윈도우가 내려가며 건호가 얼굴을 보였다.

"이사님, 타시죠."

지운은 먼저 뒷문을 열어 가방을 안으로 넣었다. 그리고 앞자리의 조수석 문을 열었다. 왼발부터 들이밀며 몸을 숙여 들어갔다. 자리에 엉덩이까지 들어가서 문을 닫았다.

"아침 일찍 나오느라 수고했네."

"아, 뭘요. 이사님께서 거리가 더 먼 데서 오시느라 힘드셨겠습니다."

"그건 건호도 마찬가지지. 자, 출발하세."

"네, 알겠습니다."

건호도 엑셀을 천천히 밟으면서 앞으로 차를 이동했다. 해는 어느 틈엔가 차 안 구석구석으로 침투해 들어오고 있었다.

"피곤하면, 중간에 자리를 바꾸지. 번갈아가면서 운전하게 말이야."

"지금은 괜찮습니다. 돌아올 때, 피곤하면 그때 말씀드리겠습니다."

"그렇게 하지."

"오늘 경주는 원자력보험 때문에 미팅 가시는 거죠?"

"그렇지."

"원자력보험은 어느 보험사에서 인수하나요?"

"코리안풀이라고 해서 국내 11개 손해보험사와 재보험사인 코리안리가 공동으로 인수하고 있지."

"아, 그렇군요."

"우리나라뿐만 아니라 전 세계적으로 원자력발전소를 가동하고 있는 국가에서는 보험사들이 공동으로 인수하는 방식을 취하고 있지."

"규모가 너무 커서 그런가요?"

"규모가 커서 그런 것도 있고, 다른 일반적인 발전소의 경우에는 사고에 대한 통계가 많이 누적되어 있어서 어느 정도 예측이 가능한데, 원자력발전소의 경우에는 그 수가 많지가 않지. 예를 들어 주사위를 던지면 6개의 숫자 중에 1이라는 숫자가 나올 확률은 육분의 일이 되네. 그런데 처음 시도하면, 꼭 육분의 일이 되지는 않지. 두 번 연달아 나올 수도 있고, 한 번도 안 나올 수도 있고… 그런데 주사위를 많이 던지면 던질수록 그 확률은 육분의 일에 가까워지네. 통계의 대상이 되는 숫자가 크면 클수록 확률은 안정되고 예측가능성이 높아지는데, 원자력보험의 경우에는 그 정도의 수치가 안 되는 것이지."

"네, 대수의 법칙 같은 거군요."

"그렇지. 그리고 원자력발전소의 사고 중에서 소규모의 기계적인 사고가 발생하는데, 방사능 누출이 생기는 정도의 사고가 아니라면 잘 알려지지 않지. 물론 그 정도의 사고는 잘 나지 않지만 말이야. 그리고 한 번 사고가 나면 그 피해규모가 크기 때문에, 그만큼 관리수준이 높을 수밖에 없네."

두 시간 정도 운전하다가 중간에 휴게소에서 간단하게 커피를 한잔하였다. 그리고 다시 경주를 향해 달렸다.

"우리나라의 원전은 지금 몇 개인가요?"

"영구정지 들어간 원전이 2개 있고, 25개가 가동 중이지."

"많네요."

"세계에서 원전이 제일 많은 나라는 미국이고, 그다음이 프랑스지. 우리나라는 몇 번째일 것 같나."

"글쎄요, 3, 4위 정도 하나요?"

"중국이 55개로 3위네, 4위는 러시아, 그리고 일본이 33개로 5위, 우리나라는 6위라네."

"일본하고 중국이 우리 보다 많네요."

"그렇지."

"세계 최초의 원자력발전소는 미국에서 세워졌나요?"

“사람들이 원자력발전소라고 하면 미국이 가장 빠를 것으로 생각하는데, 실제로는 미국이 아니고 러시아, 그러니까 옛날의 소련이지. 1954년 오브닌스크 원자력발전소가 산업적인 의미에서 처음으로 전기를 생산하고, 주변에 공급하기 시작했지.”

“그러고 보면, 러시아의 기술력이 대단한 거네요.”

“그런 셈이야.”

이런저런 이야기를 하다 보니 어느새 경주로 접어들고 있었다. 톨게이트를 들어온 후에도 경주 시내를 가로질러 30분 이상을 달려서야 목적지에 도착할 수 있었다.

미팅을 마치고 나오니 12시가 다 되었다. 담당자와 별도로 점심 약속을 하지는 않았었다. 그래서 사무실에서 인사를 하고 바로 내려왔다.

“건호 씨, 고생했어요.”

“아닙니다. 이사님 덕분에 좋은 경험이 되었습니다.”

“점심시간이니, 가까운 곳에 가서 점심식사하고 올라가지.”

“네, 좋습니다.”

고속도로 휴게소로 나가서 식사를 하는 것보다 가능하면 시내나 근처에서 식당이 있으면 점심을 먹고 가는 것이 좋을 것 같았다. 가는 길에 식당을 검색해 보니 감포 쪽에 식당들이 많았다.

“여기에서 제일 가까운 데가 감포네. 그쪽으로 가볼까?”

“네. 제가 감포 맛집 한 번 찾아보겠습니다.”

건호 씨가 휴대폰으로 맛집을 검색하기 시작했다.

"감포횟집이라고 있는데, 매운탕이 맛있다고 하네요. 그리 가 볼까요?"

"좋지. 그리 가자구."

자동차 시동을 걸고, 내비게이션을 따라 갔다. 10분 정도 갔을까?

식당들이 있는 골목으로 들어갔다. 바다가 보이는 해변 앞 주차장에 차를 세웠다. 미리 염두에 둔 식당이 어디 있는가 생각하면서 널찍한 공터에 차를 세웠다. 마침 눈앞에 있는 아저씨와 눈이 마주쳤다. 그 아저씨는 지운과 건호를 보자 '이리오세요.' 하며 손짓했다. 갑자기 원래 생각했던 식당 이름이 떠오르지 않았다.

"머, 저기 한 번 가 볼까?"

"네, 가보시죠. 맛없을 것 같으면, 다시 나오면 되구요."

자꾸 손짓하는 아저씨를 무시하고 가기도 어색해서 그냥 그 식당으로 갔다. 1층은 계산을 하는 카운터가 있었을 뿐, 손님을 받는 테이블은 없었다. 한편에는 밀가루와 같은 음식 재료가 쌓아져 있었다. 식당은 2층으로 올라가야 했다. 손님은 그리 많지 않았다. 자리에 앉았다. 메뉴판이 커다랗게 벽에 붙여진 것이 보였다.

"뭐, 먹을까. 먹고 싶은 것 있나?"

"저는 다 잘 먹습니다. 이사님 먼저 시키십시오."

메뉴를 고르다가 '회밥'이라는 것이 보였다.

"회밥이 뭐지? 회 비빔밥은 아니고, 해초류와 회를 얹어 주는 것 같은데, '2인 이상 주문 가능'이라고 되어 있네. 이거 먹어볼까?"

"좋습니다."

건호는 즐겁게 웃는 얼굴로 동의했다. 회밥 1인분과 다른 메뉴 1인분으로 주문하려고 했는데, 다 2인 이상이라는 표시가 되어 있어서 포기하고 그냥 한 가지 메뉴로 주문할 수밖에 없었다. 그러고 보니 기본 세팅이 두 사람 이상으로 되어 있는 모양이다.

잠시 후에 식사가 나왔다. 멍게, 해삼, 그리고 다양한 종류의 해초가 반찬으로 나왔다. 가운데에 놓인 큰 대접에는 전복을 비롯한 해물과 그 위에 고명으로 톳이 가득 올려져 있다. 그리고 그 옆에 자체적으로 만든 것 같은 고추장 비슷한 양념장 그릇이 있었다. 그릇에 공기밥을 부어 회와 비벼 회비빔밤처럼 먹으면 되는가 보다. 기본적으로 깔리는 반찬 메뉴는 한 사람이나 두 사람이나 상차림이 똑같은 것 같다. 그러나 한 사람이 먹기에는 부담스러울 만큼 많은 양이다.

음식을 파는 식당이라면 손님의 주문에 유연성을 발휘할 수 있어야 하는 거 아닌가라고도 생각해 봤지만 음식 만드는 사람이나 상 차리는 사람이나 정해진 규칙과 프로세스를 따르는 것이 쉽지, 손님의 요구대로 융통성을 부리기는 더 어려운 일일 수도 있을 듯싶었다.

공기밥을 접시 안에 부어, 양념장과 함께 비볐다. 잘 비빈 후한 입 먹으니 회의 식감과 해초밥, 그리고 고추장이 잘 어울린다. 한 술 더 뜨는 데 뭔가 하나 더 툭하고 상위에 올려졌다. 매운탕이었다.

"아, 밥하고 탕이 함께 나오는 거였네."

"네, 이거 시키길 잘했네요. 음식이 맛있는데요."

식사를 마치고 계산대로 갔다. 가격도 그렇게 비싼 편은 아니었다. 계산을 마치고 나오며, 지운은 건호를 돌아보았다.

"건호 씨, 어제 내가 꿈을 꾸었는데 말이야, 꿈에서 토끼가 나오더라구!"

"토끼요? 무슨 꿈일까요?"

"꿈해몽하는 사이트에서 조회를 해봤지. 토끼가 나온 꿈은 횡재나 좋은 인간관계, 성취를 뜻한다고 하네. 오늘의 횡재는 건호가 운전하는 차를 타고 새로운 담당자를 만나고, 맛있는 식사를 하는 것 같네."

"하하하."

식당을 나오고 보니 시원한 바다가 눈앞에 보인다.

"이사님, 밥 먹고 나오니까, 바다가 보이는데요."

"그렇네. 배가 고플 때는 다른 것이 안 보이는 것 같애. 저기 등대 같은 게 있네."

"해안에 바짝 붙어 있는 작은 섬도 보이고 눈이 다 시원해지는 것 같습니다."

감포(甘浦)는 동해에서는 드물게 바다가 육지로 들어온 형태의 만(灣)이다. 걸프(gulf)보다는 베이(bay)에 가깝다.

"이사님, '감포'의 감이라는 글자가 달다는 뜻의 '감'자가 맞나요?"

"아, 그렇지. 감포가 달 '감'자에 바닷가에 인접한 지역을 말하는 '포'자로 되어 있지. 포(浦)의 우리말은 '물가', '갯벌'을 뜻하는 '개'라는 말인데, 감(甘)은 달다(sweet)는 뜻이니, 달고 맛있는 것들이 나오는 갯벌 정도나 될까? 그런데 달이라고 하니 달다는 뜻이 아니라 하늘에 있는 달을 뜻하는 게 아닌가 하는 생각도 드네. 신라 향가에 보면, 이두(吏頭, 吏讀)문자라고 해서 한자의 음에 단어의 뜻을 연결해서 쓰는 방식을 많이 썼잖아."

신라 사람들이 지명이나 이름을 쓸 때 한자의 음을 빌어서 표현을 했다고 하니 달리 생각해 보면 달(月, moon)을 의미한다고도 볼 수 있다. 그러면 감포의 원래 이름은 달개, 즉 달처럼 둥근 모양을 한 바닷가 마을이라는 의미가 떠오른다. 실제 감포항이 있는 지형을 보면 둥근 달을 연상시킨다. 지금 말로 하면 바다에서 달맞이하는 곳, 달맞이곶 정도일까?

"그럼 왜 달맞이곶이라고 했을까요?"

"그러고 보니, 아라비아 사람들이 자신을 표시할 때 초승달을 썼다는 말이 있던데, 그쪽에서 오는 무역상인들과 교류하던 항구가 아니었을까?"

"이사님, 그러고 보니 전에 불국사 석가탑에서 아라비아에서 온 유향이라는 게 발견된 적이 있다고 하더라구요."

"아라비아반도에서 아라비아해를 거쳐 인도, 그리고 인도네시아 수마트라, 중국의 항저우까지 바다의 해상무역로가 있었다고 한 걸 본 적이 있네. 불국사가 세워지는 게 통일신라시대니까, 당나라 시절 장보고의 청해진도 있었을 테고, 유향과 같은 고급스런 향료들이 들어왔을 수도 있겠네."

서울로 복귀할 때에는 지운이 운전대를 잡았다. 내려올 때 건호가 했었기 때문에 교대로 운전하는 것이 피곤을 덜 수 있는 방법이었다. 천천히 차를 몰았다. 감포 해변을 따라 반짝이는 물빛이 싱그러웠다. 차로 지나던 중 조금은 낡아 보이고 그리 세련되어 보이지 않는 카페가 보였다. 잠시 차를 멈추었다. 이름이 '지중해'라고 되어 있다. 그리고 로마병정처럼 생긴 조각이 보였다. 감포의 형상이 육지 속에 바다가 들어온 모양이다. 그러니 지중해(地中海)라고 할 만하다. 지중해는 또 로마의 앞마당이었으니 로마 병정인 듯한 조형물이 입구를 지키고 있는 것도 어울려 보인다.

창밖에 보이는 풍경 끄트머리에 낯선 남자가 앉는다. 주인일 수도 있고 그저 지나가는 손님일 수도 있겠다 싶었다. 차를 한잔 하고 갈까 하다가, 다시 액셀을 밟았다. 지금 부지런히 올라가도 서울 근처에 가면, 차들이 많아진다. 그러면 저녁 늦은 시간이 되어서야 도착할 수 있다. 아쉬움을 뒤로 하고 속도를 점점 높였다. 감포가 뒤로 멀어져 간다. 감포 앞 바다는 오래전 신라의 그날에도, 그리고 지운과 건호가 떠나가고 난 이후에도 여전히 푸르게 반짝이고 있었다.

시바의 여왕 3

이른 새벽, 마리브성 앞에는 수많은 낙타들과 사람들이 나와 있었다. 빌키스 앞에 여러 명의 대신들과 장군들, 그리고 하얀 옷을 입은 신관들이 줄을 서서 그녀 앞에 머리를 조아리고 있었다.

"폐하, 출발 준비가 다 되었습니다."

"모든 준비는 잘 되었나?"

"폐하가 지시하신 황금과 유향 그리고 몰약을 가득 낙타에 실었습니다. 도적의 무리를 방어할 수 있도록 근위군사 100여 명이 앞뒤로 호위하도록 하였습니다. 전령을 미리 보내어 인센스 로드(incense road, 향료의 길)에 있는 왕국과 도시들에게도 미리 안내해 두었습니다. 여왕께서 예루살렘에 도착하기 이전에, 이스라엘왕궁에도 연락이 가도록 해두었습니다."

"잘 했소. 이왕 가는 길에 루반의 길에 있는 군소 왕국이나 도시들과 우호관계를 잘 수립할 필요가 있소. 그곳의 부족장들과 왕들과도 인사를 하고, 여러 가지 이야기를 나누다 보면, 예루살렘까지 가는 데 원래 예상했던 3개월보다 더 시간이 걸릴 수도 있소. 예루살렘에 가서 솔로몬왕과 협상하는데 적어도 1주일 이상 한 달 정도 걸릴 것이요. 돌아오는 길도 가능하면 홍해를 통하여 모카(Mocca)항까지 배를 타고 올 계획이오만, 솔로몬왕이 아카바 만에 있는 자신의 항구를 사용하도록 허락해 줄지는 모르겠소. 그렇지 않고 다시 낙타를 타고 돌아오게 되면 다시 3개월 정도가 걸리니 아무리 빨라도 7~8개월 정도는 성을 떠나 있게 될 것 같소. 그러니 제사장과 재무장관, 대장군은 여러 대신들과 잘 협의하여, 나 없는 동안 왕국에 아무런 문제가 없도록 잘 보살펴 주시오."

"염려 마시옵소서. 저희들이 최선을 다해 폐하께서 돌아오실 때까지 한 치의 흐트러짐 없이 잘 관리하도록 하겠사옵니다."

빌키스는 근위대장과 제사장 그리고 시녀 10명과 근위대원 100명, 그리고 낙타를 이끄는 인력 200명, 낙타 800마리가 이끄는 대규모 사절단을 꾸렸다. 그동안의 경험을 통하여 사막의 모래폭풍이 가장 덜하고 날씨가 좋은 시기를 선택했다. 솔로몬왕에게 선물로 줄 황금, 유향 그리고 몰약과 기타 아라비아와 이집트 각지에서 수입한 진귀한 물품, 거기에 더하여 예루살렘으로 가는 3개월 동안의 먹을 음식과 물, 그리고 이스라엘의 솔로몬왕 이외에도 중간 중간 거치게 될 오아시스에 있는 도시들에서 요구하는 통행세와 그 부족장에게 나누어줄 선물까지 막대한 양을 낙타 800마리에 나누어 실었다. 솔로몬왕과 협상이 잘 되어 이스라엘의 항구와 배들을 이용할 수 있다면, 4개월 정도면 다시 마리브성으로 돌아올 수 있다. 하지만 배를 타고 돌아오지 않고 갔던 경로대로 다시 낙타를 타고 돌아온다면, 그 기간은 7개월이나 그 이상이 걸릴 수도 있었다. 출발부터 예루살렘까지 가는 경로에서 발생가능한 모든 경우의 수를 신하들과 상의하였다. 다른 사람이 아니고, 자신이 직접 나서는 것이었으므로 책임을 누구에게 전가할 수도 없다. 실패든 성공이든 모든 책임은 그녀에게로 돌아오게 된다. 그래서 어느 때 보다도 신중하고 철저하게 계획을 점검했다.

첫째 변수는 날씨였다. 특히 사막의 길을 따라가는 것이므로, 뜨거운 태양을 잘 견뎌 낼 수 있도록 준비를 해야 했다. 밤의 사막은 뜨거운 낮과는 달리 덜덜 떨릴 정도로 춥다. 빨리 달구어진 만큼 빨리 온도가 내려간다. 움직이는 속도도 조급하지 않게 그러나 너무 늦지 않게 잘 조절해야 한다. 이 부분은 평생을 카라반을 이끌던 카라반의 대장과 그 수하들을 선발하여 배치하기로 하였다. 가장 큰 위험은 사막의 모래폭풍이었다. 한 번 모래폭풍이 불면 움직일 수 없고, 자칫 잘못하면 인명과 낙타의 피해를 몰고 올 수 있다. 따라서 모래폭풍의 발생이 가장 적은 경로와 시기를 고르고 골랐다. 그동안의 경험과 통계를 통해 최적 경로와 최적 시기, 최적의 속도를 산출해 내었다. 날씨의 위험도 있지만 사막을 횡단하다가 전갈이나 뱀에 사람이 물릴 수도 있고, 낙타에서 떨어지거나 낙타에 깔려 다치는 경우도 생길 수 있었다. 안전사고가 나지 않도록 최대한의 주의조치를 취하고 또 취했다. 질병이 생길 경우를 대비해 충분한 의약품과 왕실의사 인력을 3명이나 포함시켰다. 모든 것에 대한 준비를 하여도 한 가지 불확실한 것이 있었다. 솔로몬왕이었다. 모든 준비의 끝은 마지막으로 맞닥뜨리게 될 솔로몬왕과 빌키스 그 자신이었다. 솔로몬왕이 원하는 것이 무엇인지 철저히 연구를 했다. 사소한 습관이나 기호를 많은 정보원을 통해 수집했다.

솔로몬왕은 많은 왕비와 첩을 거느리고 있다고는 해도, 여자에 미친 자가 아니었다. 만일 여자만을 탐하는 자였다면, 그의 재위기간 동안 벌써 그것으로 인하여 상당한 추문이 나왔을 것이다. 여자로 인한 추문보다, 오히려 그의 통혼 정책으로 인하여 제사장이나 종교적인 측면에서 불만이 조금씩 드러나고 있었다. 그의 결혼 정책은 정략적인 것으로서 이집트 파라오의 딸과 주변 왕국이나 부족장의 딸과 결혼을 하고 있었다. 그 말은 그가 여자의 얼굴이나 육체적인 매력이 아니라, 정치적으로 경제적으로 어떤 이득을 줄 수 있는지를 가장 우선시 하는 것이다. 그가 이복형인 아도니아를 다윗왕의 시녀였던 아비삭을 탐했다는 이유로 처형을 하고, 아도니아를 따르던 요압장군과 같은 세력을 일거에 처치한 것은 그가 잔인한 사람이라는 인식을 불러일으켰다. 그러나 빌키스의 생각에 솔로몬은 아도니아가 가진 속셈을 정확하게 파악하고 있었다. 그래서 신속하게 결단을 내린 것일 뿐이었다. 만일 아도니아의 소원대로 아비삭을 아내로 주었다면, 그리고 다윗왕의 유언에 따라 형을 존중하고자 했다면, 아도니아를 따르던 세력이 음으로 양으로 키운 세력과 내전이 불가피했을지도 모른다. 결국 다윗왕이 솔로몬에게 왕위를 양도하기로 한 것은 정말 신의 한 수였다고 볼 수 있다. 그 결과 솔로몬이 왕위에 오르면서 빠르게 정치적인 상황이 안정되고, 이스라엘은 어느새 이집트와 페르시아와 무역을 통해 나라의 부를 축적하고 백성의 삶을 풍요롭게 만들고 있었다.

자신들처럼 유향과 몰약이 풍부하게 나는 것도 아니고, 비옥한 땅에서 많은 농작물이 나는 것도 아닌 척박한 지역에서 오로지 현명한 정치를 통해 두 대륙의 거대국가에서 중심을 잡고 나라를 부흥시키고 있었다. 따라서 잘만 하면 예상보다 훨씬 좋은 결과를 가지고 올 수도 있었다. 그것은 이제 그녀의 손에 달렸다. 왕으로서 자리를 오래 비우는 것이 결코 바람직하지 않다는 것을 잘 알고 있는 그녀였지만, 지금 닥친 사안의 중대성을 감안하면 그녀가 나서지 않을 수 없었다.

일이 잘 끝나더라도 시간이 너무 지체되어 왕좌를 오래 비우는 것 또한 좋지 않았다. 아무리 중대한 일이지만 왕이 너무 오랫동안 자리를 비우게 되면, 도성 내의 민심이 구심점을 잃을 수도 있고, 그러다 보면 다양한 곳에서 자신의 뜻을 실현해 보려는 자들이 나타난다. 심지어는 역모나 반란을 꾀하는 세력이 나타날 수 있다. 따라서 가능한 빨리 이동하고, 그리고 솔로몬왕과의 협상도 성공적으로 이루어 내야 하는 두 가지의 과제가 그녀의 앞에 놓인 셈이다. 새벽별이 잦아들고 어슴프레 붉은 빛이 지평선에 올라오고 있었다. 빌키스는 크게 숨을 들이켰다.

"장군, 출발합시다."

"알겠사옵니다. 폐하."

여왕의 명을 받은 근위대장은 큰소리로 외쳤다.

"전체 출발!"

샤론의 장미 6

“이사님, 저 제니에요.”

“제니, 점심식사 잘 했나?”

오후 1시쯤 제니에게서 전화가 왔다.

“네. 잘 먹었어요. 이사님은요?”

“나도 맛있게 먹었지. 그래 무슨 일?”

“샤론의 장미 담당자가 연락이 왔는데요. 일단 저희가 우선협상 대상자로 선정이 되었대요.”

“와우, 잘 되었네. 고생 많았어.”

“이사님이 더 수고하셨죠. 그네들이 궁금해하고 걱정하는 부분을 잘 설명해 주셔서 클라이언트가 고맙다고 하더라구요.”

“그러면 나는 더 고맙지. 우리의 전문성을 인정해 주는 거니까.”

“엠앤에이 보험료와 보험자문료를 합산한 금액이 전체적으로 비슷하게 나왔는데, 저희가 설명이 좀 더 명쾌했다고 하더라구요. 보험자문비용은 원래 2만 불 정도로 했는데, 만오천불 정도로 할 수 있겠느냐고 묻더라고요. 괜찮을까요?"

"뭐, 그 정도면 최소한 우리가 시간 투입하는 정도 비용은 될 것 같은데. 괜찮아요."

"알겠습니다. 일단 그렇게 고객에게 컨펌해 줄게요."

"그리고 엠앤에이보험도 진행한다고 했는데, 그건 어떻게 되었나요?"

"네, 그건 계약서와 프로젝트 정보를 정확하게 받고 정식으로 진행하기로 했어요."

"알았어요. 좀 더 고생해 주세요."

"네, 일단 계약서 초안을 작성하고 컴플라이언스 팀하고 또 협의를 해야 해요. 계약서 완료되면 이사님께 업데이트 드릴게요."

샤론의 장미 프로젝트를 수주했다는 제니의 말에, 지운은 그제서야 한숨이 놓였다. 프로젝트를 발굴하고 입찰에 참여하고 고객과 협상하는 일은 일종의 전투와 같다. 경쟁자의 움직임이 어떻게 되고 있는지 치열한 정보전도 펼쳐진다. 그리고 고객과의 네트워크가 얼마나 형성되어 있느냐도 고객의 결정에 있어서 중요한 요소이다. 상대방이 가지고 있는 장점과 지운의 회사와 팀이 가지고 있는 장점을 분석하고 차별화해야 한다. 이를 위해 내부적으로 동원할 수 있는 인적 자원이 얼마나 되는지, 프로젝트 팀이 활용할 수 있는 정보와 자료가 얼마나 되는지, 수많은 요소를 고려해서 진행해야 한다. 그리고 가격적인 측면의 비중이 얼마나 되느냐도 중요한 요소이다. 오로지 가격으로만 결정한다고 하면 오히려 쉽다. 하지만 지금처럼 회사와 인력의 경험과 수행 능력, 서비스 수준에 대한 요소까지 포함한다면, 복잡해진다. 그런 과정을 거쳐 하나의 프로젝트를 따내게 된다. 프로젝트를 수주했다고 해서 다가 아니다. 이제는 실행을 해 나가야 한다.

지운은 제니와 건호를 저녁식사에 초대했다. 샤론의 장미 프로젝트를 수주한 기념으로 맛있는 식사를 함께 하고 싶었다. 근처의 식당에 예약을 하고, 같이 모였다. 와인도 한 병 주문을 했다.

"제니, 고생 많았어요."

"이사님께서 제일 고생이 많으셨죠. 원래는 보험자문 건만 의뢰 드리려고 했는데, 고객이 마음을 바꾸면서 일이 커졌잖아요. 갑자기 팀을 구성해서 자료 준비하고, 제안서 작성하고, 고객방문도 하고 말이죠."

"오히려 잘 된 거지. 그리고 건호도 고생이 많았네."

"저도 덕분에 여러 가지 많은 걸 배울 수 있었습니다."

"참, 이사님, 지난번 우리가 '샤론의 장미'가 누구냐에 대해서 이야기하다 말았잖아요. 저는 아비삭이 아닐까 해요."

제니는 앞에 있는 와인을 한 모금 마시고 질문을 했다.

"아비삭이라고 생각하는 이유는?"

"시바의 여왕은 너무 큰 이야기이기도 하고 또 외국인이잖아요. 말도 통하지 않을 텐데, 어떻게 그런 세밀한 대화가 이루어질 수 있겠어요. 그리고 만나는 시간도 너무 짧기도 하고. 물론 잠깐 방문했을 때 사귈 수는 있었겠지만, 그것이 그렇게 깊은 감정으로 평생을 못 보면서도 사랑을 유지하는 게 어려울 것 같기도 하구요."

"그렇기도 하겠네."

"아, 참 그리고 '샤론의 장미' 투자 관계자들이 한국을 방문하는데, 우리 회사도 한번 방문하고 싶다고 하네요. 엠앤에이보험 관련해서 상의도 하구요."

"그래? 보험컨설팅 전체에 대한 상의라면 모르지만, 엠앤에이보험이라면 나는 큰 관련이 없는 것 같은데?"

"보험자문보고서를 이사님이 쓰셨다고 하니까, 같이 뵙고 싶다고 하더군요. 프로젝트 사이트의 리스크와 보험에 대한 부분도 이야기 나눌 것 같아요. 마치고 나서 시간되면 투자자들과 식사를 같이 하셔도 되구요."

"그러면 되겠네. 참석하지. 시간 확정되면 알려줘요."

"알겠습니다. 그리고…"

"다른 건이 있나?"

"수요일 오는 투자관계자 중 한 사람이 이사님을 안다고 해요."

"나를? 어떻게 나를 알지?"

"이사님 영문이름이 '마이클'이잖아요. 한국에 있는 '마이클' 이사님이 자문보고서를 썼다고 하니까, 자기가 아는 사람이라고 했대요.”

“그런가?”

지운은 갑자기 불안해졌다.

언덕 위의 집

지운이 주상형 지점장을 알게 된 것은 거의 십 년 전이었다. 경기도 북부의 복합화력발전 프로젝트 파이낸싱을 할 때 그는 대주단의 팀장으로서 파이낸싱 주관업무를 맡았고, 지운은 위험자문 및 보험자문사로서 선택되어 같이 일을 할 수 있는 기회가 되었다.

규모가 1조에 이르는 대형 프로젝트이기 때문에 최종적으로 마무리될 때까지 거의 2년이 걸리는 장기 프로젝트였다. 그때 대주단 일원으로서 실제 발전소에 투입될 가스터빈이 프로토타입에 가까운 최신형이라서, 보험에서 인수가 될 수 있을지 의문이었다. 지운은 자문사인 동시에 보험중개사의 역할까지 맡아서, 전 세계의 수많은 발전리스크를 인수하는 보험자들을 찾아다니면서, 협상을 하였다. 그렇게 어렵사리 작업을 한 관계로 무사히 보험인수가 가능하게 되었고, 프로젝트도 성공적으로 마무리할 수 있게 되었다. 그 이후 주팀장과 지속적으로 만나면서 다양한 프로젝트를 함께 할 기회를 얻게 되었고, 친밀한 관계가 되었다.

5년 전쯤 그는 런던의 지점장으로 발령이 나서 런던으로 떠나게 되었다. 그 이후에는 간간이 메일이나 전화를 주고받는 정도였고, 자주 만나기 힘들었다. 그를 만나게 된 것은 지운이 런던 출장을 갈 기회가 생긴 작년 초였었다. 런던에서 일을 마치고, 그에게 연락을 했고 반갑게 인사를 했다. 그리고 저녁식사를 같이 했다. 그 후 올 초에 그는 한국으로 돌아오게 되었다. 돌아온지 얼마 되지 않아서 서울 인근의 지점으로 발령이 났다는 소식을 듣게 되었다. 한국에 돌아와서 한 번 보자고 통화만 하고 찾아보지 못해서 미안하던 차에 지점으로 발령이 났다고 하니 꼭 찾아가기로 했다.

얼굴도 볼 겸 점심을 같이 하기로 약속하였다. 지운은 런던에서 그가 회사의 사은품을 담아서 주었던 것을 생각했다. 그래서 그 답례로 선물을 하나 가져가기로 했다. 무엇으로 할까 고민하다가 지난번에 와인 수입을 하는 지인에게서 와인을 몇 병 강제로 할당받아 사두었던 것이 생각났다. 비싸지 않은 가격이지만, 맛이 훌륭했다. 이른바 극강의 가성비를 보여 주는 와인이었다.

그는 와인백을 하나 샀다. 그리고 사무실에 다시 돌아왔다. 사람들이 자신이 앉아 있는 자리가 복도 근처였기 때문에, 오며가며 지운이 뭘 하는지 곁눈으로 볼 수 있었다. 그래서 굳이 눈길을 끌기 싫다는 생각에 비어 있는 회의실로 가방을 들고 갔다. 가방에서 와인을 꺼냈다. 집에서 들고 오는데, 날씨가 후덥지근해서인지 땀이 흥건했다. 그리고 투명한 폴더를 집어 꺼냈다. 그 속에는 A4 용지 크기로 접은 종이가 있었다. 서예를 할 때 쓰는 화선지였다. 화선지를 꺼내어 펴니, 그 위에는 설백의 하얀 바탕에 붓으로 쓴 한자가 나타났다. 회사후소(繪事後素)라는 글이었다.

회사후소라는 표현은 논어에 나오는 말인데 무슨 일을 하든지, 중요한 것은 그 사람의 겉모습이 아니라 본바탕이 맑고 깨끗해야 한다는 뜻이다. 담백하고 욕심을 부리지 않는 소탈한 주지점장의 성품을 생각하면서 떠올린 문구였다. 그리고 지난 토요일과 일요일 집에서 직접 붓을 들고 썼다. 몇 번을 다양한 서체로 써 보았다. 그중에 괜찮은 것을 골라 낙관을 찍어 두었다. 화선지를 펴서 와인 주위로 돌돌 말았다. 그리고 준비해 둔 테이프로 병에 붙였다. 와인을 회사후소 작품으로 감싼 형국이다. 회사후소라는 작품으로 감싼 레드 와인을 조심스럽게 들어 와인백에 넣었다. 그리고 사무실을 나섰다.

12시에 만나기로 했는데, 지금은 10시 40분. 휴대폰에서 지도를 표시해 주는 앱을 켜서 확인해 보니, 전철을 타고 이동해서 대략 45분에서 50분 정도 걸리는 것으로 나타났다. 전철을 타러 게이트를 넘어 가는 데 카톡이 왔다. 주지점장에게서 온 것이었다.

'저희 사무실로 오시는 거죠?'

출발한다고 먼저 문자라든지 연락을 했어야 했는데, 아차 싶었다. 상대방을 궁금하게 하는 건 좋은 처사가 아니다.

'지금 전철 탔습니다. 11시 30분 정도에 도착할 것 같습니다. 전철에서 내릴 때 연락드리겠습니다.'

'네. 알겠습니다. 조금 있다 뵙죠.'

11시 25분 정도에 주지점장 사무실 근처의 전철역에 도착했다. 걸어서 5분 거리로 나온다. 11시 30분에 딱 맞추어서 도착했다. 주지점장이 있는 은행 지점은 건물 2층에 있었다. 1층에는 돈을 찾는 ATM 기기가 있었다. 2층에 올라가서 전화를 했다.

"오셨어요. 이쪽으로 오세요."

가까운 거리여서 그런지 목소리가 들리는 장소가 바로 확인되었다. 입구 정면으로는 업무를 보는 데스크들이 있었고, 오른편에는 VIP 손님과의 미팅룸들이 있었다. 목소리는 왼쪽 뒤편에 있는 사무실에서 들렸다. 머리를 돌려 보니 주지점장이 고개를 삐쭉 내밀고 있었다.

"잘 지내셨습니까?"

"네, 덕분에요. 명이사님도 잘 지내셨죠."

"지난번 런던에서 뵀고 거의 일 년 만이네요."

"벌써 그렇게 되었네요. 정말 시간이 빠르게 가네요. 이게 뭐예요?"

지운이 내미는 와인백을 보면서 주지점장이 웃으며 물었다.

"빈손으로 오기가 뭐해서, 와인 한 병 가져왔습니다."

"아이 참, 뭐 이런 걸… 주신 거니 고맙게 받겠습니다. 와이프가 와인을 좋아하는데, 오늘 저녁 같이 먹으면 딱 되겠네요. 아, 이건?"

주지점장은 와인을 꺼내면서 와인을 싸고 있는 화선지와 그 위에 쓰인 글을 보면서 신기한 듯 물었다.

"주지점장님 생각하면서 제가 작품을 하나 썼는데, 와인 풀 때 겸사겸사 작품 자랑도 할 겸, 감상하시라고요. 하하…."

"아유, 고맙습니다. 아 정말 잘 쓰셨네. 이게 무슨 뜻이죠? 회…사…후…"

"회사후소라고 합니다. 그림을 회화(繪畵)라고 하잖아요. 회는 그림을 뜻하고, 사는 일 사, 후는 나중을 뜻하고, 소는 깨끗하다 하얗다란 뜻입니다. 논어에 나오는 말인데, 기본적인 바탕이 잘 되어 있는 사람이 좋은 그림을 그릴 수 있다. 뭐 이런 뜻입니다. 주지점장님의 인품에 딱 맞는 것 같아서요."

"아이고, 이런 귀한 내용까지 살펴봐 주시다니, 정말 고맙습니다."

자리에 앉아서 서로 덕담을 나누다 보니 11시 50분이 되었다.

"자세한 이야기는 점심 드시면서 또 하시죠."

"네, 좋습니다."

옷매무새를 다시 가다듬고 자리에서 일어났다. 주지점장이 앞장을 섰다.

"지금 가려는 식당은 요 근처에 있는데, 갈비탕과 도가니탕으로 아주 유명한 곳입니다."

"자주 가시는 곳인가 보죠?"

"그렇게 자주 가는 곳은 아닌데, 식당 주인이 저희 고객이거든요."

"그래요?"

"저희 지점에 왔을 때 한 번 뵈었고, 제가 식당에 가서 식사하면서 한 번 또 뵈었습니다."

"네, 글쿤요."

"그런데 얼마 전에 들었는데, 식당 주인이 돌아가셨다고 해요."

"저런."

"저하고 가까운 사이는 아니어서 그런지 연락이 없어서 문상을 못 갔어요. 저도 담당 직원에게 나중에 들어서 알았지요."

"네…."

"부인하고 둘이서 식당을 하셨는데, 남편이 돌아가시고 나서 한 달 동안 문을 닫았다가 며칠 전에 문을 열었다고 하더라구요. 그래서 오늘 명이사님 오시는 김에 같이 점심도 먹고 하면 고객에게 조금이라도 도움이 될 것 같기도 하고…."

"네, 그렇죠. 아주 좋습니다."

"차 오는데, 조심하십시오."

"아, 네."

약간 언덕으로 되어 있는 골목길을 올라가니 다시 내리막길이

나왔다. 길 맞은편에 담쟁이 넝쿨로 덮인 집이 보였다. 1층 없이 언덕 위에 세운 집이었는데 계단을 걸어 올라갔다. 식당은 한옥 양식으로 되어 있는데, 대문은 양쪽으로 열리게 되어 있었다. 양쪽 문에 크게 '복(福)'을 쓴 것 같은데, 종이가 다 떨어져 나가서 그런지 정확히 알아볼 수는 없었다. 대문 안으로 들어서니 내부는 꽤 널찍해 보였다. 젊어 보이는 여직원이 맞이하면서 몇 명이냐고 물었다. 예약은 하지 않았는데 다행히 몇 자리가 비어 있었다. 자리에 앉았는데, 나이가 들어 보이는 핼쑥한 얼굴의 여성이 지나가는 모습이 보였다. 아마도 그가 말한 식당 주인의 부인인 듯싶었다. 주지점장이 다시 일어나더니, 그녀에게 다가가서 인사를 했다.

"안녕하세요. 고영준 씨 사모님 되시죠?"

"네. 저희 남편을 아세요?"

"저는 바로 옆에 있는 은행의 지점장입니다. 남편 분하고 일 때문에 몇 번 뵈었습니다."

"어머, 그러시군요…."

주지점장은 그리고 몇 분 정도 더 이야기를 했다. 문상을 가지 못해서 죄송하고, 부의금을 건네는 모습이 보였다. 하지만 그녀는 한사코 거절하다가 주지점장이 몇 번이나 권하는 바람에 마지못해 받는 모습이 보였다. 은행 지점장의 고객관리도 쉽지 않은 일이다.

"조의금을 드렸는데, 잘 받지를 않으셔서 겨우 드렸네요. 뭐

드실까요?"

"메뉴판이 여기 있네요."

메뉴판에는 설렁탕, 도가니탕 같은 메뉴가 보였다. 가격대가 밑으로 갈수록 높아졌다.

"점심인데, 너무 헤비하지 않게 설렁탕 정도로 하시죠."

지운은 가장 저렴한 것을 골라 제안을 했다.

"그럼 설렁탕에다가 부침개를 하나 하시죠."

"좋습니다."

설렁탕이 나오고 부침개가 나왔다. 양은 그런 대로 괜찮은 것 같았다. 부침개도 상당히 두꺼워 둘이 다 먹을 수 있을까 걱정될 정도였다. 소금 간을 하고 한 술 떴다. 걸쭉한 국물에 고기의 양도 제법 많았다. 김치 맛도 나름 괜찮았다. 식당 주인이 돌아가기 전까지 손님이 꽤 많고 장사가 잘 되었을 것 같았다.

"여기 아들이 둘 있는데, 다 장성해서 결혼도 하고 이 근처에서 장사를 하고 있답니다."

"네, 그래도 아이들이 다 잘 되어서 다행이네요."

"네, 남편이 산을 좋아하는데 의정부 근처의 산 주변에 땅을 많이 사두셨대요. 그곳에서 주말에 생활하였다는데, 작업하다가 살인진드기에 물리셨대요. 나이가 일흔 둘인데, 일을 과도하게 하셨답니다. 피곤하고 면역력이 떨어진 상태에서 진드기에 물렸는지 회복을 못하고 급하게 건강이 나빠져서 돌아가셨다네요. 인생이 너무 급작스럽군요."

"참 황망하셨겠군요."

이런저런 이야기를 하면서 설렁탕을 한 술 뜨고, 부침개를 잘라 먹다 보니 어느새 배가 불렀다.

"나가서 커피 한잔하면서 이야기 더 하시죠."

"그럴까요? 여기는 제가 내겠습니다."

"아유, 아닙니다. 여기까지 오셨는데, 식사는 제가 계산해야죠. 커피 한잔 사주시면 되죠."

"그래도 제가 뵙자고 한 건데…."

서로 점심값을 내겠다고 옥신각신하다가 결국 주지점장이 계산하는 걸로 했다. 카운터 앞으로 가니 젊은 종업원이 따라 와서 카운터 앞에 섰다. 주지점장이 카드를 내고 계산을 마치는데, 식당 주인인 사모님이 따라 나왔다.

"아유 와주셔서 감사합니다."

"뭘요. 식사 잘했습니다. 아주 맛있네요. 가끔 들리겠습니다."

"차 한잔할 시간되세요?"

"아, 네?"

"저희 둘째가 바로 옆에 빵집을 하고 있는데, 거기 커피도 있거든요. 시간되시면 제가 차 한잔 대접하고 싶습니다."

사모님의 제안에 주지점장과 지운은 당황했다. 잠시 머뭇거리다가, 사모님의 거듭된 요청에 그렇게 하기로 했다. 사모님이 앞장서 걸었다. 주지점장은 사모님과 같이 걸었고, 지운은 뒤를 따랐다. 잠시 걸으니, 큰 건물 하나가 나왔다. 2층으로 올라가니

파리바게트가 있었다. 사모님은 카운터에 있는 젊은 남자에게 가서 뭐라고 이야기를 했다.

"저기 뭐를 드실래요?"

사모님이 뒤를 돌아보며 물었다.

"저는 라떼로 하겠습니다."

주지점장이 주문을 했다.

"에스프레소 되나요?"

지운은 평소에 즐기던 대로 에스프레소가 되는지 물었다. 일반적인 커피점이라면 그냥 주문해도 되지만, 그곳은 빵집이라서 에스프레소를 팔지 않을 수도 있기 때문이었다.

"네, 됩니다."

"감사합니다."

주문을 완료한 주지점장과 지운은 사모님과 함께 창가 자리로 갔다.

"시간 내주셔서 감사합니다. 지점장님께서 이렇게 와주셔서 너무 감사합니다."

"아유 무슨 말씀을요. 진작 알았더라면 문상을 갔을 텐데, 오히려 늦게 알아서 지금 왔습니다."

"저는 남편하고 한 번도 안 뵌 줄 알았는데, 몇 번 보셨다고 해서 감사했어요."

"네."

"저희 남편이 대학교에서 산악반을 나와서 그런지 산을 참 좋아했어요. 그래서 시골에 땅을 샀는데, 논밭이 아니라 산 주변에 있는 땅이었어요. 자기는 힘들고 괴로울 때 산에서 많은 위로를 받았다고, 이제는 산에 되갚아야 될 때라고 해서 팔리지도 않는 작은 땅을 샀어요."

그녀는 목이 마른지 물을 한 모금 마셨다.

"그 땅에 소를 키웠어요. 저는 소를 키우는 게 재미있었어요. 그리고 여기에 식당을 열고 장사를 했는데, 잘 되었어요. 장사가 잘 되어서 은행에서 대출을 받으면서, 더 키웠어요. 아이들도 잘 컸고, 여기 이 가게도 둘째가 독립해서 꾸려 나가고 있어요. 그러다가 제가 폐암이 생겼어요. 그래서 남편이 저를 탁 끌고 산으로 같이 들어갔어요. 남편은 평일에는 일을 하고, 주말에는 돌아와서 저를 간호해 주었지요. 저도 꼬박 3년 반 있었는데, 그 후에 암이 깨끗이 나았어요. 병원에 가서 진단을 해보니 암조직이 하나도 없이 깨끗하다고 했어요. 그래서 다시 남편하고 식당일을 같이 하고 지냈어요. 남편은 주말에는 다시 산으로 오가고 했어요."

"잘 되셨네요. 폐암을 극복하시다니 대단하십니다."

"정말 그렇네요. 아마도 공기 맑은 곳에 가서 다른 생각 없이 스트레스를 받지 않고 지내는 것이 좋은 약이었네요."

"네, 덕분에 저도 건강을 회복해서 남편하고 일을 열심히 했어요. 그런데 두 달 전쯤에 남편이 비닐하우스를 짓다가 진드기에 물렸어요. 나이가 일흔둘이긴 했지만, 그전에는 엄청 건강했거든요. 그런데 비닐하우스 규모가 커서 그런지 며칠 동안 쉬지 않고 일을 했어요. 몸이 피곤한 상태여서 그런지 진드기에 한 번 물리니까 쓰러져서 일어나지를 못하더라구요. 병원에 가서 치료를 받다가 2주일 만에 돌아가신 거예요."

"아, 저런."

그녀는 목이 메이는지 다시 물을 마셨다. 잠시 숨을 가다듬더니 다시 말을 이었다.

"아유, 제가 말을 너무 많이 했네요. 저도 두 분을 처음 뵙는데 왜 이렇게 말이 많아졌는지 모르겠어요. 그런데 지점장님이 남편을 모르는 분이라 생각했는데, 몇 번 뵈었다고 하니까, 왠지 제 가슴에 있는 말을 하고 싶더라구요. 혼자서 말을 나눌 사람도 없고, 그런데 두 분이 오니까 나도 모르게 말이 나왔어요. 덕분에 제가 마음이 편해지고, 힐링이 된 것 같아요."

식당 주인과 대화를 마치고 일어섰다. 여러 가지 생각이 들었다. 주지점장과도 헤어지면서 돌아서는데, 갑자기 영화 타이타닉의 노부부가 최후를 맞이하던 장면이 떠올랐다. 1912년 타이타닉호가 침몰했을 때 1등석에 타고 있었던 이시도르 스트라우스와 아이다 스트라우스라는 부부가 있었다. 이시도르 스트라우스는 타이타닉호에서 가장 부유한 승객 중 하나였다고 한다. 이시도르와 그의 형 네이선은 메이시스 백화점의 공동 소유주였다. 타이타닉호의 생존자들은 이시도르가 모든 여성과 어린이가 탈 때까지 구명정 좌석을 거부했다고 한다. 40년 동안 해로했던 아내 아이다도 남편 없이 살 수 없다며 남편과 함께 구명정 탑승을 거부하였다. 구명정이 떠나고 난 후 배가 가라앉을 때 서로 포옹하고 있었다고 한다. 이 장면은 1997년 제임스 카메룬 감독의 영화 타이타닉에서 물이 차오르는 가운데 침대에서 서로 껴안고 최후를 맞이하는 부부의 모습으로 형상화되었다. 그리고 그와 연관된 이름이 떠올랐다. 웬디 러쉬이다. 그러나 결혼 전의 원래 이름은 홀링스 웨일이었다. 그녀는 1986년 남편인 러쉬와 결혼해 40여 년 가까이 보냈다. 웬디 러쉬는 이시도르와 아이다의 증손녀였다.

전철을 탔다. 마침 빈자리가 있어 잽싸게 앉았다. 그리고 휴대폰의 FM 라디오 앱을 틀었다. 영화주제가와 추억의 팝 음악을 전문적으로 틀어주는 프로그램의 끝자락이었다.

"마지막 곡은 프랑스의 상송가수죠. 실비 바르탕이 불러줍니다. 라 레느 드 사바(La Reine De Saba), 시바의 여왕입니다. 이 곡을 들으면서 마치겠습니다. 즐거운 주말 보내시기 바랍니다."

〈끝〉

| 작가의 말 |

'샤론의 장미'라는 제목은 정말 난데없이 문득 떠올랐다. 평소의 의식 속에서는 그런 제목이 나올 아무런 근거가 없었다. 애초에 의도한 내용과도 상관이 없었다.

작가의 직업은 보험중개사이면서, 프로젝트 리스크에 대한 컨설팅서비스를 하고 있다. 프로젝트를 진행하다 보면, 예상치 못한 다양한 위험과 난관에 부닥치게 된다. 이러한 난관에 대해 사전에 미리 예측하고, 그 대비책을 제안하는 것이 리스크컨설턴트이다. 그러다 보니 지금까지 다양한 프로젝트에 대해 자문을 하면서 느꼈던 점과 실제 리스크를 잘 관리하고 그에 대응하는 보험과 관련 이론을 소개하는 책을 써 보겠다는 마음을 갖게 되었다.

그래서 원래 생각했던 제목은 '샤론의 장미'가 아니라 '프로젝트 리스크와 보험'이라는 것이었다. 자료를 6개월 정도 모으고, 이를 토대로 다시 6개월 정도 글쓰기를 하였다. 어느 정도 초안을 완성하고 읽어 내려갔다. 나름대로 만족스러웠다. 가까운 지인 몇 분들에게 원고를 보내어 독후감을 요청했다. 그분들은 흔쾌히 읽어보겠다고 했다. 며칠이 지났다. 아무도 답변이 없다. 느낌이 이상했다. 바쁘기 때문에 원고를 읽는데 시간이 걸리는 것이리라 생각했다. 일주일이 지나고 다시 한 주일이 지났다. 아무도 답변이 없었다. 그래서 전화를 들었다. 가장 좋은 답변을 할 것 같은 사람들에게 먼저 전화를 했다. 돌아온 답변들은 바빠서 아직 읽지 못했다든가, 너무 어려워서 읽기가 쉽지 않다는 완곡한 답변들이었다.

그중에 한 분의 질문이 머리를 때렸다. 이거 누구를 대상으로 쓰신 건가요? 문득 깨달았다. 그리고 이걸 누가 읽지 하는 생각이 들었다. 다시 살펴본 내용들은 엄밀히 따지자면 금융기관, 기업의 리스크 담당자, 기업에 대한 리스크 컨설턴트나 보험전문가들을 위한 리스크 및 보험해설서라고 할 수 있다. 하지만 일반 대중이 굳이 이런 책을 사서 볼 이유를 찾을 수 없었다.

그런 중에 한 가지 아이디어가 떠올랐다. 단순하게 리스크가 어떻고 보험상품이 뭐니 하면서 해설을 나열하는 것이 아니라, 지금까지 수행한 프로젝트와 연관하여 이야기를 만들고 그 과정에서 리스크와 보험에 대한 이야기를 섞어 넣으면 어떨까? 프로젝트를 의뢰받고, 제안서를 준비하는 과정과 고객과의 미팅, 그리고 프로젝트를 최종적으로 수주하는 과정을 소설처럼 구성하되, 그 과정에서 리스크를 분석하고 그에 대응하는 보험을 디자인하는 과정을 자연스럽게 풀어내는 방식이었다.

리스크는 불확실성을 의미한다. 리스크를 무릅쓴다는 표현은 모험을 한다는 것과 같다. 보험의 기원을 찾아 거슬러 올라가다 보면 고대 그리스, 로마시대의 모험대차(冒險貸借)로부터 시작했다고 한다. 모험대차라는 말은 '모험'이라는 단어와 '대차'라는 단어가 결합된 말이다. '모험'은 말 그대로 불확실한 리스크를 무릅쓰고 기회를 잡기 위해 무리한 도전을 한다는 뜻이다. 한편 '대차'는 회계업무에서 나오는 '대차대조표'의 그 '대차'이며, 돈을 빌려주고 빌리는 것을 의미한다. 따라서 '모험대차'란 모험과 같은 사업에 대한 돈을 빌려 주고, 그 사업이 성공하면 원금과 이자를 돌려받는 비즈니스모델을 말한다. 모험대차의 원어는 그로스 어드벤처(Gross Adventure)이다. 돈을 빌려 주는 사람이나 돈을 빌리는 사람 모두가 모험이라는 뜻이다. 보험의 시작이 모험이라니? 그리스, 로마 시대에 어떤 모험을 했다는 말일까? 궁금함이 몰려왔다. 좀 더 찾아보니, 페니키아가 나왔다. 페니키아를 들여다보면 고대 중동과 지중해의 신화와 성경의 이야기가 뒤섞인 혼돈의 시대로 들어가게 된다. 보험의 시작을 찾아가다 보니 어느새 신화의 시대에 들어가고 말았다.

어떤 이야기로 보험의 시작을 연결할까 탐색하던 중 '샤론의 장미'가 의식의 깊은 심연에서 떠올랐다. 왜 그 단어가 떠올랐는지 알 수가 없다. '샤론의 장미'라는 제목을 붙이자, 꽃잎 그림자 뒤에 숨어 있던 인물들이 스스로 나타났다. 그리고 나에게 자신들의 말을 받아서 적으라고 속삭였다. 한두 줄 따라 써내려 가다

보니, 이야기들이 저절로 흘러나왔다. 오래전 여인들은 서로의 이야기를 하고 싶다는 듯이 의식 너머의 다른 세계에서 계속 넘어왔다. 무언가에 홀린 듯이 그녀의 이야기들은 밤새도록 끝나지 않았다. 이야기들을 받아 적다 지쳐 그녀의 입들을 억지로 틀어막고, 강제로 봉인해야 했다. 그리고 언젠가 다시 당신들의 말을 들을 수 있도록 하겠다는 약속을 하고 나서야 속박에서 풀려나올 수 있었다.

그런 탓인지 서로 다른 시간대의 두 가지의 이야기가 서로 엇갈려가며 진행된다. 하나는 현재의 이야기이고 다른 하나는 기원전 10세기경 성서시대의 이야기이다. 시간은 과거에서 현재를 거쳐 미래로 흘러가지 않고, 모든 사건들은 저마다의 관계성에 따라 동시에 일어나고 발생한다. 과거, 현재 그리고 미래는 일직선으로 지나가는 것이 아니라 과거, 현재, 미래가 모두 동시에 일어나거나 이미 펼쳐진 사건들의 집합일 뿐이다. 현재가 지금 있는 것처럼 과거도 지금처럼 동시에 일어나는 일 같았다. 우리의 마음에는 인과관계를 따르는 논리보다 감정과 욕망이 우선한다. 욕망의 소용돌이 속에서 시간의 흐름은 무의미하다. 인과적인 선후 없이, 치솟아 오르는 욕망이 부딪치다가 명멸한다. 욕망을 의식으로 덮어씌웠지만, 어느새 우리는 무의식적인 욕망의 길 위를 달려가고 있음을 알게 되었다.

마지막 마침표를 찍고 나니, 그녀들에게 했던 약속은 아마도 헛되거나 거짓말이 될지도 모른다는 생각이 든다. 혹 그녀들의 이름을 들어본 사람이 있을지라도, 그 안에 담긴 깊은 아픔을 알고 싶어하는 이들이 얼마나 있겠는가? 더군다나 그들의 말을 받아 적은 이는 세상에 털끝만큼도 알려지지 않고, 앞으로도 알려지기 힘든 머나먼 세상 한 구석의 엑스트라에 불과할 뿐.

바람이 불면 부는 대로 대지에 기대는 잡초마냥, 세상이 그녀들의 말을 들을 수 있도록 하겠다는 약속을 조금이나마 지킬 수 있으면 좋겠다.